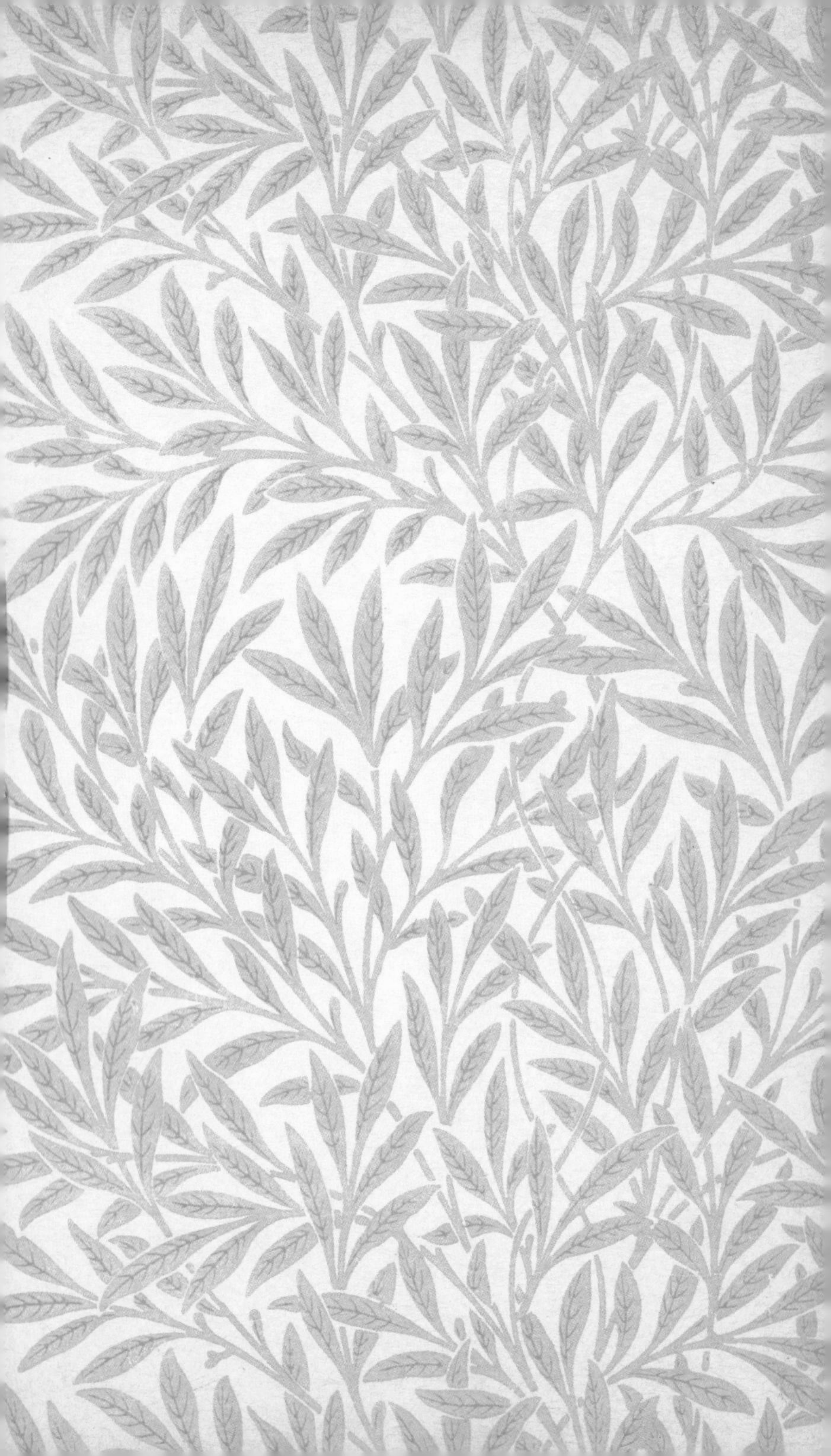

三民叢刊195

化妝時代

陳家橋 著

三民書局 印行

二十世紀的良心（自序）

陳家橋

二十世紀是一個特殊的年代，在這世紀尾聲，我很難說清我對它的印象，特別像我這樣一個出生於七十年代的人，可以說我對很多東西的把握來緣於別人的記憶，或者說有些東西是別人強加給我的。就是在這種處境下，我堅持自身的創作，看來，在作品中同樣潛藏了個人與全部歷史的衝突，也許我並不能很好地解決這個問題。這個世紀快要過去了，從一九九五年開始至今，我已先後創作了五部長篇小說，其中《化妝時代》是一部相當重要的作品，它試圖從虛擬與真實之間尋找一條真正的良心的出路，但顯然我們無法阻止悲劇的發生，這種悲劇並不是個人的選擇，而是基於對自身權利的反對，我們已形成一種反抗自身的力量，我相信那是整個制度、體系和經驗的變形，它已深入我們的內心，生長成一種隨時可供試驗的陰影。我一直認為，二十世紀，特別是在它的後半段，文學藝術出現了一種真正的危機，這種危機的出現是伴隨著信仰的解體、變形與抑制。可以說，在這個時期，很難產生對全人類均有說服力的作品，許多小說已變成個人化的東西，變成一種分析派的材料。當各種思潮衝擊漢語環境時，我們的語言已發出它自身的呼喊，是的，救救語言，這是它自己的聲音。

人類是一個複雜的系統，構成它的每一個人都以某種隱暗的方式，制約著它的命運，我想，我就是要通過我的作品，通過一種精神上的確認來接觸整個世界，從而我以為我已和語言一起變成了相對來說的局外因素。像這部《化妝時代》以及我另兩部較重要的長篇《賭命》和《別動》，它們更多的社會機會已被現行的生存慣性所牽制，它的影響、寓意和現實性，只能跟隨語言本身的變化，尋找未來的「現在人」，尋找唯一的吻合，它必將有助於在恢復信仰的初衷上，找到擊敗它內部謊言的方式。可能《化妝時代》正好符合現代人的處境，如果不化妝就不能出門，而我以為過了這個世紀，隨著化妝品的變革，人的臉型，膚質以及躲藏醜陋的技巧也會發生相應的變化，也就是說在根本的社會形態中，會發生與作家期望相一致的現實變化，在今天，它僅僅是陳家橋式的虛構。當然，隨著哲學力量、習俗力量、泛閱讀力量以及批評力量，伴之強權力量對文學的干預，現在的文學已很難保持它的純潔、獨立與自由。好在，我相信一種新的虛構力量正在形成，至少在我的作品中，它已戒除了雨果的浪漫主義，也戒除了巴爾扎克的現實主義，它形成一種現代意義上的語言本體論，只有把一切現在的因素，在語言——寫作的第一個要素中，變成自身就帶有選擇性的靈魂體時，寫作才能還稱做人類的事業。而更突然的是，我得相信有時語言會從第一個要素，而變成全部的存在，小說不再是故事，而是語言的家園。二十世紀快要過去，今年我二十七歲，在這之前，包括《化妝時代》在內的我的這五部長篇以及一些中短篇小說，它們建立了一個二十世紀的我的寫作思路與寫作成果，儘管它還有許多仍待發展的可能，但我相信我已和別人一起即將失去這個世紀。面對新世紀，我還是充滿了激情，只要時間能走下去，增加下去，那麼我就有機會破解存於我內心深處的奧秘「講講良心」，「講講良心」。

九八年十二月於昆明

化妝時代

目次

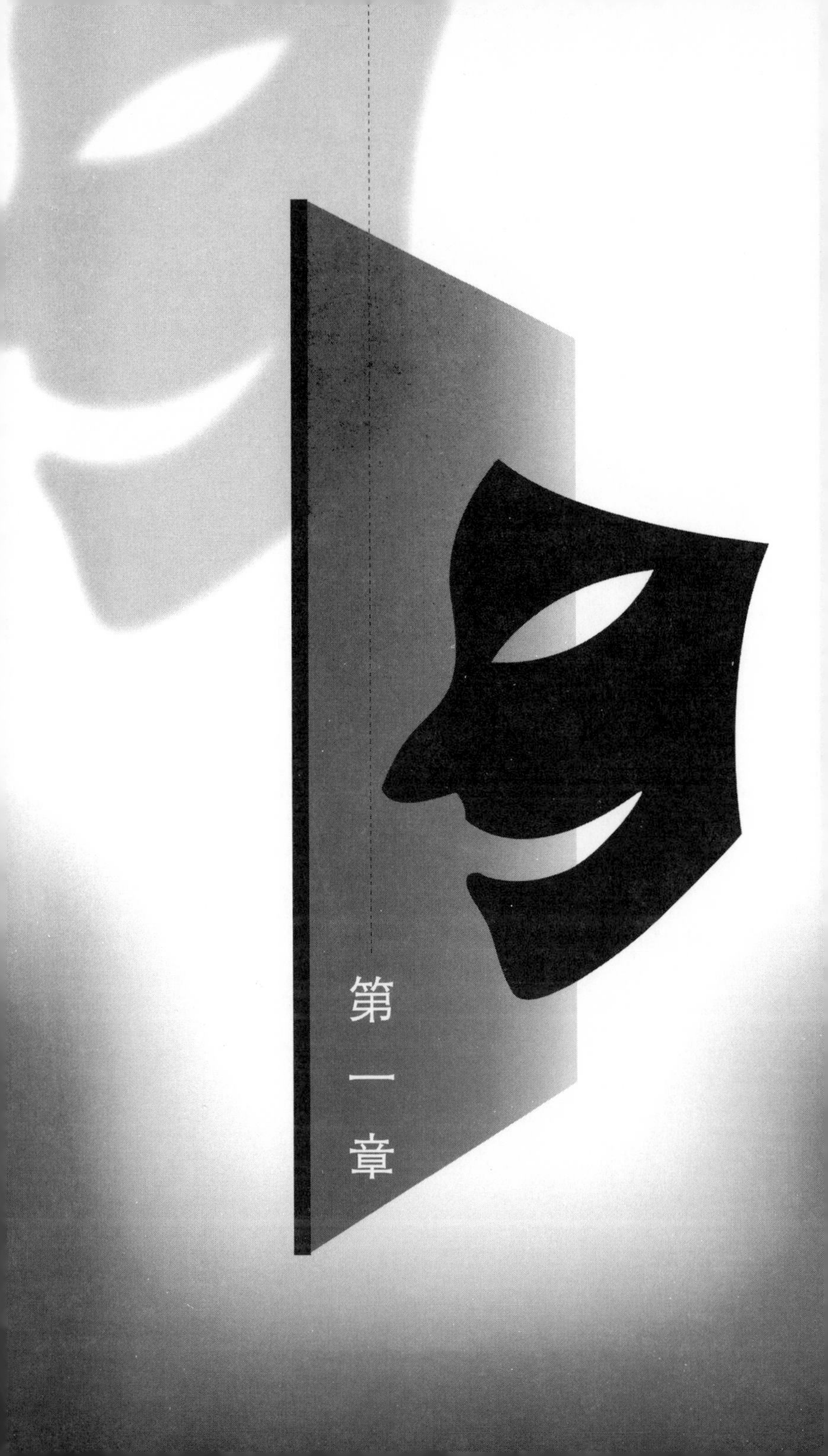

第一章

1. 床前的不速之客

那個早晨，我一點也不覺得有什麼異常。陽光從窗簾的縫孔中射過來時，我在想陽光太強，而窗簾太弱了。只要你有足夠長的時間，你甚至可以觀察到陽光的走動。小禹躺在我的身旁，她側著，因而你可以估計出她的呼吸，在我的身上有一股細微的風。

這是一間挺大的臥室，它在最靠北的位置往裡又凹進去一塊，所以整個臥室有一種幽深的感覺，但是良好的陽光以及寧靜不動的空氣都使我覺得舒適無比。我在敘述這個故事時，尤其在揭露我們的舒適狀況時，我依靠和列舉環境，甚至我對這種舒適並不抱其它想法，我只是希望把這種舒適表達出來，而把我們的人暫時排在一邊。

在臥室靠牆的位置擺著個很大的書櫃，足有五米之長，而且挺高，在每一個分欄上都擺著書籍，然而由於小禹的習慣，有些分欄是從未翻動的，那裡面擺著對她來說毫無意義的書籍。

我正在打盹，忽然從大門到房門均傳來破裂的撞擊聲，很快一個人站到床前，當時我有點兒慌，從被窩裡坐了起來，我盯著那人說不出話。他手裡舉著刀，但他不像失去理智的人那樣狂言亂語，他只是做著那種恐怖的姿勢，當我想向他笑一下時，他瞪了我幾眼。我想他肯定早已做好了準備，並已設計好了這種姿勢。他說：「你不要害怕，最好不要吵醒她。」這時小禹那亮晶晶的大眼睛因為剛從短暫的昏睡中睜開而轉動不停。

小禹順著我目光所抵觸的方向看見了這個不速之客。其實，不速之客在和小禹目光相交的剎那，我看到了他的一些軟弱，小禹趴到我剛剛半抬起的懷中，我對這劍弩拔張的場面很快適應了，我大膽而又有分寸地擺動我的手對他說：「這是一個多好的早晨，我們可不想開玩笑。」

他說：「是啊，我是動真格的，但我並不像閃電那樣刺進來就完了，我想看看這種場面下你們的反映，特別是小禹；雖然這種場面對任何人來說都沒有記憶的價值。」我說：「溫煦的陽光、清潔的公寓和屋內憂鬱的花盆都應該讓我們感到生活的美好，但你為什麼要這麼冒失呢?」這時，我看到他抬刀的手向下稍微鬆些，但很快又提了回去，這種略微的抖動讓小禹在我的懷裡不知如何是好。他說他是從樓梯上緩慢爬上來的，他沒有坐電梯，「或許吧」，他說：「我仍然在猶豫，然而這種猶豫是我可恥的表現。」

他用另一隻手從口袋裡掏出一支已揉皺了的卷煙，然後從另一口袋裡掏出火柴，我看到他一隻手點火十分困難，我便伸出手想替他點上，但他坐著的椅子吱嚕一聲，平衡似乎受到了威脅，他站了起來，把刀向我們伸得更近了。他繼續說：「公寓裡確實一點兒灰塵也沒有。」齊腰的青漆像半層帷帳，而更為奇怪的是每一戶的房門都緊閉，也許他們都在屋裡，那麼他們的理想呢？在哪？是碌碌無為，還是疲於奔命？

他嘆息，我乘他嘆息的機會問小禹「你知道他是誰嗎？」小禹有一口好看的牙齒，但她沒有張開嘴，她說：「這很不合理。」她說：「我看他怎麼這麼像你，你看他那高大的鼻子，濃重的眉毛還有小小的耳朵與你極為相似。」我不禁猛地一驚，我掀開被窩的一角，她大概看到我細密的腿毛，所以她自語道：「連腿也想到了。」其實這時我感到一種比刀更為可怕的東西，那就是他的面相。我說：「你也許認識我？我們相像？」他說：「是啊，我一進門就看到了一個與我完全相同的人，除了你身邊的女人，你與我沒有分別，而造成這種對立：你是你我是我的真正原因，也就是我們內心的那點兒東西，也許那就是精神吧。」

他終於用緩慢但謹慎的動作點著了煙，並大口大口地吸起來，他甚至伸手把被子替我們蓋好，也許小禹對這種僵持的局面有些難以忍受了，所以她閉上眼睛，但我可以清楚地感到碩大的汗珠從她的額頭流到我堅實溫暖的肚皮上。我說：「這不可能，這個城市不可能有第二個與我相像的人，除了我自己。」他說：「問題就在這裡，也許我就是你自己，特別在早晨，在這個花盆的邊上，我們，我們——」他低著頭，恐怖感已經把我浸蝕個完完整整了，我渾身發酸。我問：「你有什麼感覺。」他說：「仇恨感。」我說：「怪了，你怎麼會有這種感覺呢？你肯定是憑空揑造了這種仇恨感，你根本不可能具有這種仇恨感的源頭。」這句話深深刺激了他也制服了他，我看到他抬刀的手上的肌肉在激烈地顫抖，而且這種顫抖很快也向我周身傳來。我說：「我多想睡啊，我寧願這個場面是一場夢。」可他說這並不可能的，因為他必須完成對這個仇恨感的延伸，讓其得以排泄，或者說讓它達到它那曠日持久的理想的目的。

我當時的手心揑在小禹那繃緊的大腿上，僵硬的小禹的身體縮作一團，然而她雙目緊閉，我深知小禹還是能夠分明地看出這個人並不是本來就像我，我用潮濕的手心在她的腿上撫摸，我輕輕地說：「你不要怕，不要怕。」他站在那兒開始認真地抽起煙來，但他的刀仍然保持在那個高度上。我的手在她的周身上下輕輕地按撫，我試圖通過這種動作來說服他或者說盡可能軟化他，然而他深深地呼吸，我看到他既在鼓動自己，也在更強烈地克服自己。

由於不謹慎，我的臉忽然向左側歪去，我極力想把臉再扭過來，但我感到無能為力，這時，我渺茫的視線中他緩慢地把刀換了個手勢，並做了個最長的呼吸。我想他更加輕鬆了。他有充足的時間經過床頭從床右移到床左的位置。我一定是怔住了，所以我看到他的刀在空中悠然地劃著幾何圖形，而且我聽到他的咳嗽、吐痰和咒罵聲。

他在估計我和小禹確實已經不準備反抗時，竟然把刀子收了起來，而且也就是在這時候我徹底清醒了，我覺得這個早晨其實很普通，連陽光、空氣、人也都壓制在這種普通形式中，所以我反而把這個人看淡了，也就是說我鄙視了他，我試圖穿上褲子諷刺他，我說：「你這人真叫人掃興，早上到這兒來，原來並不是想鬧個翻天地覆，你至多只是打擾了別人的休息。」

而他好像對我這話深有同感，他到最左的拐子俯下身，輕輕地用手按在花葉上說：「它們多綠啊，然而它們自從搬到屋子裡和主人一起享受這溫馨無比的氣氛之後，怎麼就成為一個既不快樂也不悲憤的東西呢？那麼它還能幹什麼呢？除了滿足別人的目光，滿足既空虛又不滿的目光之外，它還能有自己嗎？」我說：「也許什麼都沒有了？」他說：「是的，就像我在剛剛跨進這個房門時一樣，我覺得我最大的可能是成為一個參與到享樂隊伍中的人，而不是一個持刀的人，因此你就可以看出我的手其實並不自在，更談不上威武了。」

我說：「你並不敲門就闖進了房間，說明你有一種突發力量，而在如此平淡無味的生活中哪來這種力量呢？難道你不覺得有東西在支使你，使你成為一個真正的我，或者說一個本質上的凶惡者？」我確實試圖用一個清醒人的思維過程來束縛他，使他認識到他的過失，然而他那用手輕輕捏著花葉的面容使我覺得他已經無可選擇，沒有退路，而且有一種巨大的興奮感在敦促他必須完成這個早上，也許他根本就不在意我說什麼，他只是需要完成他的程序，他計劃好的方式，一種自由的由個人控制的方式來完成一個目的，然而在這個世上誰不對這種目的抱著巨大的希望呢？

屋子輕微震動起來的時候，我們三人的臉都沒有變色，正是經過剛剛幾十分鐘的捱磨，我發現我們都變得堅決，而且喪失了對事物的基本情緒，小禹仰在床上可以清楚地看到天花板似乎在跳動，而且有一隻瓢蟲居然落到了枕頭邊上，地板上的椅子也在晃動。

我看他的手捏在最大的花枝上，而整個花盆幾乎被他掀翻了，我說：「我們一起跑吧，地震了，屋子會塌的。」他說：「不可能，我不可能讓你們溜掉，當然我也不可能把你們鎖在屋子裡之後單獨溜掉，這樣都不符合我的意志，我仍然堅持我的觀點，那就是我要完成我的任務。」我說：「可你在完成之後你也將同這毀壞的屋子一起變為粉泥。」他說：「你看到我的面貌沒有？我並不是一個確鑿的人，或者說我沒名沒姓，我沒有壓力，那麼我還怕什麼具體的危險呢？只要我一取下這個面貌，我就與這兒無干了，哪怕我在這兒死去，也無所謂。」

我用手環抱著小禹那僵硬但曲線畢露的身軀。我說：「你這樣像我，而且你這麼長時間都沒有什麼實質性的舉動，說明你仍然是一個不徹底的裝飾者，你沒有完成從肉體到精神的偷渡，你仍然是你原來那個臭軀殼，你身陷絕境你沒有動力知道嗎？你沒有動力，這仍是你在生活中的現實，也是你在我和小禹面前的現實。」

我看到他的嘴唇發顫，變得灰白一片，像河底的砂石，我伸出我無限驕傲的拳頭，然而他的刀子順著我的中指和食指的間隔劃了過去，有一股腥紅的血撒了下來，我說：「你真的瘋了，然而你沒有瘋的原因，沒有藉口，你這舉動其實也可以說是徒勞，但畢竟……」我話還沒有說完，他的刀子就順著小禹的後背深深地插了進去。我自己都呆了，我說：「你幹嗎？你為什麼要這樣對一個手無寸鐵、毫無心理準備、僵硬而又軟弱、行動不便、未穿衣服的女人呢？」

2. 仇恨必須變得具體，才他媽夠味

他站在那，用手蹭著自己的臉，我看見黑灰裹著鮮血滴在地上，我摟著小禹，其實我根本不再注意他的表情，我肯定他並沒有立即離去，而且我清楚地聽見他說：「你看，我說我會做到的，而且我輕鬆自然地完成了它，也許，我本來就是一個偉大的人，一個從根本上說仍然有追求、理解力、勇氣和行為能力的人。」但是我抱著小禹那並未慘叫的身軀，我發現她這時才真正軟了，酥軟異常但並沒有癱瘓，她的身體忽然矜持起來，除了插在後背上的刀

把之外，她完全可以造成一種你設想的形狀，甚至這種形狀隨時都要求改變，我試圖喊他，然而我沒有，我記得我對他說：「你讓我不再茫然了，因為我像你一樣看到仇恨是什麼東西。」

他說：「那麼就記住吧，仇恨必須變得具體，才他媽夠味。」

我記得當時我試著把小禹的身體扔向他，扔向這個罪惡的人，但是他笑了，而且他的笑容並不能表示他的笑有一點兒虛假成分。我發現這種笑容與我平時那些臉相竟何等相同！我說：「你這雜種，你就等著死吧。」他攤攤手。我把她抱起，我發現她仍然在呼吸，而且她居然睜開了眼睛，在小禹把頭扭向這個不速之客時，我發現他很快懦弱了，他似乎試圖猛地竄過來拔出刀子再進行反撲，但他無法起步只能後退，他的這種後退與前進一樣快速無比，所以他背後的手擰開各道房門，面對我抱著小禹的血紅的場面溜掉了。

小禹在他消失之後，把頭落下，她在想她不會死。她很安靜。其實不論是在事件剛剛發生過後，或者是在若干時間之後，我都對這個早晨充滿了深深的後悔，我認為我本不該那樣，或許我本不該去，或許我不應該看到這一切，因為我從過去到現在都無法理清這裡面的線索，究竟我們生活在這個世上，我們有什麼罪過或者說我們有什麼必要讓別人看到我們的罪過？我們所聲稱的愛到底是什麼？為什麼在我們無助、單獨和自高自大的時候，我們沒有想清楚我們是誰？

所以他一溜走，我就對這個人充滿了懷念，說實在的，要不是小禹偶爾有點兒抽筋似的掙扎，我都無法確定這個人剛才到底做了什麼？我坐在地上捶打我的腦門，我想我的面容是什麼樣？也許和他沒有區別，我的表情肯定沒有什麼變化，我不知道我未來的生活將因為這件事發生多少變化，甚至可以說這件事既改變了我的生活也改變了我的心理，但在每一個具體事件的壓力下我們弄不懂我們為什麼要遇到這些事，我們自身的力量都到哪兒去了？我們無法排除我們向災難的靠攏，甚至，我們需要災難比任何其他東西都更為強烈。

我躺在地板上回味不速之客的每一個細節，而且我仔細揣度，覺得他做得並非不合理，假使他的仇恨感是真的如此巨大，那麼我認為他採取的壓制，他撫在花上的動作，他認真抽煙的態度都表明他無可指責，在一種感覺、一種基本感覺主導下的人是一個真正的人嗎？不是。問題在於他的感覺是什麼，是外在的？抽象的？我懷疑我的整個早上被推翻了，也許這是一個嶄新的早上的必然變化過程，除了肉體的痛苦，除了小禹的姿勢發生變化之外，除了暴力和粗糙，我似乎覺得這個早上具有很好的形式，而且這種刺激，這種過程本身都退下去了，剩下我們躺在地板上有什麼兩樣呢？

我聽到客廳裡似乎有蟲子在爬動，而且廁所裡的水或許已經浸進客廳了，不然不會有一種微風拂動水面的聲音，我想張開臂膀把小禹再次摟起來，但我沒有那樣，我像一隻昆蟲那樣慢慢把自己挪到屋角，在我的邊上是電話機，但我沒有打，我根本就沒想到有這個必要，後來小禹的血流得更厲害了，並從客廳流到走廊裡，我聽到人群慢慢聚集，從樓底最早滴下去的那滴血開始，眾人都順著血跡的方向，以最快的速度找到門進來了。

我聽見有人說：「這事太簡單了也太複雜，但還是必須報案。」「我們無法判斷這是怎麼回事」，另一些人說：「瞧那個男的，他躺在那，精神還挺好的，也許他瘋了，要麼他太冷靜了，裝的?!」其實我內心很清楚如果我露出笑容是很不好的，但我居然笑了，而且在眾人抬起小禹時，我笑出了聲，我看到大家的目光都似乎燃燒著烈火，向我噴來，我用手擋了擋，我沒有說話，我也說不動。

其實我穿戴得很整齊，我十分驚訝我居然在不速之客所製造的氣氛中穿上衣服了，而小禹還是穿著那點兒內衣，我感到十分不協調，但我掙扎著站起來時，被另一個人狠狠地推倒，他說：「你不要站起來。」我對於那位不速之客沒提一個字，不知怎麼搞的，我覺得找不到機會來講這種話，其實眾人在把小禹往臨時搭起的擔架上抬時，我幾乎也感到了一種痛苦，甚至我對這種痛苦充滿了惋惜，我記得我嘴裡在嘮叨不該有的，不該有的。擔架在脫離地面時，撞倒了那只花盆，而且眾人很快把花葉踩碎了，我想這盆花已經憂鬱到極點了，沒制了。

3.華說，那是一個和你長得一樣的人

眾人即將陸續從房間裡退出的時候進來一個十分乾淨的中年人，他叫華。

華並沒有像其它鄰居那樣對我抱著吃驚的目光。他蹲在我邊上，似乎想把我的手勢按下去，然而我聽見他說：「你不用辯解了。」我有點兒疑惑，我想，為誰呢？為我自己辯解。華說：「不僅僅我一個人，幾乎樓層裡所有的人都認識你。」我說：「認識我？」華說：「是的，他們甚至不知道小禹，但他們對你掌握得一清二楚，因為你常來，而小禹，對於他們來說僅僅是一個女人而已。」我說：「他們不能對小禹抱這種態度，而且這與小禹現在的處境多麼不相符，你看，她在遭受不幸之後，人們的眼光變得敏銳了，而我呢？」我小聲地說：「我才是一個真正的過客。」

華搖了搖頭說：「這不對，對於這所公寓的這間房子來說，大家都知道真正的主人是你，因為你值得別人去議論，你鬼鬼祟祟地來，又突然地消失，但這次你是唯一一次被當場給堵住，而且是躺在一個受害的女人邊上，這只能說明你在思想上有病，也許就是病態呢。小禹的丈夫常年在外而你經常光顧這兒，其實在本質上說你已經成為小禹的丈夫，從你每次來的

規律來看，你是個很有責任心的人，你對你的激情、欲望和衝動負責，這一點，對於大樓裡的所有男人來說既是個榜樣，也是個諷刺。我們都太沒事做了，所以像你這樣一個毛毛躁躁的人確實難以控制自己，因而你的行為在我看來是可以理解的。」

我擦了擦額頭上的汗，眾人已經下樓遠去了，我望著屋內血跡斑斑的場面，我差點兒湧起了一種想再次擁抱小禹的衝動。而華或許觀察到這點，他說：「你的情緒和面相都說明了你不由自主，你既是你自己也不是你自己，所以今天早上的這件事，我是十分清楚的，不用猜，我也知道你自己一定很痛苦。」我說：「我精神上有點兒受不了。」華在我的邊上掏出他懷中的鑰匙扣並打開鑰匙扣上那把小小的刀，把它打開之後在我眼前晃動，因為屋內只有我們兩人，所以他肆無忌憚地在我面前說：「這刀兒是什麼呢，什麼用也沒有，但它可以使你在想像中向自己所恨的人切去，然而通常我們都不會這樣，因為我們沒有膽量，但當我們覺得可以不對自己的未來抱信心的時候，我們就沒有過多的顧慮了，我們只想下手。」他惡狠狠地說。我說：「你不要再說了，我根本就不想對任何人再說這件事，特別在小禹沒有死去這種情況下，我覺得說不說都無所謂。」

華陰沉下臉，他說：「這個早上其實遠遠沒有被動搖，因為沒有一個根本性的後果，如果小禹死了，或者說我們親自目睹了『不速之客』的過程，那我們覺得這個早上還是產生了一點東西，但是什麼都沒有達到它應該的層次，人還是人，刀還是刀，什麼也沒有。」

我站了起來，我的頭很疼，我對華說：「我覺得有一個人來過。」「什麼時候？」華拉住我的手。我說：「是他幹的。」華後退了一步「他長得什麼樣！」我說：「跟我沒什麼兩樣。」華把他的大拇指咬進了嘴裡，我聽到屋外強烈的陽光把路人晒得晒里叭啦，於是我急躁地說：「那是一個跟我一樣的人。」

華說：「對，我在早晨真的是看到一個與你一樣的人從樓道裡走過他的神情，舉止都堅定無疑，他甚至不停地用手搓著手，他似乎在循環地走著，從東到西，再從西到東，然後我估計他進了小禹的房。」我說：「幾點鐘？」他說：「我想是六、七點鐘吧。」我說：「不至於，這個人明明是九點鐘才闖進屋的。」而我心裡在想六、七點鐘在樓道裡走動的那個人可能是我。華繼續描敘六、七點鐘那個人的行動，而且他總是強調那個人的鎮定從容和勇敢，也許我在每一次進小禹的屋子之前確實如此。那麼華確實看到我了，包括我當時的表情都一覽無餘。然而我必須使華相信無論他看到誰，在什麼時候，他都必須認為這個人就是那個與我相像的人。

華和我肩並肩，從房裡走出去，我覺得整個腦袋沉重無比，華說：「你的大腦裡裝的東西太多了，因此你既不是溫順的人也不是一個反抗的人，甚至你懷疑我們大家還是不是人。」

我在回過頭來看見小禹的大幅照片時，我彷彿感到華也在凝視她，而且他的眼睛有一種更為古怪的東西，我連忙問他：「你認識小禹嗎?或者說你一旦認識她你也喜歡她嗎？」華說他不喜歡，但是他絕不恨她，因為華知道小禹是個好人，一個好女人。我在扶著華的胳膊時，渾身發冷，我忽然從他的眼睛裡覺出一種更為可怕的東西，那東西似乎能看透一切，操縱一切，我說：「我要從樓梯上下去，然後我要到醫院去，守在小禹的身邊。」而且我大聲地補充「我十分愛她。」華說：「但你已經危害了她，至少你有過失。」「那麼」，我氣憤地說：「我就無法解釋了？」華說：「你不要向我解釋也不要向人群解釋，你向鏡子裡的自己解釋，你在這個早上幹了什麼，除了粗糙的行為之外，你那思想上的不可思議的缺點不也暴露無遺了嗎？

我嚇壞了，順著華的話，我跑進廁所，我看到鏡中的我的頭髮蓬鬆，整個臉相都歪了，但還可以表明這是我自己，別人也能認出來，我伸出我的手，上面沾著血水，我感到眼睛裡有許多尖銳的東西要往外跑，華在我的身後冷笑，整座公寓似乎都要分裂了，我抱緊腦殼，我用冷水把自己的全身都澆濕了，我忽然像受到一種偉大的教育，我站直了，用手拍打自己的胸脯，我對華說：「有人在化妝。」華遲疑了半晌說：「你是說化妝師把一個陌生人化妝成你的模樣，然後闖進了小禹的屋？」我說：「肯定是的。」

這時太陽已經很快陰下去了，大風吹打玻璃。天氣的劇烈變化，屋內光線的幽暗以及華的沉思都促使我更加清醒，我說：「我一定要把這個人抓住，不論他是誰。」「那麼」，華說：「能把別人畫得與你極相似的人只會有一個，那就是你以前最熟的人。」我點起煙，坐在沙發上，很快我回憶出潔。

4.問題在於我絕對沒有傷害小禹

和潔的關係是眾所周知的，然而我們有段時間沒再接觸了，我記得我們剛認識時才二十歲不到，那時我們對世界、愛情的看法是何等相似，以至於我們像一個人，直到今天我仍覺得我們其實並沒有分開，她是我的一部分似的，所以我一想到我馬上要去見她，心裡確實很激動。

我去看她的那個下午，正是春暖花開的時候，她在郊區的一塊菜地邊寫生，小路蜿蜒曲折，彷彿在模仿人的心靈，我的腳步並不連貫，不知為什麼我像害怕自我暴露似的望見她，我在她背後用手輕輕地拍她的背，她回過頭來說：「我就知道你會找來的。」我說：「華已經告訴你了？」她說：「你別以為那個華是個什麼人物！」我說：「他可真有本事，對我的過去似乎十分通曉。」潔冷笑了一聲。潔說：「這兒的菜花多美，像我的心情，我還和以前一樣，信任大自然，珍惜一切美好的東西，即使你不在我身邊，或者你壓根兒就變成個壞人，我也不會動搖我對美的信念。」

我站在邊上十分尷尬，我說：「我現在遇上一起殺人事件，而且我很迷惑。」潔回過頭來，我看見她的眉毛向兩邊平坦地伸去，我真想告訴她我真正渴望的生活十分簡單，但是我又無法避免這些突如其來的莫名其妙的事件，我說：「大致來講，是這樣的，有一個人化妝成我的樣子在一個早晨闖入女士小禹的住處，並殺了她，而且最重要的是我當時正和小禹躺在床上，並且我和這個人還進行了對話，這樣在這個人逃脫之後，我和小禹躺在地板上，而且我居然穿上了衣服，屋裡的一切都給人一種印象，那就是除了我並沒有其他人到這來過。」

潔冷漠地說：「你找我，無非是問我化妝一事？」我說：「你是一名化妝師而且在本城小有名氣，那麼你一定對化妝這麼個東西挺有研究的，至少你可以向我講個大概，包括你替我判斷一下在這個複雜的世界上有沒有人化妝成我的可能。」

潔在畫布上把那個未被完成的油菜花在中心部位加上點底黑，這樣整個花朵給人一種輕鬆感，我說：「難道你不認為現在我的處境很微妙，甚至在某種意義上我正處於危險的邊沿。」

潔不說話，繼續在花朵中心部位加墨，再後來我擋住陽光，把手撫在她帽沿下的臉上，她沒有拒絕，只是說：「你讓我想想。」她說：「雖然我搞化妝，但我和其他化妝師不一樣，我不認為人應該向人的方向化妝，這是一個錯誤，人應該向自然界非人的事物化妝，使其成為一個不像具體人的人，這樣你可以看得出如果是我我絕不會把那個不速之客化妝成你的模樣，我只會把每一個人朝著美的方向化妝，讓他自然，和諧，生動優美，讓他呈現給萬物，而不是呈現給永遠不滿的他人的目光；所以我在一聽你說有一個化妝成你的人進來了，我就感到這種印象本身就不太可靠，因為你的目光也許看到的只有你自己；所以最起碼你說服不了我，那個進來的人不就是你。」我生氣地說：「我只希望你幫助我找出這個化妝師，一個確實能夠複製面龐的化妝師。」

我聽見郊外的風呼呼颳過，在每一朵菜花每一條綠枝上面拂動過後，震顫著。周圍的空氣似乎在統治這一切，而且讓你覺得你無法抓住它，掌握它，我說：「人多麼卑微啊，可是我們卑微正因為我們沒有勇氣，我們沒有動力。」潔說：「我們要動力幹什麼，難道我們要用動力來驅使自己去行騙，壓榨和鬥爭？我們在這個世上最根本的任務甚至不是創造，我們只要認識，反應和歸於自然就行了。」我說：「但我們能回到原始狀態嗎？沒有強制，權力和區別？」潔說：「這當然不可能了，你想想在這件事中小禹受到傷害，難道不就預示著由你所參與的生活，或者由你所主導的生活正在自我解體嗎？無論這個不速之客是怎麼回事，你都將相信那與你也不無關係，因為你和他們其實一樣，在躲避現實，在形成自我，而當你們受到危害時，你們總是要逃脫。」

我看著不苟言笑的潔，我說：「問題在於我絕對沒有傷害小禹，然而包括我內心在內的所有存在都在指明一種可能性，那就是，我傷害了小禹。」潔最後把一團最濃的黑墨塗在花朵靠內側的位置上時，我看到一朵比真實還更為可靠的花躍然紙上，它隨時有可能被風兒吹起，當時我把手按在她的手上，我說：「我們一起回去吧，你好好想想，有誰最善於畫人的肖像。」

潔夾在我的懷中，我們順著崎嶇的郊區山路往回返，微風拂蕩周身的感覺使我們感到我們其實並不是真正的自我，我們所賴以自信的情感和觀念，其實都是被某種東西安排的，但這種東西並不構成命運，我們的思維和認識來自於瞬間的外物。

漸漸地，潔在我懷中行走的時候忘記了她是一個唯美主義者，她開始指責我為什麼這麼長時間不來找她，或者責怪我為什麼要和小禹混到一塊，她的意思是這一切多麼不諧調啊。然而，除了發生這件事之外，這一切又有什麼不對之處呢？生活本身就是一個十分主觀的過程，我們不想讓發生在我們身邊的每一件事都處於自己的認識之外，也就是說我們希望弄個明白，究竟我們是否自由了，我們被隱瞞了什麼？什麼在向我們施加罪惡和可恥？然而，當我們被事件打倒時，被另外一些人嘲笑時，我們才感到原來我們的過去十分僵硬，蒙騙我們的不僅僅是那些無意的人，甚至有我們自己。潔把她的包兒往後挎了挎，然後在月色的街道上跟我抱得更緊，我們邊走邊談。

不知不覺我們已經到達住處，我住在六樓，那晚在上樓過程，我們聽到了一些極為可怕的東西，剛剛打開樓層的大門時，那個從未離過半步的老頭或老太不見了，他那漆黑的椅子上似乎也坐著一個東西，我湊近一看是一只巨大的鐘，我十分奇怪，不願離去，潔說：「那真像一塊石頭，粗糙而又直觀。」

我們站在那發愣，老頭兒從更裡面的某個角落裡站出來說：「這是某某人送給陳的。」我說：「有沒有留個便條？」老頭兒說：「沒有。」潔說：「這真神秘。」我在把眼睛向鐘湊得更近時，我發現潔嚇得哭出了聲，她說她看到鐘裡的一隻眼睛，我說那是時間的眼睛，我對老頭兒說：「你把它扔掉吧。」老頭兒躲在角落裡說他不能。我說：「那你隨便處置吧。」因為樓梯是從左至右在不停地變換，因而進門之後必須穿過整個一樓才能找到入口。

我們在經過水房時，水房的氣氛十分陰森。潔躲在我身後瑟瑟發抖，她說：「世界的夜晚是些什麼，我們人類又是什麼，一旦我們不能用眼睛來目睹事物，我們就完全倒了，不但沒有美，而且對美的印象也完全喪失了。」我想這座樓處於市中心與市府毗鄰怎可能停電呢？

失掉光明的樓房像一座魔盒，我們拾級而上，我們的腳和胳膊碰倒許多東西，沉悶的破碎聲既廣闊又深遠。當潔最後一次經過水房時，她說她看到有一只水龍頭不是在滴水，是在滴著一種粘稠的東西。我說：「這不可能。」潔說：「你看嘛，而且你可以摸摸這沒有雜質的粘稠的玩意兒。」

我不知道這一切都象徵什麼，在這個時候，在我摟著熱愛美、熱愛自然、熱愛事物的潔上樓時，這裡所遭遇的一切都因為什麼呢？

潔在進房門之前，隱隱約約地跟我說她自己的那些想法其實也很脆弱，特別在我們失去判別力的時候，一切都不可思議，一切都置我們於不顧，我們彷彿從來都沒有被什麼東西擁有過，我們被沉重地拋棄了。

我們到達房門前面的時候，屋內的光線已經竄了出來，潔瞅著我的臉龐說：「你很蒼白」，我說：「我也被嚇了」，潔說：「人就是這樣，不斷地演變但都逃脫不了一個最根本的目的，那就是為了更像一個人，所以我的悲痛主要來自於我們有不像人的危險；而我的化妝呢？正是從一開始就從這種悲痛觀中撤出來了，我希望眾人都能夠向另一個方向發展，那就是向事物的方向發展，除了魅力和誘惑力之外，我們不再乞求其它的力量，哪怕現在別人把不可理解的力量命名為超現實。」

我站在門前掏鑰匙的時間裡，彷彿聽見樓底的那只怪鐘安在老頭兒身上作為他所有可能的腦袋中的一只向我蹦跳過來，我對潔說：「你看那是什麼?」潔說：「什麼也沒有」，我慌忙打開門，我感到許多液體小珠珠在樓道裡蹦跳，在座鐘的下面，它們產生了無法形容的音樂，怪誕而又興趣盎然。

5.潔胯部的陰影終於衝破她本來的曲線

潔用手在我的臂膀上捶著說：「每逢我們一回到房屋，從陽光的直接照射下躲開時，我們才感到原來我們確實拒絕了大自然，我們在不再有耐心去審視它之後，我們回到充滿罪惡感和孤獨感的小空間中，這種小空間叫做權利的示範，但無論我們如何封閉自己，讓自己休息，我們都不得不承認我們最終還是要回到良心與罪惡的集合體中，回到自然中，而這自然是我們造成的。」「一想到這點」，她說：「我就想為更多的人化妝，讓他們成為草兒、樹葉、流水和陰影了。」

在我臥室的床頭後面的牆上是幅深藍色的布景圖，這圖還是潔和我才認識不久之後上美術課練習時畫的，這幾年它一直掛在那，說心裡話，我以前只當它是一塊破布兒，但當潔再次走到它跟前，並在視線中與它重疊時，我發現這塊布變了，成為一種有知覺的可移動的並有變化念頭的東西兒。

潔側著身，我看見她嫩白的肌膚在那兒凝止，並且光滑地下墜，籠罩著身體的並不是衣服，而是目光的障礙，是有待驅除的東西。

潔的手放在她的胯邊，並按緊自己的骨頭，我感到有一種黑從她背後的畫布上流出來，並塑造了一個確鑿的陰影站在她背後，也許那個陰影既能代表我，也能代表我的思想，我不知道我站在那幹什麼，我忽然覺得在她背後是一塊偌大的森林，無比幽深、晦暗、潮濕和濃密，但是這種潮濕並不使我們寒冷，裹緊和密閉，我們可以游動，分開並跑動，我感到那片森林所提供的主要是水，並且這水從她的腳下滑出，流向每一個可能的方向，當然主要流向了我，這時我才注意到在她目光的深處，人類本身似乎已經消失了，只有樹木、流水、黑澀和柔軟在互相穿梭，有些事物爬行、昂首、挺胸，我感到潔的呼吸在加促，有如海風吹過的時候，我根本不能動彈，我第一次感到潔是一個十分內向的人，一個絕不會輕易開口的人，她也許並不想做什麼，她不會去應付世界，也不會去應付別人，所以我想我更加喜愛那一塊深藍的布了，但是這種幽深得似乎要後仰的場景有一種強大的牽制力在拉住我，使我的氣管和衣物、皮膚都在這種緊繃的對立中成為負擔。

我看到潔那隻扶在胯上的手像一片碧綠的葉子在那不停地搓動，彷彿在蛻去事物的殼子，讓事物成為事物，而讓具體的東西成為它一直被分割的另一個自我，而她這隻寫生、化妝和描敘的手，這隻與胯部緊密相連的手真正所要蛻去的也正是她所一直不知的也不願理解的人類的某些特點，其中包括我們的虛偽、排他和獨立。

我試圖過去拉住這隻手，但我無法動彈，一種限制我使我獨立的力量，一種我自己無法調動的力量在克制我。

潔說：「你過來啊，也許你應該親自到這畫布的表面上去，在那上面，讓我再看看你。」我說：「我不能動。」她說：「是的，我寧願你像一棵樹，滿懷著對風的乞求，對雨水和道路的召喚，使它們與你交遇，對話，而你絕不能動，不會喪失你的立場、記憶和觀察方式，這樣多好，所以我站在這把我的陰影和這燈光一起表達在你的視線中，你看到了我，也看到了我的欲望，但我不動，你知道我的眼中是一個被化妝的你，像一片草坡，像一塊根莖，忠實地抱著自己的基礎，立在大地上，然而大地絕不向你解釋。」我說：「你化吧，隨你把我當作什麼，這一切有什麼壞處呢？我只怕在我的生活中沒有人來影響我們，改變我們，從而使我們成為不能決定別人的無用的東西，這樣我們就失去了權利，不能回到現實之中了。」

潔的胯部的陰影終於衝破她本來的曲線，臥室的燈光因為一隻飛蟲的緣故而略作了擺動，我在那短暫的擺動中看到了潔的雙唇在翕動，我覺得無比快活，一種巨大的力量似乎從另一個方向重來一次，使自己也搖擺不定，我站到潔的身旁，我看到潔的眼睛無比明亮，而她的睫毛在不停地關閉，我不敢細看，我低下頭聽到水房裡嘩嘩的水聲，我感到恐怖和幸福都不停地擊打自己要求自己。

而我的一切感官，我的思維的大腦都在攪動，失去信心，準備完成，準備撫摸也準備完全排斥自我，成為獨立的更小的不自主的顆粒，我感到頭又開始疼痛，而視力在傾斜。

第二章

1. 對小禹受傷你最起碼是個現場的目擊者

我對朝霞的第一道光芒深有感觸。我設想在我向主任請假時，他辦公室裡的氣氛最好溫和一些，我害怕我一面對他，空氣就首先制約我，使我語氣不夠堅定。主任果然一見面就說：「這兩天你可沒來上班啊，這在紀律上是不允許的。」我說：「可我打電話來請假了，不瞞你說，我最近發生了一點事兒。」主任頭也不抬把他的目光從窗臺移了出去，我感到他是在開闊視野以使我更加縮小，成為他的可有可無的一個棋子，他說：「我們現在已經完全可以不要你，請你走，但我們現在不會開除你，因為我們不能在你出麻煩的時候趕你走，這樣別人會懷疑我們與你有什麼瓜葛。」

我的胸中壓著怒火，我平靜地說：「正像你一再肯定的我是個在思想上有毛病的人，所以你應該對你的話負責，從而理解我所做的一切。」主任說：「你為什麼現在才向我請假呢，我本來在計劃表上就把你所有的工作都轉交給你的同事了，如果你在小禹一出事之後就請假，我會十分同情你的，但現在只能讓我覺得不正常。」主任把大摞的文件嘩啦啦地攤了一桌不滿地說：「你為什麼現在才去醫院呢，你這幾天在幹什麼？為什麼不到醫院守在小禹的旁邊，他把煙卡在煙灰缸缺口上說：「雖然你並不是她的丈夫。但是你是誰呢？你不要忘記小禹的受傷你最起碼是個現場的目擊者啊。」

我說：「你這是什麼意思？難道你認為我在這件事中更可能是個其它角色！」主任拍了拍桌子說：「放肆！你這兩天不去醫院就讓所有的群眾都懷疑你是否是一個正派的人，甚至你的正義感到底有多少？」我心想我找化妝師這件事比在醫院更為急切，因為它涉及破案的程度相當大，但我並沒有和主任說過多的話，我看到幾隻蚊蟲從他的背後飛進來，主任有一只碩大無比的腦袋垂掛在背後百葉窗的十幾條間隔的距離中，我突然憤恨起這只領導我的腦袋，我深信我的腦袋裝著比它更多的東西，但為什麼他要對我的假期、外出和自由橫加指責呢？

霞光這時已從百葉窗平行的角度升上去了，所以陽光不能打在我身上，而主任仍身處陽光之中，他的語氣漸漸也緩和了，他說：「你是個能幹的人，但你一點兒也不自覺，別人說你這兩天不去醫院是你壞的表現，而只有我」，他走到我邊上說：「只有我知道你只是馬馬虎虎地忘了。」我知道他是在給我一個退路，我向主任告別，他破天荒地握住我的手說：「同志，你好自為之吧。」

我揣著我的假期跨出辦公室，我在跑出最後一道門時差點摔了一跤，我從這兒到醫院要經過四條主要街道，而且它們並不直接相搭，彼此無干又相互牽扯，我只得穿過無數條小巷，指示那位司機東奔西突，當我趕到醫院時，我已經消耗了很大體力，我看著那塊清潔、整齊的醫院上空的樹，我知道我後悔極了，我對門口的門衛大聲地叫喊說：「我要進去探視一個十分重要的病人。」門衛說：「這兒病人都很重要，除非他們已經死了」我無可奈何只得說：「我十分內疚，必須看她。」門衛用冷眼朝我瞅了幾下說：「你可能是個壞人。」我還能說什麼呢？看著這個鬍鬚盤結、爐火被點得很旺的門衛，我搖了搖頭。

我打開病房的門，看到小禹正閉著雙眼，雙腳被吊起，據說那是為了她更好地呼吸。我沒有去碰她，在她靠窗的那邊，一位神情嚴竣的醫生正把他的帽子小心地捏在手裡，至於他有沒有看見我，我也不敢猜測。我覺得他可能要抬起頭，我才伸出手去，我說：「我姓陳，小禹的朋友，謠傳的情夫。」那醫生沒有站起來也沒有伸出手，只是把帽子從手裡轉到頭上，他說：「你坐吧，你來得太遲了，儘管你早點來也不能說明問題。」我慌亂地說：「是的是的。」

我在後來才知道那位醫生姓馬，是一位著名的大夫，他著名是在於他既不是外科醫生也不是內科、心理醫生，他是一個一輩子都不直接給病人開藥打針的醫生，他的特殊驚動了醫學界，人們習慣叫他馬無病，因為大家都知道他認為他的病人必須從他的手上走掉之後承認自己沒有患病。那麼馬醫生在面對小禹以及她後背那把深陷的刀子時又有什麼看法呢？我有點兒發抖，很不自然。馬醫生說：「你看她怎麼樣，你覺得她舒服嗎？」我說：「說不上來，也許她不舒服吧。」

馬醫生嘆了口氣，把他的褂角從大腿中抽了出來說：「我看她挺舒服的，從現在到未來都這樣，因為她很有可能再也不能完全醒過來，這樣她自己就根本不能確定自己是個人，那麼她的一切我們還能了解嗎？顯然不能。」我叫馬醫生這麼一說心裡猛地湧出大股大股的冷意。

潔在我執意懇求下透露了本城在肖像複製方面最有名氣的化妝師，她的名字叫霜。無論何時何地我都找不到第二個能與她相比的女人。

她的鼻子略微有點兒翹，整個面龐十分順暢，頭髮收攏束在耳後，有時也散開，在她的每一個部位你都看不出她有什麼不妥處，可以說她盡善盡美了，她每說一句話，她的手都要變換一下姿勢，她渾身散發著一種與你平等的、安靜的味道。只要你和她說話，你就發現原來她早已準備認識你，並贊同你對痛苦和困難的看法，然後只要你得意忘形她就會對你有些不屑了，所以我至今仍然十分回味這個女人，我不知道茫茫一生所接觸到的那麼多人中，有誰能夠像她那樣用極為平淡但十分矜持、有說服力的姿態來面對一切，所以我有時懷疑我對這個女人產生了一種從未表達也無從表達的東西，它含在我的每個出口處，但它無法發展，只能維持在那兒。

霜的那座樓房更為破舊，你無法想像這麼個出名的化妝師會住在只有九個平方的小單間裡，在一進門的側牆上擺著兩面鏡子，每面鏡子有兩尺見寬，對著前邊一點兒的床鋪，彷彿它們是兩隻滿不在乎的眼睛，但它瞧見床上發生了什麼呢？在床的外側牆上有一只占據了三分之二面積的大窗戶，你可以想像只要是個有飛翔欲望的人，她隨時都可以設想自己從那兒飛出去，在下面那張巨大的床鋪上，霜平靜地躺著，我在敲她房門的時候，她正躺在床上，她沒有問你是誰，我就進來了，我看到她坐了起來，頭髮一半束著一半散著，給人一種瘋狂的不定感，我說：「你就是霜？」她說：「是的，你從哪兒來？」我說：「我找你有點事兒。」

我發現其實這間屋子並不算太小，我從那貼在對面牆上的鏡子裡感到這間屋子在某種奇異角度上的深邃，那就是鏡子映照中的那張床鋪，它在視線中飛速地下陷。

我說：「有一個叫小禹的被刀刺傷了，而那小禹是我的女友。」霜並沒有震驚，她說：「你認為那個持刀的人經過我化妝了？」我說：「也許吧，我只是想證明一下。」霜又躺了下去，我從她一米之外的矮沙發上看見她並攏的大腿向上在拓展，然而她並不坐起來。我說：「瞧你屋裡的這些被你化妝之後人們的照片啊，他們其實並不漂亮。」霜低沉著說：「為什麼要讓他們漂亮呢？難道他們做個不漂亮的但很有本分的人不是更好嗎？」霜把她的顏料盒整整齊齊地堆起來，然後讓我端著。

她說：「我聽說過你，據說你的情緒十分不穩定，我的許多朋友都感到你有點兒怪，在我所有的熟人以及他們的朋友中，你是唯一一個沒有被我化妝過的人。」我說：「因為與你不熟所以我沒有找你。」她的話語馬上軟了許多，她甚至把她的一隻腿輕輕地翹起，我看到她那散開來披在前面的頭髮堅硬地戳著，我說：「你這兒的許多東西都向我表明了你是個真正的藝術家。」她說：「我不是藝術家，我是個對生活負責的人，或者說我提倡人們去生活、工作、做事。」她似乎看到我的疲憊，一種無比溫馴的手兒按在我的椅子的扶手上，她的目光現在完全鋪散開來，我看到各種顏料的盒子一一敞開，散發著輕郁的香味，她在打開它們之後，居然向我展出她的手心，我發現那兒有點灰白，她說那是她化妝時經常托粉的緣故。

2. 我看到霜手上有一種奇怪的光芒，透著粉紅，晶瑩的亮色在不停地閃爍

外面的夜色很快籠罩了整座樓房，我感到這間屋子很溫和，我並沒有要走的念頭，我在

等到月亮從窗簾邊撒下一點光輝時，我說：「我想和你說件正事兒。」她說：「你別說了，你最多只是想告訴我，你很喜歡我，而這個話誰都會講。」

我搖了搖頭，心情突然糟糕極了，我指責自己為什麼要對她說這些無關的話呢，我到這兒來是為了讓她提供一點線索，究竟她化妝了的某個人是否是依照我化的？而她從來沒有見過我，為什麼又要這樣做呢？甚至，我不知道她為什麼要把人化妝成一個十分相像的，有存在印象的一個人呢？

霜在送我出門的時候，月光像白銀一樣細碎地穿插在林蔭道上，我看見她手上有一種奇怪的光芒，透著粉紅，晶瑩的亮色在不停地閃爍。我躲開那手，我感到那是一個匯雜著隱晦力量的地方，我對霜大膽地說：「肯定是你化出了與我相像的人，但你為什麼要這樣做呢？」霜在月光下低頭，她沒有作聲，我看到她的手背在身後，我發現她的臉龐突然變得十分單純，並閃動著一種鄉村般的光澤。她說：「你走慢點，在這個巷子的出口處有一口深井，你千萬不要掉下去了。」我握住霜的手說：「我希望你幫助我，因為你是我唯一的出路，只有從你這兒我才能講個明白。」霜說：「也許不會有人找你的，你想你算誰啊，你不就是你自己嗎？」我說：「可我有時會被別人誤以為不是我，就像我有時看到另一個我。」霜輕輕笑了。

我看到遠處街面的深井離自己更近了，而霜進屋之後已關上她的窗簾，月光浮在窗簾的方塊上，我很想把那方塊揪掉，像揪掉霜眼睛裡的一種特質。我看到我有反動的一面在迅速滋漲，那就是我的暴力、我的心態都在尖銳地衝破自我的柵欄，我感到我無法使用我的目光去看待這一切。我對小禹被抬走後華與我的那段談話十分擔憂，我一想起華那可怕的充滿象徵性的目光，我就感到事情不妙。

第二天早上我起得特別晚，潔在我邊上早就在看書了，我側仰著觀看她的模樣，心裡有一種想去死的念頭，我似乎看到在大片大片的菜花中，自己變成一隻十分輕盈的東西在那兒翻滾，然後自己不見了，鑽進工蜂或者心蕊的底部，消失了，也許微風和微風的間隙都無法容納一個可憐的人。

我到廚房端了點東西過來吃時，我發現床上什麼也沒有，那麼剛才的潔呢，她來了，在哪？或者她根本就沒來，那麼明明記得她昨晚來了，怎麼解釋？也許根本就沒有昨晚，我從某個時間點直接到達現在？我的盤子落在地上，食物中的水分在地上亂流，我撫摸自己的腦勺，感到那兒好像被什麼東西摳打過，我想也許又是那只可惡的大鐘在蹦跳時碰到了我，那麼我看到它了嗎？我的記錄、估計和分析又在哪兒？我把頭埋進被窩裡，我再次想起那天早上的小禹以及那天早上之前所有時間的小禹，小禹為什麼要一語不發躺在醫院呢？我不知道。認識小禹的時候，是在一個下雨的晚上。

3. 隸一直住在急救中心

「下雨了，天也挺暗的」我對小禹說。小禹說：「我不認識你，你在說些什麼呀！」我說：「我們走吧，一起走，我這兒有一件多餘的衣服可以頂起來，然後我們隨便去哪個地方。」她說她只能回家，她是個有家的人。我想她確實必須回家，但這並沒有降低我心情快樂的程度。雨打在衣服上，然後從我支撐它的兩隻拳頭上往我的胳膊流，我在和小禹靠得很緊時問她：「你喜歡下雨嗎？」她說：「一般。」我說：「你為什麼這麼晚還站在外面呢？」她說她沒有事做，只能站到外面，那會比較舒服。我說：「你也許很不會控制自己，否則你一定待在家裡看電視，像每一位太太那樣。」小禹說她不會，她絕不會做一個守在電視機旁的太太。我說：「你的意思是你並不熱愛電視的聲音和屋內其它器具的聲音，你寧願喜歡雨聲？」她說：「是的。」「那麼」，我說：「你是一個熱愛自由的人。」她說：「也許是吧。」我一直用我的胳臂摟著她，直到送她到她的家門，我看見雨水在我們剛剛停下時也意外地停了，而且在那晚有一樁嚴重的車禍，她的丈夫恰恰在車禍中出了事，當時她和我都並不知道。

我現在知道這件事是因為一個朋友特地在暗中告訴了我。而至於小禹自己是不是知道這件事我們已無從追及。

小禹的丈夫隸在當晚被汽車撞倒的剎那，看見兩個人從他的面前經過，其中一個是他的妻子，另一個是我，當時他感到十分可笑，他想他才從千里之外抱著一顆「熱戀」的心回來，然而事情卻這麼簡單，他被不可阻擋的巨大汽車給擋阻了，並且他感到一種轟鳴聲，使他的幸福突然崩碎了。他聽見自己沉悶的心跳沒有停止，然後他感到他的眼睛已經很難閉上，他記得當時人們把他往汽車上抬時，他仍以超常的視力看到小禹和我在奔跑，並見他描摹了兩只甩動的屁股在雨幕中交織，他想小禹呢，小禹呢，在那兒，在那兒，小禹。

隸躺上汽車順著另一個方向向急救中心馳去，他在呼氣、吸氣，別人也在強制他更快地呼吸，他自己知道自己沒事，他想太沒有意思了，為什麼我要被撞倒呢，不然我會當面瞧見小禹身邊的那個人。那個人就是我。從那晚之後，他在整個腦海裡只有一個印象，我估計那個印象就是我。那位向我提起隸的朋友李責備我說：「你太狠了，而且太直接了，為什麼要在那個時候才碰到他的妻子小禹呢，早些時候你都在碌碌無為地忙些什麼呢？」他彷彿很替我惋惜。

隸一直住在急救中心，那裡戒備森嚴，隸看到鎖緊的帶紅色警燈的鐵門與自己的窗子足有兩百米之遙，然而他可以清楚地辨別那兒的門衛在打盹，甚至在做夢，他自己想笑，他想我很快就會出去了。

「我們無法想像那個危重的隸是如何穿上正常人的衣服以及他從哪兒弄來了這些衣服，他怎麼才能大腹便便地離開急救中心多次，他闖進市區人民的生活中，他一樣購物，走路，那麼他哪來的錢呢？但無論問題是如何複雜，他都不折不扣地完成了他在醫院外的一切。」李說。

我把茶水潑在地上說：「李，也許你弄錯了，那個隸或許根本就不存在，最起碼只要你一認為他就是小禹的丈夫，那麼隸就不存在了。」李說：「他存在是肯定的，我所做的就是用客觀的方式證明了他確實是一個受到重大刺激的丈夫，而這個重大刺激就來自那晚你和小禹在雨夜行走的場面。」李讓我去急救中心危重病房去親自看一看隸，我同意了。

那天下午，我沾滿了灰塵跨進隸的病房，我見到他的第一句話就是「我其實不是真的。」「那麼」他說：「你是來懺悔的，像石頭對於石頭？草木對於草木？」我看到他的眼睛睜得很大，我說：「你心裡還能想問題嗎？」他說：「我能，只是我可能換用了一種方式，因為我有了一個最基本的東西。」我想我不知道他所指的是什麼？我問：「你一直住在醫院嗎？」

他居然罵了我一聲：「你這是什麼懺悔，你首先就否定了你懺悔的必要，然後你作一個形式上的懺悔，你這是對我的侮辱啊。」我看到他的嘴唇咬得很緊，我說：「你還認識外面的世界嗎？小禹現在成這樣，怎辦？難道我夾在你們兩個中間會不難過？」他說：「那你打算怎麼辦呢，抹殺一切，使你自己開脫掉？」他說：「你沒有必要嗎！你應該自己給自己這個危險的機會，不然你自己的生活也毫無是處，你很有可能白活了一生，因為你阻止你自己成為一個瘋子，哪怕你已經是個瘋子。」

我看到白沫從他的口中歪出，護士用手推搡我，她說：「你這人怎麼搞的，怎麼跑到這兒來和這個垂危的語無倫次的人談這些誰也聽不懂的話？但是你們的話充滿了深刻的仇恨感，那麼你們是為了誰呢？」護士想把我推翻在地，然後用腳踐踏我，但我反抗了，我說：「我喜歡來和他說話，因為我要從他這兒得到一些東西。」

護士鄙視我，把我在視線中和那個輸液瓶並列在一起引爆了。我在只顧想這個護士時，看到隸幾次從床上消失了，但你定睛一看他仍然躺在那兒，我想也許是我眼睛花了，我知道我十分膽怯。

華在樓下碰到我時，臉色十分溫馴，以致我自己也受到了這種溫馴的感染。他說：「事情很快就會過去的，你看，我有一大群朋友想到野外的夜晚的篝火邊聚談，如果你同意的話，你去最好不過了。」我無法不答應，因為那一會兒我無法仔細去端詳他，以致使我忽略了他的眼睛，我感到他真的像雲彩一般漂浮。直到後來我才知道他是剛剛在霜那兒化妝才回來的，華特別有錢，但他並不鋪張浪費，他是一個富有的特殊人物。他在和我約定了去野外之後不停地打電話給我商量去那兒所需要的一切材料，甚至包括火柴，我在電話中對他十分冷淡，他也一般，然而只要我們一見面他就以一種強大的魔力似的溫暖使我就範，聽他的每一句話似乎都充滿了磁力，我因為要去郊遊不得不放棄在醫院守在小禹身旁的計劃。

我在我的電話本上，門邊的掛曆上，以及在手心都記下了我必須去小禹那兒的決心，但我還是自己把自己拖到華的出發點，我不幸得一點也看不出這時的華已經不是先前那個冷淡的華，在霜的筆下他變得謙和、準確和大度，所以他致使我放棄了一切，我在篝火對面，在一大群朋友中目睹他的面容時，我像看到一塊發香的饅頭，我想咬碎它，但我感到我越來越失去自我的辨解力，我壓根兒就沒想到霜和華之間的聯繫，我想霜那會兒也許正躺在那張巨大的床上，而她的兩面鏡子又後退到哪才看不見她呢？我沒有把霜的手和華的臉連接起來，在這空蕩處所產生的矛盾和張力是巨大的，這使我甚至出現了媚態，在那兒和眾人一起誇獎華的大方和瀟洒。

篝火在燃燒的時候發出嗶啦啦的響聲，我似乎看到華的周身在不停地移動，我看到了他的每個念頭，也就是說我被他所表現的善良給感動了，所以我蹲過去湊在他的肩膀邊說：「你是我的好朋友。」他爽朗地笑了，響徹夜空，我自己也笑了，我感到我對他尊敬得很，華講了許多淒美的故事，直到篝火熄滅，我們都沒有動，似乎寒冷根本無法侵蝕他，他在那兒繼續說著好話，直到天亮時他突然卑鄙地消失了。

4.馬醫生問，你和小禹睡在一起時，覺得她對你好嗎

小禹靜默地躺在那，嘴唇乾裂，並做著翕動的努力。馬醫生低著頭，他有一雙特大的手，每一個手指都細長而紅潤。

我站在他面前，我問馬醫生「也許她會死的?」馬醫生說：「我絕不會讓她死，我想她會提供十分有力的證據。」我說：「證明什麼呢?」馬醫生半晌不說話，用他的手在小禹的臉上挪動，我看到小禹的肌膚並沒有失去彈性，所以我突然對馬的手產生了憤怒，我說：「你要讓她活過來是好的，但我認為十分困難，而且你幾乎並沒有為她做什麼治療。」

馬醫生倔強地扭過頭來說：「我也不僅僅是讓她不要死去，但我也沒說我讓她活過來，生與死，都並不是擺在小禹身上的命題，我們在小禹身上所需要的只有一個，那就是她的存在，只要她能夠意味著什麼，指明什麼，那我們就沒有白白在小禹這兒浪費時間。」我聽見馬醫生的手指終於在小禹的臉邊搧出叭噠一聲脆響，馬醫生說的這件事說到底與她本人是一

點兒關係也沒有，小禹還是小禹，即使她不能提供隻言片語，我都感到小禹還是看到了問題的實質，那就是她本身處於一場騙局中，與其說是她的運氣受到了傷害，倒不如說在她的周圍有一種潛藏已久的威脅，而這威脅是可以查清楚的。

馬醫生站了起來，比我矮一點兒，我看見他的臉上浮起一種淡淡的熱情。他拉住我的手說：「你在和小禹睡在一起時，覺得她對你好嗎？」我看看小禹，又看看馬醫生，我說：「她是一個說不上來的人。」馬醫生對我的這句話沒有反應，他說：「我就知道你不會把她放在多重要的位置，而這點對你卻是有利。」我疑惑地問：「為什麼呢？」馬醫生說：「因為這樣一來，你就可以聲明小禹並沒有讓你產生巨大的激情，你是在十分清閑、無聊的情況下到她這兒來的，而這種心態是十分安全的。」我預感到馬醫生是在反面引出我的心理，但我無法抗拒他的引誘，我和盤托出了小禹和我之間的那種雖然親密但絕不深沉的情感。

馬醫生拍著我的肩膀，我感到他的手正在輸出一種東西，它使我迷糊。

馬醫生說：「小禹雖然躺在那，但從她偶爾掙扎的難受的舉止中我能夠看得出她有了警覺，也許這種警覺是處於以前對平靜生活的反叛。我似乎覺得小禹在這從未睜開雙眼的幾天裡，她事實上做了個比較，她應該看到了埋在平靜生活中人們的壞心思，這其中也不乏你，但更重要的是她必須從她一生的經驗裡抽出一個標準來衡量她受傷的那個早上，她到底犧牲了什麼，朋友、道德，肉體還是幸福？」馬醫生把他的帽子摘了下來。

我低下頭，他說：「也許她在弄清楚那早上的孰是孰非之後，那個真正持刀的人的形象就會浮現出來，她絕對可以指證他的臉孔，因為那上面浮著持刀者的唯一的感覺。」我說：「那種感覺，我看到了，是仇恨！」「哦」，馬醫生使勁地說：「你看到的不算，因為你已經失去了辨別力，你只有一個念頭，那就是執行你的決定，無論這種決定是損人利己的還是沒有監督的。」我生氣地說：「我再一次告訴你我的目光還起作用呢，我明明看到了持刀者的全部過程，難道我能不信任自己的眼睛？」

馬醫生哈哈大笑起來，他說：「你一點兒勇氣都沒有，你所看到的一切說服不了包括你自己在內的所有人，因為你肯定了那個人像你，這意味著什麼，也許那個早上你根本就沒有清醒，你處於某種感覺的統治下，按照它去行事，你不分青紅皂白。」我望著小禹的臉，我覺得有一股積極性在我的體內上升，我可以回憶出小禹的身軀在那兒擺動的樣式，我似乎又看到我給她購買的玫瑰仍然在不遠處散發香味。我對馬醫生說：「那你就耐心地等在這兒，從她的臉上找到你所要的東西吧，但也許你的觀點和想法是錯誤的，因為在這個世界上認識和辨別事物的根本途徑仍然是語言，但是，你看小禹」，我高傲地說：「是很難吐半個字的。」馬醫生似乎想揍我，他說：「她仍然有最後一種對話的方式，你絕不會懂。」「為什麼？」

我問。馬醫生說：「因為你低級。」

5.這時我看見一個柳葉樣的女人坐在門邊

從小禹那兒出來我除了很大的悲觀之外，我內心所滋生的積極形勢十分怕人，我感到我必須擠到人群中去，在其中推搡、撞擊、粘合，所以我很快走上寬闊的路，我迎著車流，我覺得我呼出的氣有滾燙的味道，而我的腳步在地面上震響，我在往自己的屋子走去，我抬起腕來看我的手錶，我想潔也許已經把她的那幅畫兒畫好了。

潔打開門之後，我說：「你今早來得太早了，以至於我還沒有來得及趕回來。」潔拉住我的手說：「你看那是什麼?」這時我看到一個柳葉一樣的女人坐在臥室的門邊，我淺笑著向她走近，在距她兩米遠處我止住了，我對潔說：「你叫她不要擺動啊，否則我還以為她癲瘋呢。」潔說：「你看仔細點她動了嗎?沒有，因為她的線條在視覺中刺激了你使你自己在晃動。」她說：「看，看，你自己也扭起來了。」我的臉唰地紅了。

那是一個只有十八九歲的姑娘，她說她在一所夜校上課，她叫南。

南終於站了起來，然而我聽見潔說：「你站起來更加形象。」我似乎感到在整個屋內都颳著溫暖的風，我對潔說：「謝謝你。」潔把眉頭低了下去，動人地抿了抿嘴，我低聲對她說：「要不是南在這兒，我真想抱你到那兒去。」我指了指裡面。

潔說：「南是我的好朋友，她最喜歡我的化妝了，而且她和我的配合十分好，只要我為她化了妝以後她很少說話，也就是說她的情緒變得十分低落，漸漸地喪失了自我。」我說：「只有在這時我才忘掉目前的事兒，感到一種徹底的安全。」潔說：「也許這就是和平的力量吧，使你徹底交出你的盾，也交出你的矛，你看到的只有事物，因為它們主持了大地，也主持了目光。使你免除了抵抗，直接到達你的內心所仰慕的地方。」她更重地說了一遍「你感到很快活。」

那天南一直坐在門口擺動，我呢，時時瞧瞧她，再看看潔，我無話可說，我用手不停地在潔的頭髮上摸著，在那光滑的下墜中，我看到南無所表情，似乎她所交遇的一切中只有風和理想的春天。

南最後從我們的破樓裡裹著她長長的黑色風衣走了，我在她卸妝的臉前發現這是一個美麗的不懂事的女孩兒，她的腿很長，占據了我的下半部分的所有視線，我在送她時向她挪得更近一些，我聽見她在經過水房時哼了首歌曲，而在那同時，水房裡傳出的淒慘的哽咽使潔縮成一團，她躲在門後，她說：「多可怕啊，陳，我們還是趕快到臥室吧。」

我說：「這幾天我總是在一進入夢中就被那個破鐘給碰著，我說那是什麼呢，在我心中紮根，使我沒有安全感，使我感到這座樓房還有另外一個黑暗中的世界，還有許許多多即將出來恐嚇我們的東西。」潔說：「我現在只能在你這兒，否則在其它地方我都害怕得很，我老是覺得有一些粘糊的東西在封鎖自己，連氣味也在不停變換。」總之，潔說她只要放下化妝的筆，那麼所有東西都活動起來，向自己壓迫過來。

6.華說我能感到你把我往任何一個人物化妝時，你都充滿了忠實

華溫和的笑容似乎比春天本身更讓人心曠神怡。那晚篝火燃盡，他溜掉之後，我在內心抱著很大的成見，當時的星星異常寒冷，而山脈的脊梁也沉默了，我把頭抱著，看未被燃盡的木柴在地面上分裂，作為灰燼它們抓緊最後的溫度，但再也讓我們看不下去了，我站起來，我覺得整個山地都輕輕地哼起一首悲冷的歌，它離開了繁華和陽光，只有我們幾個人圍坐在那兒，而華的背影還是被另外一個朋友影影綽綽地發現了，當時我也已經一個人掃興地踏上歸途了。

回來不久，我就接到華的電話，他顯得漫不經心，並不為他的不辭而別作解釋，我很反感，我說：「你怎麼能撂下我不管呢，全是因為你請我我才去的啊。」華掛上電話。

第二天，華一大早就趕到我這兒，他說：「我現在對你很有興趣。」我本來想頂幾句，然而他的溫和和謙虛的話語使我張不開口，我幾乎必恭必敬地向他遞眼，我說：「我的房子很破，我這兒的樓道很破。」我還著重強調我這兒有一些怪物。他說：「你不要膽怯，我領你到我那兒去。」其實，我心裡十分明白他那兒是高貴住宅，除了大理石地板，貴金屬吊燈之外，那兒並沒有什麼特殊，但不知為什麼我還是一下子就對他的邀請充滿了嚮往，我進了他的屋門，我發現屋內似乎連空氣也沒有了，在牆壁四周，在桌子下面，在櫃子裡各種名貴的方塊的玩意兒層層疊疊，他說：「我這兒一切都有，金銀銅鐵錫，我都喜歡。」他遞給我一只很古老的銅壺說：「這個東西我最喜歡，因為它經歷時間長表明的意義也多。」我說：「它代表什麼呢？」他說：「它代表尊貴，與時間成正比，時間越長，越有說服力。」我覺得這銅壺十分清秀，他說我為你泡點茶吧，其實他一打開廚房的門，我就聽到一隻聰明的野雞發出呼救聲。我看了看華，罵了聲倒霉。

華和我坐下來之後說：「我現在的生活很有熱情。」我說：「這一點我已經看出來了。」華說：「自從那天早上小禹出事，我與你講了幾句話之後，我對你這個人突然有了很大的同情心，我極力希望成為你的朋友，給你以幫助，並為你創造你所需要的條件。」我說：「你提醒我要去找化妝師對我幫助很大，正是由於這點，我才感到在小禹這件事上，我有了奔頭。」

華說：「你不要急於去找別人，你先把自己弄清楚好嗎？否則你會讓人識破你的虛弱，從而把你打垮，更嚴厲地懲罰你。」我說：「那我就首先把自己剖開，看看我的良心甚至摸一摸它？」華爽朗地笑了，整個宮殿在笑聲中搖晃。華說：「這樣吧，我跟你說一件事你先聽著。」華說：「我在那天早上確實也並沒有看到你，我只是感覺到在當時我有這個必要來講這麼個招兒，我之所以說那個你所說的與你相像的持刀的人在六點鐘被我撞見，是想把我拉到小禹事件中，我和其他人不一樣，我不想清閑，我認為我有功夫來參與這件事兒，這樣我就毋庸置疑地成為一個證人，甚至一個極重要的證人，因為我也算是一個目擊者。」

當時我很感動，我看華在那滔滔不絕地掏他的心裡話，我就壯大了膽子，我說：「也許我自己也搞不清楚那天早上到底是怎麼回事，況且回憶已經十分不可靠了。」華說：「我多麼快樂啊，因為我在我這張臉上」，他指了指自己謙和俊秀的臉繼續說：「看到了我們時代的曙光，可謂是歌舞昇平，要啥有啥，而且我們還感到所有的人都對我不錯，他們凝望我的金錶，並不嫉妒，他們凝望我的缺陷，也毫無貶意，我差不多快與他們連為一起了。」我說：「你真幸運，有了這一張臉。」

「而這全靠霜那一雙妙手。」華得意地說。

華高聲地說：「你壯起你的膽來吧，我們一起聽一聽高亢音樂。」他打開音響，一股奇妙的物體在互相讓位時產生了從未有過的呼喇聲，隨著轉換的方向，認識的錯誤和朦朧的視覺，我感到從機子裡傳來與身體類似的東西，它在那兒表演，華扭動他那閃亮的皮鞋，整個地板也跟著旋轉起來，華說：「我為你高興的是你和我現在都因為小禹而捲到一檔事情中了。」

我略帶愧疚地說：「可你本來可以不管的。」「哦不」，他的眼睛轉了個一百八十度，他說：「我對這件事太重視了，而且我重視的程度超過你。」我也跟著他扭動起來，整個屋子的燈光也扭動起來，在偌大空間裡似乎有許多新的東西在塞擠，而自己的位置越來越少。華說：「如果你確實不能控制你自己，那麼我可以代替你說話，為你講明你想講的東西。」我倒退了幾步，驚訝地說：「你太過分了，我不會覺得我已經失去自己的。」華說：「我為我的冒失而抱歉。」我們又歡快地談起來，並用酒瓶互相撞擊，裡面的櫃子越來越歪斜，更多的酒是被倒在地上，醬黃地鋪了一地，我看到我的腳印軟弱無力，很快又被抹掉了，我差點用腳踩斷了那個抹我腳印的拖地的女孩兒的手，她說：「你還不夠張狂。」

我暈乎乎的。

華說：「如果你在心裡悶得慌，你不妨設想你什麼都幹過了，包括最最罪惡的事情。」我說：「那也無妨，反正我這一輩子啊，並不準備立志歌頌我自己。」華笑著說：「你完了。」

華有一間房子足有五六十平方米，而且它的牆壁向四周伸展，每個似乎無限後退的角落擺滿了化妝品，有一只水瓶大的小筒筒裡裝滿了黑色的眼線筆，在一口水缸大的琉璃瓶子裡裝著雪花糕，幾乎每一樣化妝道具都比平常大幾十倍乃至百倍。華有時一屁股落在上面，蘸著濃重的脂粉在屋內走動。而只要在這間屋子，華就可以達到任何境界，他可以看到晴天、陰天、閃電乃至恐懼。

這間屋子是華專門為霜而設置的，霜和華的關係我是在後來才發現的。

我現在可以來補充敘述霜站到了華的面前，華說：「我又沒有勁了，一點也不像我自己，既不像夢中，也不像光天化日。」霜把她的眼睛抬起來，她說：「我要喝一杯水。」華出去倒了。霜站到一把椅子上說：「你看你並沒有把鏡子放平，這一面是仰的，那一面前傾，那遠一點的呢，又是歪的，我早對你說過了，這會影響我化妝的效果。」華厭煩地說：「用不著你來叨三落四，我希望你能用你的化妝技藝來為我創造一個新的世界，使我可以實現一切理想，你看，我有這麼好的條件，我們完全有能力從現行生活中脫離開來專門訓練自己，掩藏自己然後把自己推出來，以至改造他們。」霜說：「也可能你是折磨他們，因為我自己也知道我在化妝中並沒有賦予你什麼東西，我害怕我為你所改造的形象會使你危害外面，但那種化妝的逼真的強烈願望又使我無法克服自己，我真難啊。」華說：「你就別虛情假意了，我自己也能感到你在把我往任何人物上化妝時，你都十分忠誠，你充滿了犯罪感，因為你在毫無責任心地塑造我，使我成為你手下的一個棋子，從而把我拉出去，看我表現和掙扎。」

霜坐了下去，輕輕地呷著她手中的茶，她說：「也許我化妝離不開你這些條件，因為我需要它們，比需要自己更為重要，只有在你這兒，我才看到我出眾的才華，我無法阻止我對你的依賴心理，久而久之，我自己也承認我喜歡上了你，我喜歡你的可塑性，而且你十分冷靜，朝著我的預計的設想在歸合，但不論如何你都是一個人，都在像一個人一樣去做你的事。」

華大聲地笑著，他在屋角的石柱邊蹲下，他說：「你看，霜，這是一個有名的雕塑家在很早以前的作品。」他摸著一個小孩的屁股說：「可他沒用，他不能從上面剝裂開來，它只能在人的視覺中被審視，他不能反抗，也不能用雕塑者的思想去改變觀看者，所以化妝是更好的更有效的藝術方式，他以一個更為直接的表面來呈現藝術、給藝術以行為的可能性，你使我不僅在別人的目光中有血有肉，而且使我可以隱藏掉我的真實想法，使我按照我的臉相來行事，讓人們要麼愛我，要麼恨我。」

霜把她的手插進一只一米多高的像竹筒一樣的器具裡，那裡面全是粉紅的油脂，她的手在裡面游動，她感到整個世界都在自己面前重現，甚至每一個人，每一個正在生活毫無意識的人都停下來，以一種渴慕的眼光看著她。華說：「這些都是你的，只要你能為我做更多的事，使我滿意，你完全有可能成為最出名的化妝師，但你自己知道你無法推翻我所倡導的一切，因為你有一點兒不對勁，我就會讓你一無所有，在你那間只有兩片鏡子，幾堆化妝盒的劣質房間裡，在那兒你的紅色不是純正的，不能代表血液，而你的黑色已無法鎮壓白天，也就是說你會成為一個最蹩腳的化妝師。」

霜有點兒哆嗦，她說：「我不會的我不會的。」華好像在內心開始有一種偉大的衝動，但他表現不出來，急得滿頭大汗。」霜趕忙跑了過去。華說：「你快點、快點。」霜趕忙以最快速度打開幾只大瓶子，並用幾個手指靈活地點點戳戳，然後背對大鏡子在華的臉上使勁塗抹，在幾分鐘過後，霜利索地用手把鏡子扳平，華看到鏡中的自己，猛然怒吼起來，那架勢他似乎快要拯救了世界，霜看到自己的作品在那兒意氣風發，她丟下了她手中的一切，怔怔立在那，或許她太感動了，不知如何是好，她當時以一個偉人的名字直接呼喚他，而他竟然毫不含糊地答應了。

華說：「我要從我這兒出發，到X點，然後經過Z點，到達O點。在這之中，我要攻下P，隨後他打了個長長的飽嗝。」

霜並沒有為他的舉動有絲毫害羞的意思。我敢說她肯定沒有識破華的舉手投足下的紊亂，霜張開她的雙手，華猛地從那兒鑽過去，他感到自己站在一個最高的高度上，他說：「我就知道我是一個真正的貴族，因為我並不講排場，不搞形式主義，我所信仰的是我的力量的根本，但我經常沒有動力，不能振奮，感不到我在精神上的優越，這是時代給我造成的，所以我一見到你，霜」，華輕聲地說：「我就感到了我個人方式的突破口，你可以幫助我實現我所想要實現的東西，使我有機會為所欲為甚至我覺得你代表了一種嶄新的東西，這種東西為這個時代所不容，但我可以取得，因為我有錢。」他指著滿是珍器古玉的另幾間房子說。霜漸漸從華的臉上看到華的疲憊，剛剛草就的妝相因為流汗的緣故遭到了破壞，華的情緒直線下降，霜說：「可我們從根本上說都不能做主。」「不」，華跺著腳，他的鞋子像鉛塊一樣，他說：「我不但要主導我自己，而且我要主導別人，使他們看到我操縱了他們，既然他們既不能操縱自己又不願放棄自己，那麼我寧願對他們產生信心，看他們玩，看他們的瘋痴，使我的生活充滿新的東西。」霜把剛才那些大瓶子蓋好，華在背後乞求他的目的一定要盡早實現。

第三章

1. 你被一個不知名的強大存在給扔掉

我在這部小說的敘述中遇到了一種阻力，而此阻力並不來自我們所依賴的文字，而是我自己，我不知道我在使用語言表達這些事件時，我其實已經略開事件的內涵，我不想讓它向你展露問題的實質，我只想形成問題以及圍觀的人，然後我們從圍觀人的不適中看到他們對生活抵抗的一面，而這種情緒也正是每一個人前進的方式之一。

並且我在一想到那個早上的小禹以及持刀者的仇恨面目時，我同樣認為世界可以結束了，因為充斥在我們周圍的仍然是舊的東西，我們感到腐爛已經從形式中抬起它險惡的面孔。那麼小禹本身呢，她在想什麼，對於這部小說來說，或者說對於處於生活中的人們來說，她都是不重要的，我們無法更深刻地同情她，因為她沒有這種需求，我們急於把淚水，希望和同情心理給那些飢渴的人，而對於沉默甚至悲觀的現實者來說，我們並不願意介入他的生活。

或許我講到這兒，你才和我一起發現原來我們在主觀上已經不能逆反自己，背叛自己，因為我們的前進首先就是不自主的，或者我們根本就沒有前進，所以我們的無動於衷反而表現出安寧的光環。但是小禹所出現的現象並且我稍後所引申的小禹的丈夫隸，成為在仇恨的持刀者意識中的兩個基點，因為由小禹本人來承擔那個早上其實很不合理，小禹作為現實的支點之一，在沒有產生任何一件可以含帶衝擊力、刺傷力的事件之前，小禹就不具備作為一個主體的素質，這樣小禹在隸的對照中，加之他們之間所插入的他人，在此漸漸多重的關係中，我們發現他們孕育了一個要麼配合光明要麼黑暗的小空間，但無論如何這個小空間都不可能是正常的，所以持刀者的出現預示了一種必然性。

在我要把這件事繼續講下去時，我必須強調我的態度十分不堅定，因為我知道我永遠也不可能為任何東西下結論，原因就是我沒有這個條件，我們看到的聽到的所理解到的現實生活並沒有在某個點上固定下來，而我即使在每個瞬間都想承認或者肯定什麼，但我不會成功，因此，我感到我在徬徨和不自主的狀態中，承受了一種紛亂中的心靈的放鬆，以致我對小禹丈夫隸一直不能懷有十分慚愧的心理，但是我又必須在前面乃至後面不斷提到那次隸撞車的場面，因為我覺得人們對這個場面的興趣大於人本身。

像一個運動員，一個士兵或者一隻動物在取得一個目的之後，我們所看到的並不是他的目的，我們要看到他以前是什麼？當然，我們要明白的也主要是小禹及其隸為什麼會在那晚處於那種場面中，我回憶當時我摟著小禹，而且下著雨，況且那是我們第一次見面，我摟她是因為她沒有傘而我恰巧有一件可以為兩個人遮雨的多餘的衣服，因而從純粹的場面來看，我和小禹都不帶有任何離譜的經驗意識，我們只想躲躲雨這個東西，甚至，在這種互助中我們產生了激情，那就是喜歡上了對方，然而我們的隸運氣並不好，在他接觸到這件事中，他也許導致了一種極為錯誤的情緒，他想他十分倒霉，但是他並沒有為這種倒霉做一點兒補償，隸被汽車撞倒本身就雄辯地說明了隸沒有可能把他的情緒調動出來，他遭到了生活的淘汰，而不是垂青，所以我完全可以肯定地說生活已經變得十分程式化，而這種程式凌駕在我們的預見力之外。

如果你信仰神靈，如果你信仰科學，或者你只有自我，等等，那麼你都可能立刻被檢驗，然後你被一個不知名的強大存在給扔掉，且不作任何說明。那麼我們的生活還有什麼意思呢？尤其當我想到小禹和隸夫妻倆分別躺在醫院病床上時，我就感到我們已經沒有能力來倡導我們心中的所想，因為我們被安排在一個可怕的相互牽扯的網中，並且這張網絕不會輕易漏掉任何人，因此小禹和隸的經歷對於我來說，永遠都以那個初次相識的晚上的場面為基本結構，而今後的一切甚至那個持刀者的早上，我都認為是一種必然。

我在這樣想之後，我的心倒安靜了許多，我想我確實沒有必要再挖空心思去證明那個早上的持刀者並不是我，那有什麼用呢？我必須去做的只能是去弄清楚那個持刀者是誰？而他是誰弄清楚了之後，我也絕不會主動去拿這個誰來與我自己對號，因為我還是感到了自我的渺小。

但是同許多人一樣，我對於那個早上，現在仍然在充滿對其後果的後悔的同時，我對那個早上的細節再次充滿不可抵禦的嚮往，那拂動的花葉，自我的臉龐以及地震中的目光和寒冷的刀片無不在向我們說明我們被拉到一件事之中了，也許我們從這件事上可以看到另一個自我，包括他的更多不可理喻的可能性。

2. 我們在撮合一項審判

華說：「事情發展的緩慢讓我幾乎受不了，我必須盡快看到那個持刀者被拉到被告席上，至於持刀者是否是那個真正的持刀者，或者說他是否有罪這並不重要，我主要是看到我們在這件事上多少發揮一點兒作用。」華在屋內轉悠，他的幾個戴滿戒指，口吞香煙的摯友在邊上吆喝，一個人說：「這不僅僅會是一條新聞，它更是一個重大的事件，我們在撮合一項審判，並且從一開始我們就在主導這個事件的方向，乃至它的細節都在我們的考慮下合乎我們的想法。」另一個人說：「真對啊，幾乎沒有什麼事能夠比這個更讓人感到我們的偉大了，我們不僅看到了在我們身上有待嘲笑的優點，我們也看到了這種優點被淋漓盡致地挑逗出來，這是讓我們快樂、自信的方式。」華用手拍了拍桌子說：「我們將要對付的這些人並不簡單，他們雖然匱乏在這兒海闊天空地辯論的條件，但他們用以阻擋壓迫的力量也是不容忽視的，雖然他們主要關注衣食住行，但他們的思想據說並沒有簡單到我們所想像的程度。」另一個人不好氣地說：「誰讓他們和我們生活在同一個時代呢，我們什麼都有了，從凌雲大廈到飛馳汽車，我們有了這些東西之後，我們並不想分一點給他們，因為我們自己也不滿意，我們無法在更前方的位置上觀看他們，甚至我們的觀察方式、自省方式與他們都沒有造成本質上的區別，這樣我們還有什麼值得名噪一時的呢？」

華猛敲桌子說：「你們的觀點作為個人觀點可以，但如果籠罩在在坐的所有人的頭上那我們就不行了，所以我提醒大家，我們需要化妝，需要給自己找到一個能鼓勵自己的面孔，但這絕不是偽裝，我看倒是一種創造，在霜看來是她的一件作品，而在我們自己看來，不啻是我們發現了一個有力量的自我。」

「霜？」另幾個人不無譏誚地說：「就是那個化妝師？上次那個？把某個人化妝得與陳一樣，從而挑起小禹事件的霜？」華對他們的不屑十分反感，他說：「你們不要自以為是，現在持刀者到底在哪，你、我，我們這些人都一清二楚，但這沒用，如果我們不開動腦筋挖掘智力，那麼這事兒就一點玩場也沒有，我們現在應該看到我們造成的局面已經形成了一種對我們不利的趨勢，那就是事件無法向它的高潮方向邁進，我們缺少牽引他們的方式，如果我們能夠像名貴西服，純金戒指，山珍海晏那樣牽引他們貪婪的目光，那我們很容易把事情辦好，但是，對於小禹這件事兒，究竟我們怎樣才能讓這個持刀者……呢？」

華沉思下去了，另幾個人都在桌面上打盹，煙霧彌漫了整個屋子，其中一個打破了沉寂說：「華，你就別講這些讓人心煩的事了。」他還沒說完，華就氣憤地說：「只有這樣我們才能看到我們的成就啊，因為我們參與了一件事就能把握一件事的無限可能性，想讓它怎樣就怎樣，我們才感到我們的優勢。」另一個人說：「我們不願意把我們的優勢花在這種越想越複雜的事情上，當初製造這個持刀者時我們就已經在精神上有犯罪一樣的歡樂了，現在我們如果想洗手，回去享受物質生活也許不會壞。那麼，你就講講那個霜吧，高挑的個子，豐潤而頎長的大腿？」華說：「你們猜猜霜看到我給她買的那些用於化妝的高檔材料後她的第一個舉動是什麼？」

那些人說：「她哭了，感動了，跑上來吻你，或者坐在化妝臺上面撒嬌？」「哦」，華說：「你們都不對，她是用手分別從各種材料裡蘸了一小點，放在嘴裡舔了一舔。」那個人說：「她想把它吃掉？」華說：「不是的，她在鬼使神差般地眨眼睛，然後她用舌頭在我的眉頭間攢動，我感到巨大的騷癢，使我很快完蛋了。」那些人說：「這真是一個精彩的人。」

後來他們在桌子上鋪了一張大圖，用各個圈圈做標誌，標上許多人，然後他們不停地挪動交叉，讓他們互相抵觸，相互對話又前言不搭後語，然後一個人說：「我想這傢伙完了。」而華又把那傢伙挪開，他說：「不能這樣便宜他啊，還早呢。」

3. 我的目光中又浮現南裸體的背影向床頭的那幅森林跑去

第一個星期天上午，潔一直在我這兒，和往常一樣她對她的美學誇誇其談，她對我在這個星期發生的每件事兒看到的每個東西都熟視無睹，而她感興趣的只有她的畫兒以及她的模特兒南，而且在一週內她要牽著南畫那麼幾次，有時像白雲有時像流水，反正看了確實賞心悅目，但久而久之，南似乎就無足輕重了，乃至我對南頎長而豐滿的大腿都失去了注意力，我受到了潔的影響，我害怕這樣下去我會中了潔的圈套，成為一個空想者。

我摟著潔躺在天花板下面時，我感到床頭那幅巨大的藍布畫兒變成一種僵硬又粘乎乎的東西。而我只要一提起小禹事件，潔就轉過臉去，我心裡十分生氣，我說：「如果你是我的朋友，你就應該和我一道去關心我的事兒，如果你不關心，至少你應該裝出不冷漠的樣子。」

潔不說話，我站起來，看到窗外的街道上有許多青年手拿一小把花朵，在競相奔跑，他們似乎是把這花朵看成了絕無僅有的好東西，而在不遠處的一座現代建築在灰濛的陽光下顯得孤零零的。

潔終於說她想帶著南去參加一個化妝界的聚會。而我十分反感，我說：「如果你還要和我來往，你就必須注意到我的處境，你不能如此無動於衷啊。」

潔終於爆發她滿腔的積怨說：「你是什麼個心態，整天對我怨三憂四，你早不找我晚不找我，偏偏在小禹事件發生你自己落個一身臭之後找我？而在本質上，你自己也知道，我是不會對這些事情動心的，況且小禹對我來說完全是個不合理的人。」「哎」，我從窗戶邊上扭過頭來說：「潔，你這話講得可刺耳啊，我找你是因為需要你，就像我需要自我一樣，我十分明確地把事情都跟你講了，這不能說明我是在強迫你對我的事兒表示一點兒關注，我只是覺得，你沒有反應是一件很怪的事。」

我聽到她說南才是一個很好很好的人，沒有對她說過一句不是。我說那是模特兒，而模特兒在沒有卸妝之前是不吃飯也不睡覺的。

那麼，潔說：「你以為南是一個沒有欲望也沒有反抗的套子或者說一個脫離了語言和思維的人？」我說：「反正你不能過於喜歡她，不然的話你就忽略了這個人本身，你不再從她那清澈如水的目光中看到水流的源頭，你也不能再從美麗的事物中看到你再一次深入生活的信心，也就是說你在南那兒停留過久，會使你自己迷路，從而使你成為一個空殼，一個沒有衝擊力的人。這樣的話，我們的生活，處於這座破樓上的生活會失去它的意義，那麼我很快就會垮掉。」

潔說：「那你就讓我帶著我的南走。」我不快樂地說：「這個星期天多美啊，我既不想讓你走，也不想讓南走；我最近感到你們已經構成我生活的一部分，雖然你們帶著孤注一擲的自然化的傾向，幾乎拋開了具體的複雜的人群，但你仍然在某個方向牽引我。」

我的目光中又浮現南裸體的背影向床頭的那幅森林跑去，她淌過淺淺的流水，水珠在她的背上停留，而薄薄的水霧在她周圍合攏又分散。我看到她似乎側過身來露出她渾圓的豐乳，我仍然可以看見，像許多失常者一樣看到包括自己在內的一些黑暗的無生色的眼睛從森林的外圍使勁往這邊擠，而那是什麼呢，渾圓的豐乳邊上的一點兒褐紅的堆積，也許那是一塊粗糙的指甲所指下的痕跡？也許是一個畫家的殘跡？也許那是她自己在寂聊時的自戕，但不論怎麼蒼迷茫，似乎焦點本身在分解渙散，不能構成自己。

所以我看到南在那水流中站住了，眺望不遠處的森林，水霧開始活動起來，她心裡在想這些在我背後的剛剛從水泥和鋼筋中鑽個出來站在窗前的人啊，其實什麼也不懂，你看，我完全可以轉過身子，但我已經對生活本身無限厭倦，我不想這麼做了，所以我看見她繼續往前邊跑，夜鳥被她驚得向月亮的方向飛去，森林被嘩嘩地分開，她暗白的軀體在森林中自由通行，甩給我們的是後背，是撫摸不到的後背，南這一切都在離我們而去，而在內心，是一種深入，因為我們完全可以設想她到達了哪兒，而我們的激情毫無價值，空泛，冷落，最終變為自我扼殺。

我挪開身邊昏昏欲睡的潔，我用手觸她那白嫩的手，我感到她的手每時都在很涼地掰開身體的每個部分，在接受光線，甚至在尋找光線，而在光線中，它和那些事物一樣在靜坐中飛馳，在接觸中鉚合，在從窗口回到床邊坐下點起一支煙時，我從濃烈的煙霧裡看到一個裹著頭巾的裸體南在潔的筆下漸漸消失，然而在我們內心所滋生的衝動，以那條神聖的腿為支柱在頑強地自生，可是究竟是什麼使我們熄滅，像失去氧氣的烈火的環境？我狠狠地吸煙。我想到了在生活中的潔，是什麼樣的大膽的觸摸，挑動和壓迫能使她感到她生活在一個有目的有行動有感覺的人群中呢？如果她並不想回來，並不能正視和尊重她面前的我，那麼我自己呢，是否我的一部分也跟著她所熱愛的東西悄悄溜掉了呢？灰濛的上午，讓我覺得我缺少一把箭，我無法射穿我面前的迷茫，我感到在我危險的同時，我的四周又是霧氣重重，我很快想到那個矜持地挺胸的霜，那座更破的樓房裡一間小屋子裡在魔鏡下有張大床的霜。

4. 她說，我是一個化妝師，我的眼裡只有模仿和複製

潔拉著她的南在她的化妝室裡把我關在門外時，我就決定我要到霜那兒去一趟，我想在她那兒一定有另一種東西，而且這種東西是導致小禹事件的根本。我和霜站在一座立交橋通往另一個城市的路口的草凹裡，我說：「我把你領到這就是想讓你站在人最少的地方來問你，我們到底怎麼了，你為什麼會對我，對小禹，對小禹有關的其他人產生興趣，我們既普通又不可恨，那麼在這沒有突發事件的年代裡，我感到你的目光中有一種敵對的東西。」霜走了幾步說：「你這話講得不對，有敵對東西的眼睛不是我的，那是你所感覺出來的，只能說包括你本人在內的人在小禹這件事發生之後都產生不同程度的敵對情緒，而我呢，我是一個化妝師，在我的眼睛裡只有模仿和複製，只有對以往的美麗的春天的複製，當然也包括對最冷酷的現象的複製，比如，她說天上那些繁星我可以把它複製成兒時奶奶故事裡的星星，也可以複製成災難之日的晦星，但無論我怎麼複製的，我都從我這兒派出一些情緒，安放在那兒。」

我忽然感到她的臉上有一層憂鬱，我說：「也許你可以放下你這活兒，和我一樣，既不招誰也不惹誰。」「哦，不」，她輕輕地笑起來，用手扶著身旁的一棵小樹，她說：「其實你

不是一個安分守己的人，因為你隨同世人一道人云亦云，你可以背叛道德，宣揚欲望，但你真正傷害的是包括了你自己在內的約定成俗的安全感，而對世界來說你認同了某種黑暗，從你的臉相上就可以看出來，你不可能是一個平安的人。」

我說：「可我覺得你完全可以從你生活中拔出來。」有一輛汽車迅速從本省往外省駛去了，她說：「這不行，我不能離開我目前的條件，因為我的成果，我的化妝筆下的新人使我感到我生活到了另一個世界上，而在這個世界上我既是第一個主人也是最後一個奴隸，我充當了兩個角色。」「但是」，我說：「你畫出來的人到底不僅是生活在另一個你所營造的世界中，他們仍然在這個世界上行事，安身立命，也許你讓他們所行使的權利還是延續著他們夢想中的幻覺，這樣你是否想到你也有錯誤呢？」

霜仰望天，我看著她束成一團的烏黑的頭髮在那兒墜著，像一只橢圓的紫色茄子，她說：「我或許根本就不知道他們現在怎麼樣了，他們帶著我畫的面相鑽出屋子之後，他們缺少監督，況且他們的粗糙的意志並沒有走向精神的革命，他們按照設定的程式，在我的意志之外行事，忽略了我，包括我的化妝材料，就像肉體拋棄了上帝的淚水。」

我說：「你到底為什麼要創造呢？」她說：「因為他們需要嘗試另一種過法，而且因為他們現在過不下去了，無聊極了。」

我說：「就像這些星星老是安靜地掛在沉重的幕上總有一天要天花亂墜，狂躁地改變一下？」她說：「也許是吧。」我看她用手捏著自己的腦袋，也許她有點兒受不了。我說：「你為什麼離不開你現在的思想方式和化妝方式呢，也許有一種東西或一群人在指使你的一切，或者說支配你的一切？」她沒有點頭，也沒有否認。

我聽見立交橋南端的江水拍打著河岸，轟隆隆然後又粉碎了。她說：「我需要條件，需要最好、最逼真的粉脂，工具來完成我在人類最微妙的面具——臉孔上的工作，我可以通過一個極細的線條來支配一個人，但從最根本上，我只是用這根線條挖出了他內心想成為的東西，他被這種東西調遣出去了，就這樣。」

我拉著她的手，在那蹦跳著，似乎我們都擺脫了現在這個世界的蒙蔽，因為我感到她被她自己所營造的那種世界給感動了，但我深知她甚至什麼也沒有造出來，她只是作為一個化妝師，成為這個世界裡的一些人利用她來牽引他們的工具，其實世界根本沒有上帝，那麼世界本身是一個規律的奴隸，只是我們作為奴隸之間有了區別，我可以姓壹你可以姓貳，但我們在接受生與死之間的區別時，我們都看到了我們的麻木，不自覺和無知，我們為什麼而生活，我們為什麼要生活，我們為什麼要原諒自己？誰也不清楚，也許她也沒有錯，因為真正區別好壞的標準也是十分沒有根據的，我們設定的人是什麼？英雄是什麼？但是現在我們怎麼了，我們沒有熱情，不知幹什麼？我們再也看不到奇特的臉相，看不到精神的臉相？所以化妝師出來了，敏感多情但又負責任的霜出來了，她誰也不代表，輪到她出來了，其實她既不能改變世界也不能改變他人。

我們在江邊漫步，然後我送她回家，街區的燈一一滅了，一些不知名的野狗兒在街上歡快地跑著，並撒開腿在月亮的陰影處立著歡呼，我有點兒害怕，並瞅著一些黑木製成的老屋發出脆滴滴的吱溜聲，像一種刷牙聲。

我把她摟得很緊，我的手從她的後背圍過去，側著觸著她的胸，她沒有反抗，而我的上臂，頂著她的下墜的髮髻。我們有點兒癲簸地晃著晃著，月光的陰影隨處都是，我說：「我們快到家了，而月亮也要下去了。」她有點憂傷，她說：「你不要這樣說你的月亮，那不是你私人的月亮，你看，那是我的樓房。」

我們進了她的屋，我那時沒有在意她的兩面鏡子，我想都沒想，甚至我的視線中一直就沒有存在過她的那些化妝品，我記得我們站在床前，綠瑩瑩的氈子上還有從窗邊透過來的月亮的最後一點兒餘暉，並且在盡快地消失，我看著她的臉，這是一張在周圍突然收攏，向腦後束起的臉，在前額上有一點兒越看越覺得可以發光的東西，我想伸手去摸，但她拉住我的手，我有一點歪側地看她的腦袋，像廟宇裡的木魚的前半部分，我不敢直視她的眼睛，我感到那是一雙最忠愛真實的眼睛，那也是她成功的關鍵和失敗的必然前提，我在那細而稍長的鼻尖上親吻，涼涼的，整個束著的頭髮現在由於我的左手向右邊歪了一點兒。

屋內沒有風，她的唇在輕微地抖動，我不忍去碰那塊兒，像任何神聖儀式都有可能會遭到批判那樣，我看見她的整個頭部都沒有動彈，她什麼也不想，用眼睛在與我接近，我再次回憶草叢中的小蟲子在吱溜歡叫的聲音，我感到我們的胸口抵在一起，誰也不知道那兒滾滾的東西是什麼？它們擴散乃至整個毛氈上都掛起了微小的不易辨認的顆粒，我看到月光全部下去了，屋內頓時暗了許多，我想我的那些在草叢中埋伏的小蟲子一定要睡去了，我翻下她，把她搖到床上，床上的小顆粒在綠瑩瑩的新大地上改變了地形，床開始下陷，我用手輕輕撥去她的襪子，她的腿十分飽滿，也許因為行走的緣故，甚至有點兒硬，整個腿並不長，但她所行走的路程都在記憶之外了，所能意識到的只有這腿，這往上略翹的腿，其實它的長度和寬度，她在手心裡可以滑動的整個面積都是她本人所無法達到的境界，是她以前理想的一部分，但如今在他人的手下，在可以激動的時刻，它真的激動了嗎？然而她思想中的激動又是什麼呢？從我的手，從她白的腿到她的思想之間到底是什麼東西在主導呢？如果我們抓到這種東西，那麼我們也就完成了從人類的活動到世界方式之間的探索，可我們知道我們不行，我們所能記起的是我們必須去撫摸，然後我們果然激動了，而在這之間所顯現的一點兒合理的東西都沒有，或者說我們無法呈現這種合理。

但我在那腿上仍然感到我們人類歡樂下去的可能性，這種可能性也許就是上帝饋贈給我們的。但這種上帝絕不允許隨便冒充的人。

我在那張床上沒有碰過那一隻手，絕對沒有。

5. 姓純

華的一個朋友不久真的去檢察院檢舉小禹被傷的事件，其實華的提法也很簡單，他說他覺得小禹並沒有從這事上受到什麼委屈，但我們不能放掉那個殺人者，否則我們的社會就顯得有不完善，漏洞太多。檢察院迅速確立案情，一邊批准緊急搜捕當事人陳，一邊移交法院，盡快辦理。

法院在接到華的朋友的報案後派了一個十分厲害的法官，姓純，純同志在接到這個朋友的信件之後，居然對華的措詞抱有深刻的同感。他在偌大的玻璃窗內看到一隻飛鳥拖著長長的影子在桌面上滑過，他想牠飛得很高。小禹，他想，這不就是前幾次在市區裡流傳的那個懸而又懸的案子嗎？純同志很快就接見了這個華的朋友和華本人，當然華本人是在這位法官的旁敲側擊下才出洞的。他們那次見面的地點選在法院大樓邊上一間外面沒有新潮裝飾的酒樓，而在內部卻還是有點兒堂皇的。純同志久久握住華的手，他的第一句話就是「我終於等到你了，可以說你做了一件正直的好事，你把這個東西提了出來。」華也抑制不住他的激動說：「你這樣接見我就說明了你對這個案子的重視，雖然這個案子在目前看來還毫無邏輯性。」純同志大概是和酒店的人很熟，便要了幾杯飲料。

純同志說：「我們現在對於犯罪的認識方式，主要想認識犯罪有了新的起源，也就是說想看看它的形成過程，即使我們把案子審得很清楚，結果都弄出來了，但如果我們從這個結果往罪犯的原型上進行推證，發現這過程中的不可能性，那麼我們還是要推翻這個結果，直到我們看到一切都被說服了，我們才會罷休。」

華說：「你的這種觀點讓我覺得很新鮮，但是我們感到這樣的話，事情就更複雜了，可以說工作量成倍地加大了。」純同志嘆嘆氣說：「在新時期，特別在物質日新月異人們思想有時卻停滯不前的今天，我們迫不得已才對我們的工作加緊了改進，否則我們無法適應，我們不知道為什麼有人要寫詩，就瘋狂地殺人，也不知道為什麼有人賞花就悲觀地卻又義無反顧地詆毀別人，在如此眾多的新現象面前，我就拿這個小禹事件來說吧，據你們講，出現了一個與陳相像的持刀者，我就覺得這裡面要是不換個角度來看的話，恐怕我們跟瞎眼差不多。」

純同志聽到街面上有一陣猛烈的咒罵聲，華便探出頭，原來有幾個蓬頭垢面的傢伙在高聲地歌唱，大約這是幾個搞行為藝術的，他們扛著一頭豬，白花花的晒在太陽下，華說：「這是什麼玩意兒，竟幹這種事情，完全是撐得太飽了。」純同志和華的朋友都哈哈大笑起來。

純同志說：「我說要從結果往原型上返回來說明犯罪的過程，那並不是要找動機，這種動機現在同樣也太不可靠了，我們只是想從個人生活的大規律出發，看他有沒有犯罪可能性，至於動機我以為我們既然可以產生，而我們當然也可以壓制。」

華的臉上泛起了一點兒冷汗，但他掩飾住了，他大口大口地灌那點兒黃湯，隔壁的包間裡傳來一首關於傳統的歌，華也跟著哼起來了，華湊到純同志的耳朵邊說：「你們的公正我是絕對相信的，但問題在於你們怎樣把這種公正用在小禹事件本身上，而不是放在哪個具體的人上，如果你們放在哪個具體的人上，那麼就不好說了。」

純同志有點兒生氣，正襟危坐道：「即使是我最要好的朋友，也不會對我的工作方式指三道四，你們可以批評我的工作態度，但對於工作方法那可是我多少年來規定下來的，況且我們根據情況做了調整，以後我問你什麼，你答什麼，就不要咬舌頭了。」華和他的朋友把身子坐直了，乾咳幾聲，把眼睛斜了斜說：「你可也不要忘了，我不僅提起這個案子，而且這個案子自始至終都少不了我的。」

純同志轉為喜悅地說：「這好啊，參與到案子中既然是你的責任，那你自己都不想逃脫了！」華倒吸了一口冷氣，他瞇起眼睛問：「什麼？逃脫？」純同志這才冷靜地說：「你不要怕，我是指啊現在很多人討厭案件這麼個東西，我們在工作中經常會遇到這些免開尊口的人，而像你這麼熱情的人幾乎叫我們感到奇怪。」

星期四主任叫我為單位買點兒花，他看我的臉色很不尋常，他說：「今天我本來喜氣洋洋，因為我們渴望已久的一個合同終於同外方簽定下來了，然而你的臉色好像在說這沒有什麼值得大驚小怪的，這倒讓我們覺得你對每一種形式的東西都不抱有好感，所以你的情緒說明了你與我們很不一致，小禹躺在那醫院，這對於我和我的部下，你的同事都是十分清楚的，但你同時也隱瞞了一件事，那就是你並沒有想把事情跟我們澄清的念頭，這正好也說明了你為什麼三番五次不主動找我請假，因為你在迴避問題，陳，這可不行。」

主任口是心非地說：「你就不要講什麼場面了，你還是著眼目前的每個東西吧。」他用手隨便整了整我的領帶，他說：「單位從現在開始，或者說從我良心的現在開始，又決定不再想拋棄你，我可以起誓，雖然你並不把我們這些人當自己人，但我們仍然關心你。」

他把我向花朵的後方拉了拉，花朵可以擋住從門縫射過來的視線，他神秘地說：「不是還有一個隸？」

我吃驚地問：「你們的消息，可靈啊，你怎麼能如此迅速地在我的周圍和我保持一致？」

主任把他的頭髮向後理了理，他的嘴唇很厚，身體也很壯實，況且他穿著兩根綳得很緊的布袋，在後背打了個×字形的結兒。我看到主任從他的辦公桌裡掏出一張照片，那是我和小禹的合影，主任說：「這能說明什麼？對於我來講，這只能說明我的下面的一個人和一個女人好上了，而不管這個女人是誰，她肯定會因為這張照片的存在而感到或多或少的幸福。」

我說：「你快別說了，你好像對我的安慰勝過對於你的集體，這樣讓我太難過了，我看到眼前的乾花確實太醜陋，沒有引誘別人的形象，沒有回憶的質感。」

主任不斷地為我打領帶，他越說單位不會拋棄我，我就越不適，我打了幾個響亮的噴涕，我說：「我一切挺好。」主任把他的晃椅用手輕輕地旋動，他說：「陳，你不要瞞我了，有人比你自己更擔心你的處境，怎麼說呢，那是一個十分溫和，有教養，又聰明的人，他到我們這兒時，給每個人的好處簡直讓我吃驚，他不僅帶來了富足人的多餘的東西，比如說舞票和購物券外，還帶來他作為你朋友的寬大的心懷。」

我訥訥地問：「你說的這個人是不是高高的個子，梳著個飛機頭，在領帶上總愛夾個月亮形的夾子，而在左口袋上塞了塊白紙的人？」

主任沒有正面回答我，只是說：「你的朋友真不錯啊，我們正是通過他感到你的表現與你內心矛盾之間的蛛絲馬跡，現在我們再也不會給你指一小點兒缺陷，你的工作你可以理解為你進行自我嘗試的一部分，也就是說你可以把工作和你工資之間的等號給撕開，你完全在我，單位，這兒，得到了最大程度的放鬆，我們把充裕的時間給你，不僅僅是星期五下午，甚至還有星期一早上，你都可以在小禹這件事上好好地，不折不扣地繼續表演下去，而且越有味道越好，我們拭目以待。」

我對他的這番話總算聽了個明白，不用說那個華也正如他當初所講的他想幫助我和我交朋友，他一定來這兒，溫和無比地大發慈悲之心，讓我從單位那兒得到現在主任所承諾的這些膨脹的權利，然而我幾乎不敢邁出辦公室，我可以說十分感動。

我想參與到生活中去，更激烈也更真誠地參與進去，這種生活，其實也就是以小禹事件為中心的振動的不安全的時空。

6. 鐘首人身的怪物

也許那天晚上是這個春季首次沒有風，我感到在剛剛被太陽燙熱的大氣層裡有一種東西在廣闊的地球的表面蔓延，它伸進花草的心部，在空氣的角落，在人的肉體之中繁殖，並主導它可以主導的為我們所不認識的更小的東西。我想我今晚什麼事兒也沒有，聽樓下那些吆喝聲，似乎他們都有爆炸的可能，但我聽到的更多的是在他們聲音中有一些不自主的、不屬於自己的成分，這些成分似乎正在聚集。

我真奇怪我沒有去觀察太空，因為我知道由於粉塵的緣故，星星都躲到更遠的地方去了。

我走下樓梯，我這次是當面碰見了那個鐘首人身的怪物，他在暗中發笑，我對自己說：「他在笑什麼呢。」他說：「你看我，我就是喜歡碰見你，剝削你的目光。」我說：「你辦不到。」其實我的聲音只在我的口中盤旋，我很虛弱，在底樓的水房我差點絆了一跤。

我闖入大街上，雖然天色已晚，但那些跟家庭和個人緊密相連的行業，比如菜市、商鋪、修車行仍在兢兢業業，我能一眼看穿他們對這個晚上的不適，我幾乎聞到空氣中一種從未認識到的東西在游動，這種游動穿過我與別人所呼吸的經過過濾的氣體。這時我才感到梧桐葉已經長得好大，它們的毛汁在不停地下落，如果有一小根兒不慎落入你的衣內，你肯定感到命運在今晚糟糕極了，事實上它肯定會惹惱每一個行人，我也不例外，我仰望那在靜止中的淺笑的葉子，我看到它比我們個人要沉穩多了，一動不動，所以我對我的行走失去了信心，步子也就邁得很慢。

有吱丫聲的三輪車拉著敞開衣領的女人在身旁飛過，那是一家三口，他們懷揣掙錢的秘訣，並隱藏真正數目在目光中遠去了。我這才意識到原來只有我是一個人，一個倒也好，我不必講話，除非我自言自語，但我為什麼到這個境地呢？我在研究造成我狀況的同時，看見烏雲在黑色的夜幕上垂著，並且它的尖角從左下方拗下來，我看到人們加快腳步，連話也在不斷地說錯，那麼我呢，我去哪。我看見從龍泉浴室鑽出個剛剛洗完澡的女孩兒端著時間已久的木盆，盆內有各種洗髮、洗臉和化妝品，在她的另一隻手上有一把大梳子，她沒有恐慌，只用梳子在穩妥地梳髮，我真想上去找句話兒，然而我一靠近她，我就似乎聽到她說：「你還是一個不成熟的人。」我在遠處看她的背影有點兒嬌嫩，而那垂於身後的披肩稍長的頭髮還在濕漉漉的滴著水珠。只是她剛才的霧氣現在散盡了，如果不是距離，她肯定清澈無比，我想這是個回家的女人，我慌亂擠上公共汽車往醫院的方向趕去。

7. 我一下子感到這個人不是別人，正是我自己

我站在小禹病房不遠處的一個走道的下邊，那兒的下面是醫院裡的廢水道，散發著濃烈的藥味，我看到白天坐滿病人的凳子現在全在光線不在的時候也不在了，那些病人不在了，對於這個地點和它曾經擁有的光線來說，它不願意接受痛苦，哪怕這種痛苦無足輕重。

烏雲在醫院上空盤旋，我大膽地設想烏雲也許僅僅就堆積在醫院上空，因為醫院的黑暗程度比剛才更大了，我站在走廊上仍然聽見某個方向傳來病人那種被抑制了的嗥叫，但只要我一定下心來，我就對他們的嗥叫理解得一是一，二是二，我只是覺得他們並沒有偽裝，而他們的親人甚至醫生本人都偽裝著，鼓勵著也打擊著。

閃電照亮了大地之後，我的一隻腳搭在走廊上。我可以清楚地看到小禹床邊上的欄杆，從那欄杆往下必然是小禹那張蒼白的臉，有幾片葉子即使在春天也不幸落了，況且這會兒又有幾個衰老的病得不輕的人不停從右前方巷道的拐角處從暗房隔壁的水房打水出來，哼哼滋滋。我仍然在注視小禹的欄杆有沒有動，這樣我就可以確定她本人是否在動彈。

這時，風開始輕輕颳起來了，因為地上並沒有東西可颳，因而這種風孕育著它不為人知的目的，但只要是一個人，我們將對這種風加以警惕，我們可以躲在一個安全的地方，也可以在夢中不遇上它，但我們無法避免它所構成的未來形式即景風雨。

這時我才感到整個晚上沒有白白地踟躕。我們終於看到了時局的方向，即使在春天，在肉體已細密生長的時代，我們還面臨著突如其來的惡劣的壓力，並且它面對的是每一個人。我沒有站在那兒空想，我走到現在這層走廊的更高一層，那兒是用來連接主樓和副樓的，或者說副樓就是為這個走廊而設的，因為副樓太小，只包括太平間和幾個不知名的房子。

我在那兒可以看清房間裡的一切，也許因為週末同房的另幾個病友都被轉出去了，只有小禹一人躺在那，她的臉背對我這個方向，馬醫生這會兒恰巧也不在，我想用吹氣或喊話的方式使小禹轉過臉來，但小禹置之不理，或者我根本就沒有勇氣來這樣做，三樓這層露空走廊在拐角處加了不少瀝青，因而你的腳無法在那上面感覺輕快，也許他們就是這樣來限制每一個從主樓走向副樓的人，他們要他確確實實地到達太平間，你還來不及想，就從光線充足、結構現代的主樓到達狹窄的副樓，而我這會兒呢，是站在這個地方啊，我不屬於主樓或者副樓，我屬於一個觀察隊伍，但我觀察的對象是與我不無關係的。

我看到我的許多想法在這個時刻終於沒有了，因為我瞅著她那彎著的背，似乎那把刀根本拔不出來，就像現在我無法找到或者說我無法消除那個持刀者，即使那個持刀者就是我本人，我也在這件事上六神無主，況且我感到風越颳越猛了，有幾片樹葉在我臉上蓋著，我掀也掀不開，我感到我的身體被一種東西限制了，但我對這種限制並沒有厭惡。

閃電照著潔白的醫院，特別在每個窗口邊潔白的被單上，你簡直睜不開眼，你無法抓住那個瞬間，你也不能設問：閃電到底你觸到了什麼？我沒有動，我看見閃電照著每個窗口邊細小的水泥顆粒，我看著這些窗口，回想每一個探出過腦袋的病人與他們對比，那麼我們還能堅持多久呢，作為一個生活的人或者說作為一個與病人參照的人，我們又照見了什麼？用我們自己在激烈情緒中的那點兒微光？

我聽到風突然猛烈地揉碎了小禹身邊窗上的玻璃塊，剛才我視線中的玻璃現在一聲脆響在地上不見了，閃電還在不停地交織，我看見小禹的邊上有一個人，你必須承認我在看到這個人，或者說你們在看到這個人時，你們都會想這不可能，然而我確實看到小禹的丈夫隸坐在小禹的邊上，用他的雙眼凝視著小禹，小禹現在仰面朝天。

隸其實根本不能動彈，那他是如何到這兒來的呢，而且這會兒他的臉我可以看出有一些粗糙的點點，我看見他伸出手在小禹的臉龐上輕輕地捏著，這時我一直感到最恐怖的就是小禹居然睜開眼睛同隸說起話來，也許他們從未分開過，或者他們早就談開了，他們講得很投機，那麼在他們的心中就沒有怨恨、思念、怒火等等，我差點暈了，然而我堅持在那個地方，從第一聲炸雷響起，隸就試圖關上窗子然而玻璃早就碎掉了，從尖戳而不整齊的邊緣所圍成的空洞中，我正好看見隸的臉向我這兒轉過來，也許他睡得太久，他的眼睛紅腫得很厲害，整個頭髮也刺著，我似乎感到他想咬一種東西，但他也只是輕輕地把小禹的手拿到嘴邊，並沒有吻。

隸在視線中握緊拳頭，被窩就有一個深陷的凹窩，小禹不住地說著，好像她挺有力氣，她還用嘴做著手勢，示意讓隸自己倒點水喝或者拿點東西吃，隸好像有點兒怕雷聲，對於閃電他一點兒也不知道，因為他病房內的燈光的光線極強，在這轟隆隆的聲音中，隸的眼睛幾乎越變越大，後來幾乎都要墜到床上了，我本來想去當面看一下小禹的想法現在消失了，我不知道隸的每次轉頭、低頭和舉起拳頭意味著什麼，但從他們的神情裡我估計所談論的也並不是什麼嚴重的事兒，他們也沒有笑，儘管並不嚴肅。

雷聲過後大雨就嘩啦啦下來了，雨幕太厚，所以病房在不遠處成為一個有著火口的亮光所在，而隸和小禹都看不見了。

我側靠著走廊齊腰的沿牆，感到很累。我想走，但我還沒有下決心，正在這時從主樓那邊一半關著、一半開著、中間本來有把鏈鎖的門咣噹開了，一個同樣渾身濕透的人很快站到我面前，他前額十分突出，在胸口處有一塊石膏屏障，而他的整個腦袋都似乎曾經粉碎過現又粘合在一起。我看見他，而在那一刻雨在我們之間忽然稀疏了，但在周圍卻更加緊密了，似乎外界的一切都把我們拉得更近，閃電已經停了，光線十分昏暗，甚至可以說沒有光線，我說：「我遇見了你？」「不」，那個人說：「我不打算說話。」但我無論如何都想讓他說句有所指代的話兒，比如他說他代表了誰。很快，我從他的嘴角處發現一個十分突出的特徵，從這個特徵往其它地方去擴展，我發現很熟，再後來我以為他那突出的前額完全是真實的，我一摸就知道它伸出來的是思想感覺，我下意識地往後退了一步，雨水從我衣服裡又滲了出去，我一下子感到這個人不是別人，正是我自己，或者說與我相像，或者說就是那個持刀者，他經過我向副樓走去，我的整個頭皮都痲木地鼓脹起來。

第四章

1.就在目前形勢下，小禹和隸仍是充滿迷惑的人

最近一段時間出現在我面前的恐怖使我感到憎恨，但同所有虛弱者一樣，這種憎恨絕不會轉化為一種具體的更鮮明的意識，然而就像我們生活本身一樣，我們的小說中一旦產生了這種憎恨，那麼它本身也就成為推動前進的多極力量中的一極。從那些怪誕、不易理解，甚至與真理截然對立的現象中，我不難發現我們從傳統那兒所汲取來的一點兒可憐的經驗（別人的經驗）已經毫無主張，它不能讓我們去幹什麼或不幹什麼，就像剛才我在雨夜所迎面碰見的人，我想到的並不是這個人的色彩，它只要讓我看清楚就行了，我主要想到處於主樓和副樓之間的環境，況且我看到了與自己相像的人，這本身不帶有任何主觀形象，要不是我有極強的辨解力，我想我會忽視這一點的，然而既然接二連三地發生這些駭人的事情包括那個鐘首人身怪物和粘稠的水房聲都無不向我證明我的生活在暗中已發生一些根本的變化，這種變化以隱含在內心深處的情緒變化為配合，從我們精神受到恐嚇的時候，我發現這一條在暗中偶爾會露出來的線索其實並沒有很強的邏輯性，像民間在謠傳一個故事。

他在我這兒沒有遭到抵抗也沒有得到驗證，也許這就是情緒的無能，它首先要依賴於一

個具體的人，而具體的人在具體的現實面前也已經力不從心了，所以當時我站在那，看他向副樓消失。

我沒有邁過去，掰開他的脖子，或者用手去握住他的手，我什麼也沒有做，立在那。

如果小禹事件那天早上我能乘機把他身上的一點兒物件抓下來，甚至就撈一根毛髮啊，那也會在今後提供點兒確實的東西，或者剛才我能夠和他握手感受一下他的冰涼，那麼我也許不再一點兒主見都沒有，或許這樣的話，事情就會明朗很多，但問題是我什麼也沒有做，呆呆地站在那，任雨水繼續在自己的身體中穿過，我再回頭向小禹的窗口望去，那兒已經更加朦朧了，天色更加陰沉，我在想小禹是什麼，而隸又是什麼？在沒有革命者也沒有苦日子的今天，他們究竟在想什麼呢？反正在這一刻我對小禹和隸都完全陌生了，甚至我感到我都忘了小禹的形象，我不知道小禹在以前的生活中到底有什麼意義。

然而我隱約中可以感知，就在目前的形勢下，小禹和隸仍然是充滿迷惑的人，況且小禹在我眼前總是一句話兒也說不出來，還有那個對我抱著探求目光的馬醫生都讓我感到在醫院這裡沒有人會喜歡我。我把衣領豎了起來，因為水分過多，它又很快癱了下去，這樣我只能通過縮短脖子把我的腦袋的位置往下降，當時我差點兒向主樓的方向過去，因為那兒在朦朧中光線分明，況且每個房子都實現了分離，十分明確，你可以通過每個房間的門號或門號上的病人的病號來下樓，你可以數數就離開了，然而我鬼使神差般地向副樓走去，儘管那兒很陰森，沒有燈光露在外面，甚至我對副樓一點兒印象都沒有，我還是朝那兒接近，當然我也可以朝第三種道路邁去，那就是在走廊的三分之一處，有一個小樓梯可以直接下到平地，就是我剛才上來的途徑，但我也沒有選擇它，我在打開副樓那偌大的油漆斑駁的大門時，我什麼也沒有聽見，也許我潛意識期望一種殘酷的嗚咽，然而沒有，我走了五米看見更遠處的盡頭有一盞昏黃的電燈吊著，像一隻梨子。

我在左邊發現了電梯，門特別大，在昏暗中你仍然可以看到它的顏色，一種已經變調的淺綠，我甚至用手去摸了摸，仍十分細膩。我環顧四周並沒有樓梯，或許封閉了，所以我按了鍵，我當時沒有分清那個鍵是上還是下，我一看電梯門打開就跨了進去，電梯內沒有燈，那麼在黑咕隆咚中我是否蹲了下來？

現在我回想我當時確實蹲了下來，我感到在這裡面不可能有人，因為我剛剛在鑽進來時已經掃視了它的角角落落，我將在那兒縮做一團，我知道副樓一共只有三層，但我還是在蹲了很久之後才被一個白大褂老頭兒擰起來，他說：「你這個僵屍，你已經到了，你還不下去。」

我向他道了聲感謝，我在抬頭看他時，我發現他酷似我早逝的一個親戚，他也似乎認出了我，有點兒靦腆地說：「怎麼在這碰到你？」我說：「我是誰？」他喊了我的姓名，我知道他搞錯了，我從副樓暗房的小門跑出來時，汗水和雨水所泡製的渾濁的熱氣從我周身向外面散發，雨已經徹底停了，空氣清新異常，我在每個電線杆邊伸腿，打拳，我幾乎感到這個晚上的遊歷屬於我的另一生，現在因為又回到了現實中而感到一種盲目的力量。

2. 清潔工、電工和雜勤人員能從某個小窗戶看到街面上的我

我在經過法院的大道時，仔細看了看那座寬大的鑲滿玻璃表面的樓房，現在像一座放大了的火柴盒，我可以想像那些玻璃的光滑以及從裡面法院眼中可能射出的每一道目光，然而他們究竟能看出什麼嗎？或者從我身上從一個自己也不能認清自己的人身上看出什麼？我感到在法院的整個外面，你很難找到一個入口，因為它的玻璃表面似乎在延伸中插進地面下面了，那麼每一個人呢，怎麼進去又怎麼出來。也許和其他人一樣，我為我還沒有和這兒產生關係而感到不充實，但事實上純同志早已在我的姓名上加了幾個著重號，當然這全是華提供的證據。

雨夜中的玻璃全部連到了一起，以那些下流或依靠表面張力而固定的雨滴作證，玻璃都想沉睡了，所以我希望能閉上眼睛，保持安靜。

我感到有什麼東西在拴住我的脖子，我向上夠了夠，然後我覺得我是懸著的，其實我靠在一棵樹上，不多久我在站立中睡著了。我覺得那會兒睡得非常舒服，在我正前方的法院也在沉睡，或許掩藏在裡面的清潔工、電工和雜勤人員能從某個小窗戶看到街面上的這個我，然而他們和法官一樣，都學會了一絲不苟，不輕易相信自己的眼睛，所以沒有人來推醒我，他們把我當成一個對睡眠有極大興趣的人，後來我自己醒了，有一隻淺黃色的鳥兒在樹上甩下乾燥的糞便，我回憶我母親的話：不能讓雀子屎落到你頭上！但我有什麼辦法呢，我想活該我倒霉。

空氣現在幾乎已分離成細小的顆粒，而在它們之間便什麼也沒有了，也許這就是真理吧，當空氣顆粒絕對小時。可是，空氣到底是什麼，是誰在掌握、切削、分散呢？或許它密布於每個地方，擠垮了真理的位置，或許空氣就是勞動就是創造，也就是不勞動就必須滅失的前提？那麼，我們生於這個世界上也死於這個世界上，對於空氣，我們的思想又是什麼呢？我對法院有點兒戀戀不捨，但我知道天已經太晚了。

盛夏到來的時候，原有的秩序被打亂了，一切以溫度為標準，哪兒人多哪兒便有更涼快的原因，但是我們所看重的是那些人群往這兒聚集時的神態，他們覺得很自然。我有時在想，如果人的生活中的各種可能性也如此一般，那麼我們最終趕到哪？為一個並不明顯的目標而聚集正是我們所缺少的東西。所以夏季的炎熱使我們看到了我們本來還可以在我們的生活中為了某種東西而齊心協力。

我的這些感覺都敦促我自己注意我自己，我為什麼在更加密切而又主觀地往小禹事件上靠。

我看到梧桐葉更大了，街道的石子一塵不染，你無法摧毀這種廣泛的綠色，雖然你對自然的安排表現了你的不滿，但你仍然不能通過任何途徑逃避那麼一大塊綠，因而潔在這個時候幾乎失去了她以往的信心，她感到無事可做，她時常說：「我的畫兒還有什麼用，我不需要再伸張美，因為美已經泛濫。」我感到潔的美學在這個夏天大打折扣，「我想也許你可以從其它方面下功夫，比如你在夏天尋找另一種可能性，你不讓綠來表達一切，而讓紫黃或者灰色來表達，那麼你可能會發現道路還是可以延續下去的。」她默不作聲，她說也許她只能在南身上下點功夫，從人體上鍛造新的美，放縱新的自由。

這時她縮在我房間角落裡更加害怕，她覺得床頭那張巨幅藍圖不再是一片森林，而是海洋裡的一個黑洞，她生怕深陷下去，那兒沒有真理，也沒有道德，也就是說她漸漸感到自然是一種諷刺，把我們這些人，尤其是藝術隔開了，不給他們面子，忽略他們在展覽時自然曾允下的承諾，那就是他們互相需要，然而在這個綠瑩自由流淌的季節，彷彿潔不再有用了。

潔在夢中時常會痙攣，她的手垂著，我打開燈，感到她的手也是綠的。

第二天潔就帶著她的模特兒南在本城一家失修高樓的頂層租了間小屋，潔拉著南的胳膊，先前還有點兒激動，但她剛一下筆，就覺得有點不對勁，她說：「你有一股體臭。」南有點兒不好意思，把她剛剛翹起的頎長的大腿從方凳上擱下來，我敢肯定南自己也對這個不完善的化妝師潔產生了抵觸，但是潔仍然想維持她與南之間的那種關係。

天色黃昏時，我終於敲響潔的門，潔在小屋中說：「這兒太高了，你最好走吧。」但最後南還是替她幫我把門打開了，我罵了句潔，潔沒回口。

我站在露天平臺上，以前堆放帆布的痕跡現在變成流水溝，有一些乾燥的小蟲的屍體淤積在那兒，我在那兒跳躍，我說：「我真的有點激動呢。」「為什麼？」潔問：「難道你變成一個富翁或者你擁有了更多的權力？」我說：「你說錯了。」

南收拾自己的衣服洗澡去了，潔站在通往平臺的小門門口，太陽已經落下去了，但它的餘暉在織染這邊的一切。我說：「你是自私的。」潔說：「我早就對你說過我是一個理想主義者，我的目的就是讓我化妝的每個人都能回歸自然，讓他們的眉毛，讓眼睛，讓身體都回到自然中，然而這種自然在她（他）本人面前又必須是匱乏的，如果她（他）就坐在最碧綠的草地上，頭頂白雲，那麼我的理想毫無意義，因為我不能改造了，所以對一個理想主義者來說，在某種程度上他依賴的正是社會的缺陷，所以我覺得我們每一個人都按照真理去辦事，那我們就苦不堪言了。」

我說：「作為一個理想主義者，你的結果只有一個，那就是幻想。」

潔嗤之以鼻。

南從洗澡間出來穿過我們，在平臺上讓晚風輕拂她的身體，潔無法忍受她所散發的味道，她悄悄地在我耳邊說：「你聞到了什麼？」我說：「野花香和樹葉香。」

潔哈哈大笑起來，她用手指在我的腦旁按了按說：「看你這醜樣兒，你聞到什麼，哪怕真理和謬誤同時發硬了，你也聞不到異味。」

南沒有理我們，她的長裙子被晚風撩起在她的腿跟後側，有一條內衣所勒下的圈套「也許那兒什麼都有。」我對潔說。潔伸了伸鼻子，表示她的不屑，潔說：「她才算真正的女人？」

我說：「我馬上就更加忙碌了，恐怕不能像現在這樣抽這麼多時間和你在一起了。」潔說：「你去開脫吧。」

直到今天我都沒有聞到南的身上有什麼異味。我只看到她的牙齒很白，她的知識十分淺薄，對什麼都憑直觀。

那天晚上，潔幾乎把我從那座高樓上用她的皮鞋給踢了下來，我說：「你就一點都不為我緊張，或者說同情？」她說：「不。」唯獨讓她緊張的倒是我樓房裡的鐘首人身的怪物。我說：「也許那是時間，他站在你們那幫人之中，而時間都已經腐爛了。」我從她樓上下來時，心中繞有南腿跟的那個圈套。潔在我剛一跨出她的門時便失聲痛哭起來。

3.在程序出來之前，有一個裸女像，那是本國的普通婦女

馬醫生從第一天開始就可以與小禹交流，後來我才發覺其實小禹只是對我關閉了她的思維。我不想解釋其中的原委，我覺得馬醫生不會輕易放棄小禹的每一句話。馬醫生不斷用手在小禹的頭髮、臉部上按摩，似乎是讓她的思想不要中斷，他只想了解她的生活，在他看來，那個持刀者並不是他所唯一要關心的，他們要關心的是小禹生活的全部，最起碼是與持刀者事件有關的全部，而那個持刀者在馬醫生心裡與我有固定的聯繫。人們很難打消馬醫生的這個念頭。

小禹低低地喃語：「醫生，我覺得我的心一點兒也不痛，痛的倒是我的傷口，而且越不想它越痛。」馬醫生摘下眼鏡，把鏡片、眼鏡布和眼皮都仔細地揉了揉，他說：「你看起來是個清秀的女孩，但你的生活受到了一種干擾，所以你變了，所以你那天早上的安靜我完全

可以理解，你的恐懼沒有促使你採取行動，沒有叫也沒有記錄，因為你沒有產生這些動作的方式，所以單單談那個早上意義不大，如果你把和陳以前的情況都談一談，或許事情能漸漸明朗。」

小禹在一家電腦公司上班，專門負責程序安裝。

我在和小禹認識之後，我時常發現她的手指有一種從未見過的銀灰色，和什麼都不能比較，那種銀灰色在我的唇邊晃動時，我覺得很不具體我問她：「你多大了？」她說：「二十一歲。」我說：「比我小。」

「金錢，權力還有名分？」我說：「你別說這些，我知道你內心也沒有這些。」她低下頭說：「是啊，我自己也不知道我內心有什麼東西，或許我什麼都沒有」，「但是」，她說：「現在我為用戶安裝程序時，發現在故意封死的程序中，我們可以從中獲得快樂，但那種快樂的要命的缺點就在於它的短暫，它不能讓我回味出什麼，所以當我裝完程序告別一臺編號、發價、定點的機器時，我感到恐慌，不知道我對它都說了些什麼，或許我無從再記得它，所以我缺少依靠。」

她向我靠近了一些，她說在她小的時候，她的奶奶對於太陽就有一個最奇特的故事，她說那個太陽是一個水龍頭，說完她自己都荒誕地笑了。我問她：「你奶奶死了吧。」她說：

「是的。」我摟著小禹，我說：「你年齡多小啊」，她在我胳肢邊狡猾地移動，我很快把她抓牢，她總是說：「其實你不用抓住我，因為你不用對我負責。」她在說這話時，眼睛沒有一點兒光彩。

她對我說，她有一次替一個用戶安裝程序時，發現在程序出來之前，出來一個裸女像，而且那是一個本國普通婦女的真實像，她說太讓人不可思議了，她小聲地說也許那是我們主任不慎丟進去的，真難堪。

可是，我好奇地問：「你把它刪掉了?」「哦，不。」小禹否認，她說：「那位用戶紅光滿面不動聲色，我看他沒有反對，就留在其中了。」

我說：「你知道那個婦女像是誰?」小禹說：「我看不出來，因為她的臉絕對不像一個肯定的人，但她只是一個本國人。而程序呢，是美國公司的。」

小禹穿著青藍色的工作服，她用她細長的手指先打開主機聽到一聲脆響的提示，再打開螢光屏幕，然後她在屏幕上把那些代碼指給使用人看。小禹的使用者之中，大部分對這個世界沒什麼意見，否則他們也接受不了電腦這個東西，但據小禹講，他們確實都是一些對思維的複製、對代替人腦工作的機器很有好感的人。小禹說她從他們的臉上看不到糧食的光澤，因為他們對於機器語言的要求太強烈，嚴格地說那卻是對語言的褻瀆。

4. 我感到那兒的擁抱與偉大的戀情相比毫不遜色

小禹的笑容在我的面前十分純真，我那時並不知道她已經結婚了，她以前是個工人，在一家針織廠上班，後來她自己在單位財務科的一臺電腦上發現自己的記憶力與機器十分吻合，特別對各個部件以及它們的功用瞭如指掌，她不知道它為什麼要那樣運作，其中包括它們所呈現的結果之準確無誤也讓她快樂無窮，所以她報名上了電腦培訓班，再後來轉到電腦公司當了一名安裝員。按她自己的話說，她生下來就是吃這碗飯的。

我想這也是，撇開她姣好的身體、甜韻的聲音來看，在她的內部或許有一種東西真的和機器語言吻合了，那麼她的命運也就這樣決定了。所以我在和小禹相處時十分輕鬆，我幾乎放棄了我以前的每一種決心，可能我碰到了真正的人類的虛假的一面。

有一天，小禹突然問我：「我們既然能夠不費腦子就完成那麼大的計算數量，那為什麼有時我們還要為善與惡忙得不可開交呢？」我想了想說：「是啊，如果我們把善與惡也輸到電腦中那我們能得到什麼呢？」小禹抱著頭，樣子十分乖巧。不過，我知道我們從來都不可能這樣做。

所以我沒有再去挖掘小禹，我們也沒有在一起山盟海誓，甚至我覺得和小禹在一起，我們都拋擲了人的本體意義，我們只知道要會合，因為我們可以會合，我從來也沒有想過我為什麼要完成與小禹的關係？而小禹自己為什麼也從來沒有要求我負責？但我從來都對她那隻銀灰般的手有一種奇特的畸形的愛，我為這種愛感到無所適從。

我感到小禹是在持刀者事件發生過後，煥發了一種新的東西，或許她真正在某個瞬間認清了機器這個東西，或者她認清了我，但在我和機器之間又有什麼必然的聯繫呢？在我們漫長而孤獨的一生中，我們的關係的確可以向萬方伸去，但最終我們所接觸到的也只能是可憐的一部分，帶有極大的偶然性，如果我們相信人也輪迴，那麼我們也無法逃脫這樣的疑問，那就是認識上的限度，即我們到底會在未來怎樣，因而現在我一想到小禹事件當前的形勢，我還真的有點兒激動，我想知道未來是什麼。

但是小禹的裙子和襪子總是會引誘我。她說她不累，她甚至會在整個睡覺過程中向我透露電腦用戶在她邊上看她安裝程序的每個細節。

我覺得她的細節毫無特色，但聽起來也順理成章，我稱之為電腦喜歡聽的故事。

我甚至感到確實從機器裡也派生了一種東西，因為我在一想到電腦時，或者說我的概念系統在一反映到電腦這個單位時，我就會想到小禹，我從螢光屏的表面出發，直接到達小禹的皮膚，再深入到達小禹的體內，我永遠弄不清楚那兒有什麼。

我漸漸發覺小禹是個很好的女人，再說她從不排斥我，從不拒絕我，就說明了小禹確實在一個規定的框框裡遇上了我，並且持續這種規定的東西。我覺得小禹這種表現實在讓人太舒服了，到了一種忘我的境界。

但我感到那兒的擁抱比一切偉大的戀情都毫不遜色，我在這兒所講的，也正是小禹對於馬醫生所講的另一種表達方式，其本質是一樣的，生活在表面上是幸福的。

夏天的陣雨讓我的辦公室十分紛亂，主任通知我回去，以讓他的一個得寵的秘書為我打掃辦公室，我曉得他是想讓女秘書在我這間屋子裡和他更大膽地聊聊，那麼我在處理完我的事務之後，最後在地圖上對主任指了指我所負責的幾個大城市說一切都正常，主任用手繃了繃他的吊帶讓我滾蛋。

我在趕到樓前時遠遠看到看門的老頭兒這一陣子第一次向我亮相，我猛地發現他的頭顱有點兒晃動，不是那種在脖子上正常的擺動，而是大範圍的甩來甩去，我不禁聯想起我和潔多次看到的那個鐘首人身。

老頭兒擋住我的去路，一定要和我說話，他說：「最近我怎麼看你不順眼？」我一聽就來氣了，我說：「你一個門衛，從哪個旮旯鑽出來對我如此不恭？」老頭兒說：「我不是說我對你的態度，而是你對周圍的態度，你好像目空一切或者只有一個目標？」我說：「都不是」，我看到他的頭快要從脖子上晃掉了，我做了個想上去托住的姿勢，老頭兒乘機和我握了握手說：「你的事我也聽說了，但我不感興趣，我覺得那是你們年輕人之間的胡鬧。」「胡鬧」，我扭過已處於樓內的頭，我反問：「小禹死了，就是胡鬧？」老頭兒說：「那是什麼？我自己也很迷茫。」

他說：「最近似乎看到一個可怕的形象在樓裡徘徊，如果我沒有看錯，那個形象就是你。」我怕極了，我說：「不至於吧，連你這麼老眼昏花也發現了這麼神秘的怪象？」他說：「一點也不異常，因為我可以理解，我以前瞅著你就覺得你在穩重中有一種極反動的一面，現在我終於看到你是個多少有點瘋狂的人。」我覺得老頭兒對我的評論太過火了。

老頭兒說：「我不跟你講這些津津有味的話了，我要打掃衛生，擰緊水龍頭。」

那天夜裡，我明明感到我一直在做夢，甚至在我打開房門在樓道裡吹些空氣時我覺得我還是在做夢，我親自用手摸了摸掛在廊沿上其他住戶的鍋，我確定我確實不在做夢，我在樓道裡穿行我想沒有人會看到我的，我想怎麼還沒有人來找我呢，我有點不耐煩了。

5.你把自己的眉毛畫得太濃了，像牛糞上長起的毛

華的那群人總是在一間偌大的咖啡館裡噴雲吐霧，他們在想更多的招兒，應該說事態的發展對他們來說不夠理想，他們自己也看得出來純同志對他們的那套理論有點兒警覺，那麼純同志是不是和法院的其它同志一樣呢？但華堅持認為無論純同志是個正派的人也好，是個愚笨者也好，這都阻止不了案情本身的發展，華對此充滿信心。

咖啡館在釋放一陣嘈雜的DISCO音樂之後，開始緩慢地嘗試性地播放某音樂家的一個晚期作品，華覺得這東西雖然好聽，但它隱含一種他們都無法懂的東西，所以他覺得他們遭到了諷刺，但他還是大聲說話，想用這樣的聲音來壓倒它。

我必須在這時介紹華的神態，他很英俊，個子很高，連他閉目的神態都極富特色，你從這些狀態上應該看出華有不凡的形象，這樣我們也就容易理解他想化妝成偉人的念頭，況且在他手指上的每一顆發光的金戒指都向我們證明華在這個世界上有他的一套想法，華用手抹了抹自己的頭髮，彷佛意識到自己的手忽然被音樂同化了，動作極其浪漫，他再次感到可恥，猛地把手從頭上拉下來扔到桌子上，撞擊聲使大家都嚇了一跳。

華說：「我們必須改變這裡面的一些不合適的地方，不然我覺得我們今後的路不好走，特別我們不能讓純同志看到我們對案件採取了主動的姿態，現在我們要做的——」他還沒有說完，華的一個叫非的朋友站起來說：「或許我們應該像貴婦人在晚會上那樣足智多謀，我們不妨再抬出一個人來，以讓他代替我們充當真正的起訴者，不然我們站在出擊的位置上會讓眾人一下子不能接受。」這時音樂家的調子徹底低下去了，在憂怨中如泣如訴，華感到自己已戰勝可恥，從音樂邊上徹底獨立出來了，他第一個拍巴掌贊揚道這是個好主意。

咖啡館在不遠處的鞭炮聲中熄滅了一只吊得最高的燈泡，屋內頓時稍稍昏暗了一些，華站了起來，「我要你多給點兒光明。」他對老板吼道。可是，老板並沒有理他，正在數點他的鈔票，華不得已叫非朝那兒跑去。那個常常對華有點兒斜視的小伙子在老板邊上悄悄地說：「你看，他把自己的眉毛畫得太濃了，像牛糞上長起的毛。」非一聽這話差點兒就把杯子砸過去，但他仍然禮貌地把杯子舉了起來說：「你難道沒有看出來我優雅的姿態？好了，我原諒你們了。」他回到華的邊上。

華這時重新被音樂家挾住手足，他幾乎搖擺起來，他想這是誰？他又大聲問老板，老板說這是莫扎特。「莫扎特？」華用手指扣了扣腦袋說：「是那個河南省的嗎？」「哦」，老板在自己光亮的頭頂上敲了敲說：「你說得太準了。」華哈哈大笑起來。

非把酒杯擱到桌子上開始認真地與另一個朋友討論他們戒指上的寶石的產地，它們分別來自南非和亞美尼亞等等。但是，怎樣才能把莫扎特趕走呢，華最終只想出一個辦法，那就是關掉留聲機。

「我們想想馬醫生怎樣才能主動去起訴呢。讓他站在什麼立場上呢？或者僅僅作為一個人，一個沒有傾向性的人？如果那樣倒會好些。」眾人都贊同，濃濃的咖啡味彌散在這個屋子裡。

老板光亮的腦袋在臺子邊晃動，他在數完最後一張鈔票時發現那是一張假鈔，他因此覺得這些人很靠不住，他想攆他們滾蛋，最奇怪的是從前常來咖啡館的幾個身著短裙的女孩子和一些剃個陰陽頭的男孩子今晚早早就歸去了，難道他們把華這些人當成純粹的正派人？老板捂著嘴想笑。

那晚的燈光漸漸向昏暗遞減，這使華的臉相在昏暗中繼續保持剛剛化妝時的良好狀態，不論是誰，或者就讀者自己站在當時華的邊上你都不能不對他俯首稱臣，發現他魅力無窮。但是，華的積極性仍然很高，他們幾乎把馬醫生以前的情況、性格、歷史都翻了個底朝天，然後他們覺得這個起訴人具有對他們有利的一面，那就是他還有點兒正義感。然而僅僅從那點正義感出發，會把案件攪得很糟，他們必須扼殺這種感覺，再放縱這種感覺，完成一種遊戲。

純同志在自己的辦公室裡眺望下午的白雲，安靜地移動。移動是不可能的。他的手上還有一大堆案宗，然而最使他痛心的仍然是小禹事件，在小禹事件一進入他的手上之後，他第一個抓住的人物其實就是我，他在想持刀者是次要的，而那個我才是最重要的，但他同時又吃驚地發現他並不像對其他罪犯那樣充滿憎恨，也許他想自己有點兒不對勁，他把自己的手從窗子伸出去，摸著被太陽晒得炙熱的玻璃他也想到了在華的眼睛後面有一種無奈的悲哀，他沒有想到華的後面掩藏著一個陰謀。

他不想再想，他認為那不是法官的職責，他深深的渴望就是從那個持刀者形象出發，往我的第一次與小禹相見的經過上去切換，看他們鉚合的程度，如果事實丟掉了或找不到取證的可能性，他想他也不怕，因為他知道在這些印象之間有一個固定的邏輯，他盡量不想小禹，在這麼多年審判生活中，小禹這種人成為一個符號了，一個與被害者等同的符號，只要他們一出現，純同志就感到整個法院都在打強心針，而陽光也軟弱下去。

他對著街上鼎沸的人群，因為位置挺高，看到他們的改變不大，從一米之外到一米之內沒有區別，沒有接近也沒有消失。但他還是覺得在華的身上有一些可貴的東西，他想華最起碼把這事給提出來了，對於現在富有的人來說能主動給自己找點兒無意的事做可真稀少。

純同志坐了下去，迎接一個婦女，那個婦女在哭泣中偷偷觀察純同志的面容，純同志把他的眼睛放在她的卷宗上。她說：「今天來不再是僅僅為了那麼點可憐的擺不上桌的關於我孩子考試被辱罵的事兒，我只想問問你們法官都是什麼？為什麼，你，純同志，不把事實放在自己的眼裡，我的家庭和地位，你我有目共睹，但是對於紙老師在課堂上公開辱罵我兒子，你好像完全想像不出那個場面。」

純同志耐心地把手在桌子上拍了拍說：「也許他們確實應該在今後的工作中對孩子更為密切關注，但問題是你空口無憑，怎麼能讓我相信紙老師確實在侮辱你兒子呢？這種侮辱不親身經歷誰又能體會到呢？所以你所說的事實只是你自己的偏見。無法民事調停。」

那位婦女把自己粗糙的妝束抹了抹，嚷道：「純同志，你知道那個老師是個窮光蛋，而我們富有一些，我感到他是衝著這點來的，所以我認為這樣的老師心理不平衡，我請求你們批判他之外，懲罰他一下，讓他遭受點損失。」純同志實在聽不下去了，把她的卷宗扔到地上說：「維持原判！」「原判？」婦女疑惑地問：「誰判了？」純同志站起來背過身去說：「想像力的審判。」

那位婦女帶上門的巨響使純同志感到痛快無比。

第五章

1.手，在霜這兒，已脫離身體，脫離勞動的奴性，成為自主感覺的主體

我在暗中感到一股壓力，比如我在街上碰到一個三輪車夫時我提醒他不要碰著我，車夫很怕城裡人，他的肌肉蠟黃蠟黃的，我發現我對他居然一點兒心腸也沒有，他說對不住我，用的是方言。

我在剛走出幾步就覺得我這樣的表現實在有點原因，那就是我自己都不知道我在面臨未來局勢時我該怎麼辦？或許我本來就是一個自疑的無所作為者，我回想我的生活其實一點兒新鮮成分也沒有，甚至這幾天我也在不停回憶小禹在電腦公司門口等我的那些鏡頭。

但是我覺得有一種犀利無比的洞察力已經瞄在世界帷幕的小孔向我這兒張望，但我有什麼呢，我想我小得不能再小了，正是這種無名的壓力和我隨時都準備參與時局的快樂感，互相在交織中折磨我，推動我，甚至把我擊垮。

我跨著很大的步子向霜那座破樓奔去，炎熱的夏天的太陽能把每一塊皮膚都烤熟，我想不論怎麼樣，我只有走下去了。

我走上霜的樓層時，我感到這兒的空氣潮濕無比，有一群神色緊張的人紛紛往他們的家門外不停地哆嗦「太熱了，太熱了。」其實我在想霜，我要和霜面對面。但那天霜在我進門時，躺在床上，她的臉熱得有點兒傻白，我一進門她就說：「我太累了。」我隨聲應和，她的意思也許是她並不歡迎我在她感到累的時候來，但我既然來了，那就說明我必須來，我不可能回去。

她的裙子有一半已經被床角蹭到膝蓋以上，我用手在她胯骨上輕輕捏著。她說：「我說過了，我累。」這時我看到她的手沾滿了各種顏料，不用說她是剛剛化妝回來的，也許她還化妝了很多人。我說：「你知道嗎，我覺得有人在分析我，或者說在討論我的整個過程，我的內心為此而緊張，並出現毫無意義的興奮。」

霜打了個哈欠，把她的手高高舉起，與窗戶差不多一樣的高度，她說：「那好啊，這樣你也不至於閑著慌。」我到洗臉盆邊把她的毛巾用冷水使勁搓了搓，然後我打開電視，把她稍微扶高了一些，我用毛巾使勁揉她的手，但那些顏料太頑固了，她用左手拎了拎她的乳罩的帶子。我說：「也許你應該歇下來。」她說：「那樣我就等於抹殺了我自己的生命，你知道我今天一共化了多少個人？」我說：「五個。」她說：「不，至少要翻上十倍。」

剛才她的疲倦似乎都隱去了，她從櫃子裡翻出另一條新毛巾，並把那本夾它的書放回原處，她說：「用這條新的為我洗把臉吧。」天色已經暗下去了，因為沒有點燈，所以不知道時間過去了多久。

我扶著她坐在床頭，其實我根本不想再去打聽她為那個持刀者化妝的細節，我想她並沒有刻意去那樣做，那麼那個形象對於她和我來說就沒有去深論的必要，我現在所需要的是親自體會一下這個化妝別人的女人的內心。在勞累之後她是否覺得她增加了一點什麼呢？

她說：「我很想。」

我把她的位置擺好，讓那只唯一的圓形的燈泡正好懸在她胸口上方，當然那在三米之上了，我覺得屋子很空曠，甚至我早已做好了準備，我想我要在所有時間裡拉住她的手，不讓她的手活動，這樣她的純粹性就暴露出來了，我想看看這個與一般女人毫無特異表象的霜究竟發生怎樣的抵抗，在她遇到強有力的幸福的時刻，我深知她是識破一切的，包括我們的無所事事。

我抓住她的手，她說：「那是我神聖的手，不可缺少的手，它勝過我其它部分，在每一個我可以感知的細節上，我都想像是它在活動，包括是它的作用抓住你碩大的身軀，並且讓你不停地喘息。」

我在抓住那隻手不停運動的時候，我感到它確實傳遞了一種力量給我，使我飛翔，她的手其實一直在試圖掙破我的手在我的臉上撫摸，但事實是她用我的手在我自己的臉上摸著，她在我的身下屏住呼吸，她在仰合自己軀體的同時，我似乎感到她在我的臉上劃一個軌跡，她的手如果真的能觸到我的臉，那我肯定發現了這種東西，但我沒有讓她碰到，我感到她的軀體在床單上搓動時發出了一種音樂聲，我覺得那是她閑適時所喜歡聽的，而最關鍵的是我覺得她在集中注意力，她想把我的整個臉部按照她所設想的某個人（一個抽象的人）來化妝，包括改變我臉骨的造型，我皮膚的色澤和我笑容的結構，但是我一點兒也不為她的這種設想感到自卑，我知道我絕不會征服這樣一個女人，那完全沒有價值，在她的心靈中每一個抽象的形象是她生活的終極和證據，她就是靠著他們來維持她的自信力，所以我似乎看到一個抽象的怪聲的怪物在床單上和我們一起搓動，我無法比擬那一張浮現了的臉，或許那是她的最後的肖像觀，但我聽到了她的呻吟在那個時刻，在床單快要被蹭完的時刻在光滑的墊子上我摟著她碩大的臀部，我無法想像她的軀體的造型，因為她那一雙手就是一切，我一直把她的胳膊翻著壓著，那一雙並不美麗的手卻也沒有什麼缺陷，指甲不算太長，光澤也不錯，我最後決定去吮吸她的手，她出現了更好的興奮，在整個床上翻動起來，而且她說出最動人的話，她的嬌羞和孱弱全部逝去了，只剩下她如蛇的軀體更加靈活地轉動，我吮吸這隻還有脂味的手，我差點把它啃了，她一點兒也不介意，甚至我看見她睜開了眼睛，放出它飽滿的光芒之後閉了下去，並不斷重複。

這樣我看到了她的根本所在，那就是她的雙手已經代替了她的大腦或者說大腦控制下的肉體，成為直接與外界溝通的獨立成分。

手，在霜這兒，已經脫離統治，脫離勞動的奴性，成為自主感覺的主體，所以我們才可以看到那隻手的巨大魔力，但我們同時也不能忽略這隻手的經驗之不足，或者說它沒有傳統，沒有價值，它所創造的，也正是被我們忽視的，我遲遲沒有從我的唇邊拿開那隻手，直到她伸長脖頸，掛著她普普通通的身體，把頭幸福地埋起來時，我才發現那隻手已經在瘋狂地舞蹈了。

這時天並沒有太晚，我從窗簾向外可以到達深藍的夜空，外面有一種不具體的集體的聲音，有點像潮水。我偶爾會被某個女人粗重的罵聲驚破，於是馬上又安靜地躺回去。後來有兩個人在門外敲擊，我有點慌，霜說：「你別怕，他們是來找我化妝的。」

這時門外有一個嗓門低沉的人用他極限的嗓音喊：「救救我。」我敢說我生平第一次看到那隻興奮得無法控制的手，猛地從我周圍的空氣中抽了出去，她說：「糟了糟了，一定有人魂不守身了。」霜一邊繫好裙子，一邊把幾個快要癱倒的人讓進屋，他們撲通一聲斜歪在床上，無神的眼睛翹過高高弓著的腿。霜迅速打開她的手提包，把那些顏料往他們臉上一抹，我發現他們立即恢復了精神，甚至有個人用拇指和食指做了個手槍的姿態，然後他們用手向霜搖了搖，走了。

2.小禹說，事件的主要部分已經在持刀者的早上完成了

馬醫生和小禹一起被醫院的鬧鈴聲驚醒，整齊的拖鞋聲壓住了刷牙聲，馬醫生用氣哈了哈眼鏡，又用手去擦了擦，他說：「小禹，我這一夜睡得挺香，我感到我熱愛醫院是有原因的，比如休息，他清脆地笑起來。」小禹大約還沉浸在昨晚他們的對話中，對馬醫生奉為摯友，她把手從被子裡拉出來，似乎馬醫生像一個還沒有蒼老的父親。

馬醫生並沒有跟同病房的其他幾個人打招呼，所以其他病人把小禹當成一個並非病人的人，或者說有時他們把小禹當作一個沒有痛苦的人，但小禹沒有覺察到這一點，小禹說：「醫院裡早晨的空氣也算不錯。」馬醫生高興地說：「你有這樣的體會真好，說明你已經同過去有所分別了，那麼持刀者的早上還有多少意義？」同病房的其他病人陸續拿著小缸子和牙刷到洗臉間去了，馬醫生說：「也許你所說的還不夠詳細，但是即使不詳細也不要緊，我已經有了個大概印象。」

小禹在被窩裡把她的腹部輕輕地按了按，她說：「我一點兒也不想吃。」馬醫生把手在小禹的臉上撫了撫說：「我的病人，你最近其實很少吃東西啊。」小禹這才嘆口氣，覺得自己的命運更加迷糊了。馬醫生赤手空拳坐在那兒。

不會兒，有個護士把他拉了出去，馬醫生知道今天必須離開這兒了，所以他不僅僅有點兒戀戀不捨，而且他還在小禹的耳邊悄悄地說：「我真怕忘了你所說的。」

可是，小禹說：「這些與事件都沒有深刻的影響，因為事件的主要部分已經在持刀者的早上完成了。」「不」，馬醫生從幾步之外又邁了回來說：「也許事件的主要部分並不是你所想像的那樣。」

小禹撇了撇嘴，護士在眼裡和心裡都為馬醫生與小禹的親密感到欣慰，但同時他們也嫉妒，同其他人一樣，因為小禹與馬的親密，小禹在人們的眼裡已經成為一個與病人有根本區別的人，因為小禹不再主要作為一個病人而存在，那麼她作為什麼呢？誰也沒有決定她，或者說暫時沒有。

華的車子已經在樓下等馬醫生，馬醫生在二樓樓梯的轉角處已經從鏤花雕孔中看見了玻璃內的華，他說：「我怎麼就躲不開他呢？」但他仍然邁下樓梯，精神倍增地朝那兒邁去，也許他可能按照他心中一貫的想法給這個拉皮條的傢伙一記重拳，但他一看見華從車內鑽出，並行了個彎腰禮時，他覺得自己有愧，也許背景是醫院，他感到來歷不好，或者說他在這會兒對他一個名醫生的身份產生了疑慮，因為華的臉刮得乾乾淨淨，在每個可以表現表情的細節上都毋庸置疑地指出：我是一個通行的熱愛人們的人。

這時，馬醫生鑽進車內與華肩並肩坐著，開車的非遞了一支煙到後面，馬醫生有點尷尬，感到自己很餓，同時他感到自己在語言上很匱乏，除了福爾馬林，他不知道說什麼，那麼他的耳朵便變得十分敏銳，想傾聽華的聲音。

華向他擠了擠，並拉了些關於城市衛生和人民健康狀況的閑話，馬醫生一一作答，他的內心一直在戒備自己不要過於在這個人面前束手就擒，他的每一句對答都表明了自己的小心翼翼。

在華的臉上你看不出一點兒脂粉的痕跡，他粘貼的多餘的眉線以顯得他十分平民化，你發現不了他的臉相經過霜仔細的改造。

但是，華已經十分進入角色，他不感到自己是在冒充誰，每逢自己頂著一張霜所製造的臉，他都感到自己調出了內心的某個方面，而不是刻意去表演，否則他早就成為千面人了。他叫非把車子開得慢點，好讓他們看見街市上熱鬧的生活場面，那些賣菜的、炸油條的、挑擔子、推單車的逐一而過，和自己平行行走，華向他們傳遞自己的臉色。在這種情況下，馬醫生捂著自己乾扁的肚皮，在整個人體上都彎曲了，那麼他傳出來的是什麼呢？是來不及似的向華表達：我只想弄點兒吃的，信任你，你說什麼我都會聽著，因為這會兒我餓，但看在品質上，看在友愛上，我可以忍著，因為我也同時堅信你會同情我飢餓的處境。

華說：「小禹，就住在我樓上，是個挺不錯的女孩兒。」

馬醫生說：「是的，挺好，現在，他住在病房裡十分平穩。」馬醫生看著自己的手指頭，彷彿那是可以入食的東西。華說：「你知道嗎，醫院的人對你意見很大。」

哦，馬醫生吃驚了，彷彿別人宣布前方的麵包已經變味了。他問：「怎麼會呢，醫院裡我是出名的，雖然這一點我不好意思自己誇獎自己。」華點了點頭，表示同意，但他又很快指出「別人就是在小禹事件之後，從你的態度上看出了你作為一個醫生，怎麼說呢？」他試探地用目光嗅了嗅，非把汽車哽了一下，馬醫生感到難受的胃液幾乎要倒出來，這樣胃就更加空。華接著說：「別人看到了你的軟弱。」「哦」，馬醫生有點兒靦腆地說：「我只是對病人的特殊性感興趣，至於其他的我沒有想過。」那麼，華說：「你看到這些無辜的工薪階層嗎？他們的白天、晚上，甚至夢，都有病因，這也是我從你的一份醫學報告裡找到的，但是你如果能更進一步把這種病因給指出來那不是更好嗎？」

馬醫生用手扳著前排坐椅，他搖了搖說：「我正在努力啊。」華說：「你不知道嗎，你如果不在小禹事件上表現積極得當，那麼很快你就會從小禹邊上調走，讓小禹成為其他更有想法的醫生的病號，即使她在你身邊癒合得很好。」

馬醫生看著華一絲不苟講話的臉感到他講的也對。他說：「那麼你是從內部得來消息，說我在小禹這件事上沒有讓他們滿意?這時連小禹自己也不知道這些要獲得滿意的人究竟是誰?」馬醫生說：「今天早上我連臉都沒洗，而昨晚我和小禹竟然討論了大半夜，然而別人還要說我，我感到困難重重。」

華說：「你不要抱著知識分子式的膽小的姿態，你應該站得更高些，你自己也清楚，你現在是這個世上對小禹事件了解得算是最為透徹的人之一了，你不能浪費你這麼多天的心血，你應該來個突然的決定，比如說——」。

3. 變成一個起訴者

非把車子往法院的大院子裡拐進去，並且在靠西側的一堵院牆下停了下來，這時馬醫生逆著光，看那高大的玻璃。華說：「這是一個夢寐以求的想躲避的地方，但是為了生活我們不能離開它，因為生活充滿了罪惡。」馬醫生說：「這種罪惡從現在看來也不僅僅是不平等造成的。」

那場景從現在的回憶看來，似乎他們都在為某種不幸而表示義憤填膺。華說：「這件事對誰來說都需要勇氣，然而還必須有條件。」「什麼事？」馬醫生終於說：「難道我餓著肚子你們沒有看到？」華爽朗地同非一起笑了「你在早上就說餓，你不知道我們也從來沒有吃早飯的習慣。」馬醫生平淡地說：「那我們不一樣啊，我畢竟在夜裡談話啊，我沒有很好地休息，可以說我是在勞動和思考。」華風趣地迎著陽光說：「你就餓下去吧。」

在馬醫生的面前，彤紅得有點兒發白的太陽正像一個遠離自己的變質的大麵包，但他還是認為它可以吃，直到整個小說被推翻，所有的人都離開故事的本質的時候，我仍然對馬醫生的飢餓狀態深信不疑，我認為在華和非的邊上，在汽車內，在油料推動的機器上，馬醫生已經被這種飢餓控制了。

華說：「你聽見沒有，如果你還想在小禹邊上待下去，那麼你就必須讓整個醫院看到你不僅僅是一個醫生，你更是小禹的需要，因為你要為病人代言，從痛苦的角度來講這也是醫生的責任。」無論從哪個方面來看，華在那天早上所說的話把一些邏輯性並不強烈的觀念從道德的概念出發結構得還算緊密，他的努力深深地奠定了在那種飢餓狀態上的基礎，而且高高凌駕在馬醫生頭頂的是「正義者」的友誼。

華說：「我不多講了，我希望你能勇敢地站出來，起訴那個持刀者。」

馬醫生用自己的手指了指胸口，一字一頓地重複華的話，然後他一語不發，他感到飢餓已經消失，太陽也已經強烈得無法用肉眼去看了，華和非把馬醫生從車上拉了下來，他們在他的周圍跳兩步舞，並伴以傳統音樂的步子，然後他們關上車門，開車一溜煙跑掉了。

馬醫生站在法院的大院裡，所有的法官們都沒有露面，他們已經早就下班了，所以馬醫生感到在這個地方無比陌生，原先他所信奉的精神、價值和正義感好像沒有了，只有印有標誌的其他車輛從身旁不斷擦過。

他有點兒不知所措，但他很快克服了這種情緒，集中他的所有注意力讓自己仔細體會剛才的飢餓到底是怎麼回事？

馬醫生立即趕回家，在自己屋子中哭了起來，他妻子不斷從單位往家裡掛電話，許久之後馬醫生拿起電話，他的妻子很快就回來了，馬醫生說：「我現在忽然覺得自己變了，我由一個剖析肉體的醫生變成一個關注精神歷程的醫生，現在又變成一個起訴者，一個充滿正義感的人，那麼我這種變化你知道由什麼造成的嗎？」他的妻子隨口就說：「那是你不小心的結果。」馬醫生開始對他的妻子訴說他的飢餓狀態，他妻子在廚房裡做了許多東西給他吃，馬醫生在吃了一小點兒之後就暈了，妻子摟著馬醫生發現他瘦了許多，兩行熱淚不禁漱漱落下，她回憶她丈夫的光榮就像光榮與陽光等價一樣，但她同樣不能理解他的飢餓竟使他答應了他自己做一個起訴者，那麼他是否是被迫的呢？

妻子有點兒疑問，她去喚醒馬醫生，但馬醫生並沒有睜開眼睛，他的整個大腦現在都在努力盡可能具體地浮現那個持刀者，漸漸馬醫生對這個持刀者充滿了感激之情，他想如果沒有他我怎麼去起訴呢？如果我不起訴我又怎能在小禹邊上待到底？不在小禹邊上待到底，我又怎能弄清小禹到底是怎樣碰到那個持刀者的早上呢？

4. 潔看到最後的班機在機場下落

潔在那座高樓平臺邊的小屋子裡翻著日曆，她發現夏天正進入尾聲，某種深刻的涼意已經抬頭，而且她感到最為自由的人民都快要收藏起拖鞋，告別綠葉的時候到了。

潔哆嗦的手終於抬了起來，感到月亮那蒼白的光芒又賦予她行動的更明顯的必要，她打了電話早早地讓南就到了她這兒，她想和南一起賞月。她對南說：「你看月亮，因為螢火蟲的消失而高興起來，在它的普照之下，我的小屋在暗暗地生輝！」南大概還記得整個夏天潔的憂鬱，所以她不懂怎麼她突然變了。

潔說：「南，我很對不起，我怎麼能在夏天指責你的體臭呢？我那時的心情真的糟糕極了。」當一片已經發黃的綠葉不知從哪個地方竟然飄到這高處時，潔拎起它，半晌說不出話來。

潔又猛烈地在南的眉毛和腮旁指指點點，她吃驚地發現南的臉上有了些怪樣。南毫不迴避地說她一直在做時裝模特兒，由一些劣質化妝師化妝才成這樣，潔十分可惜。並且南說她已經結婚了。

潔有點兒失望，她幾乎用肩膀摟著南低低地說：「不，不，你仍然是我的模特兒，是我的所在。」南從胯下抽出她的手輕輕拉著潔的腕部，南說：「我不是回來了。」她們四目相視。

月亮從陰雲中隱下去了，潔說：「其實我永遠不能說服我自己的就是你本來就很美，但我仍然要通過我的工作來體現你，從某程度上你是我外在的生命。」南也有點兒激動，她不禁對以往潔和她的化妝生活充滿了懷念，然而月亮和她們所一起展望的美又是什麼樣呢？

這時從樓下隱約傳來一些刺耳的命令聲，並且偶爾從某個通道的窗口會向上傳來手電晃動的燈光，潔和南趕快跑回小屋，把唯一通向裡面的樓道的門給鎖上了。她們縮在那兒，潔大膽地倒了杯水捧在手上，她想這是些什麼人？

很快，從門後望去有人在輕輕地擰門，而且動作十分緩慢，在確定已經鎖上之後，潔聽到一個人說用鐵絲試試，但還是沒有試開，接著更多人的腳步聲從樓梯上傳來，而且他們圍聚在門口並不商量破門的辦法，那他們究竟要找誰呢？潔恐怖地捏著南的臂膀，忽然在某個瞬間她似乎看到南就是那個在我樓道裡經常碰見的人首鐘身的怪物，但只要她一驚，南就微微地笑，這樣潔就回到現實，把南摟得更緊。

不知什麼時候，在整個平臺上圍聚了另幾個人，他們沒有手電，穿著破爛的衣服，操著難懂的方言，而那些樓裡上來的人已經消失了，潔從通往平臺的更不堅實的而有暗玻璃的小門向外望去，看見那幾個人伸歪著腿，踮啊踮的，在他們腳下白天被晒得發燙的瀝青現在還能不時地粘住他們的腳。他們想笑，但又沒有。

潔終於大膽地邁了出來，那幾個人也向前面靠了一些，潔說：「我出來是防止你們把我嚇瘋了，你們半夜三更有那麼多人跑到我這兒來幹什麼？」他們不承認他們來了多少人，看來從樓裡上來的那些人和他們又不像是一伙的。那幾個人互相商量了幾句說：「潔，你不用怕，我們並不是為你來的，因為你是一個對我們來說毫無必要性的人，我們要找的是陳。」

潔沉思了半晌，不知是她的記性不好，還是她想極力迴避，反正她鄭重地否認了陳，她說：「我不認識他。」那個在暗中閃著煙頭的火光的人說：「不可能吧，那個陳啊，前段日子裡的陳啊。」

我不知潔的頭腦裡裝了什麼，反正她說她不認識。那個人只能蹲了下來，後來乾脆坐在粘有柏油的地上，月亮漸漸下沉，潔穿著乳黃的連衣裙看到最後一班鐵鳥已經在機場下落。

潔說：「你們走吧，我不認識人，我是藝術家，或者說我的存在只有美才能對應。」那幾個人說：「你少他媽美不美的，我們對你已經夠客氣了，如果你不把他交出來，或者你不把他的地址交出來，那麼我們最起碼要在你這個藝術家身上撈取點什麼。」

潔在被激怒之後，南仍然沒有出來，這個她以前一直引以為榮的美麗的作品在床角電燈下面悠閑地看書，其實她的體臭仍然清晰可辨。

潔和他們僵持著，她說的一句最傻的話就是：「你們是誰？」那幾個人笑了起來：「你不是不認識人嗎？那你還要問我們幹什麼呢？我們要抓住陳。」

這時我不得不承認，我已很少露面。我只在我認為可以自由行動的空間裡左衝右突，我一直在保護我自己。

即使確實有許多人在尋找我，我也沒有真正接觸到這些人。我仍然到華那兒去，並且到他的住處我就經過小禹事件早上的那套房屋，這樣我就把整個事情連貫起來，華和一大幫朋友在屋內聊天。

他們的太太則坐在一邊討論時局，而也有幾個風姿洒脫一些的太太夾雜在男人們之中，她們嚼著口香糖，手裡不像以前傳說中那樣拿著個綢布之類的，而是空著手指手劃腳，我敲門進來以後，華差點兒嚇了一跳，他本來是深陷在一張五人沙發的拐子裡，然而他還是熱情地站了起來，我靠近他的面前總是有一種仰望的視覺，我遠處的一個人對另外一個人的太太說：「你看，那就是陳。」那位太太把她的手在空中定住了，並用頭髮甩了甩空氣，彷彿想試探空氣是否會緊張一樣，我看到有人說我，便向那兒點頭，但那位太太執意把頭擰了過去，大家都努力在審視我的同時，審視整個局面。

華和我靠在一起，並遞給我一杯淨化水，他說：「這些天你都去哪兒了，怎麼找不到你。」我撒謊說：「我去上班。」但華知道主任已經給我批過假了，倒是有另幾個人在竊竊私語：「抓他的時候那麼難，而在這麼熱鬧的場面他居然來了。這說明了兩種可能性要麼他是一個十分狡猾的人，要麼他是一個神經錯亂者，但無論如何，讓他來充當這個角色，很來勁。」他們在互相碰杯祝賀中打量我樸素的衣著。

我看見那些太太開始講起小禹來，我想走，但華把我按在那兒，你為什麼要走呢，這與你不無關係啊！太太們終究是太太，可以完全按照她們所想像的那樣來說話，她們漸漸講起小禹的長相來，討論她的鼻子，眼睛。

華在我耳邊說：「你不用怕，因為事實已經被混淆了，況且只有我是一個稱職的見證人，而你知道我不會說你什麼的。」我有點兒局促地說：「那是，那是，本來也沒有什麼嘛！」華把話打斷了，開始想活躍一下氣氛，這時我才注意到我到華這兒其實一點兒目的也沒有，我不知道我為什麼要來，我不餓，不生氣，沒有需求，我到了這兒，我感到我有些不能自主。

太太們在華的指揮下唱起舊時代的歌了，也許那根本就不是歌，因為你沒有被它感染，儘管十分潤滑，柔軟，但就像是水一樣。我發現沒有人再理我了，餘下的時間大家都在歌唱，誰也不看誰。

其實當時有一個人已經警覺起來，他在華的耳邊說：「要不要把他銬起來。」華幾乎搧了他一記耳光，罵道：「你怕是瘋了，怎麼能私自銬人，師出無名的！」

我根本不知道那幾個在潔樓上詢問的人現仍在城市的某個角落活動，如果他們立即被召回，當著華的面會抓住我不放？

最後，我還是拒絕了華的挽留，從大門出去了，夜風吹著我的臉，枯爛的樹葉已經占滿了街道兩側，他們的歌聲在我背後蕩漾，我再也受不了了，我開始懷疑我真的無法恢復到剛剛跨入青年時代的風貌，特別是小禹事件，它對我造成的破壞性讓我無法面對和審視我自己。

那天晚上，我藉著我的打火機摸到師大附中的游泳館，在露天的看臺上我脫下衣服，然後我一頭扎了進去，我在水裡潛泳，我發現冰涼的水讓我十分幸福，我在摸到水底的幾片不慎落下的枯葉時，我很快抓到了它們的莖脈，或許我在水下靜靜地睡去了，在分散又包圍水分子之間，我感到空氣的衰落，我其實根本不想露出頭，我停止我呼吸的願望，或者說我的呼吸與我的內心不保持一致。我的胸口、頭部都在超過劇疼的忍受極限時，無比舒適了。

我不知道那找我的一群人已經從游泳館外圍的鐵圍柵向裡張望，他們看見了藍色的泡沫，因為手電光並不很強，他們把沉在水中的一具可能的怪東西當成游泳池基底的一部分，那真是很巧，否則他們就會抓住我把我帶走了，他們沒有看到我的衣服，我的衣服在那兒同我一樣躺了很久，我高興地對我自己說：「游泳真痛快啊。」

但當我剛穿好衣服，兩個戴有紅印的管理人員早已等候在某個暗處了，他們問我的第一句話就是：「你出於什麼目的，在黑燈瞎火游泳館不營業的時候，悄聲潛入?!」我說：「那是因為空氣太不舒服了。」胖一點的管理人員喝道：「你要什麼舒服?」瘦一點兒把胖一點的往邊上拉了拉說：「我問你，你是個知識分子嗎?」我說：「恐怕我與知識分子這個東西不相干，我不懂什麼叫知識分子。」瘦一點的說：「那我們就放你走吧，但你要記住，下次如果你作為一個知識分子到這兒，我們就扣留你因為知識分子識字，容易理解制度，並且蔑視我們的體力上的強者。」

他們因為常年在游泳館游泳，因而身體棒極了，在我剛一轉身時，他們就補充道：「喂！年輕人，剛才我們幫了你呢，那幾個找人的人被我們罵走了。」我並沒有感謝他們，因為身上還沒有散落的水珠正在斂集，使我寒冷。

我背對一胖一瘦的管理人員，再次回想他們的話，我感到我確實有許多讓人喜歡的地方，比如說我是一個不太在意的人，我有沒有傷害力？從管理人員的目光中我發現他們並不討厭我，至少在他們體力充沛的情況下絲毫不想教訓我，那麼我是誰？

夏夜的晚風在更晚的時候簡直有點兒刺骨。不論我到哪，我發現那群人幾乎和我在不遠處交錯而過，然而他們看不見我，儘管我沒有變樣。

5.我只是奉行兩個獨立的過程，陳是一個，持刀者是另一個

在法院周圍你通常看不見低矮的小房子，也許在他們建設法院的時候就做了這樣一個規定，建在一個相對來說比較容易高聳入雲的地方。那麼低矮房子的聚居區便被撂在遠處了，我在許多城市都見到這種情況，簡直概莫能外。

所以在碧亮的法院大樓邊，圍觀的人很少，如果你不加留心，或者你初次接觸，你準認

為這是學術價值很高的博物館，但是事實上它透出的是一種威嚴和秩序，因為在法院周圍無論從風景上還是從邏輯上你都難以與熱騰騰的生活建立直接聯繫，所以法院幾乎在我的意識中被單獨化了出來。

那天晚上我在法院前的小樹上靠著睡著時，我得到了一定程度的滿足，也許從那時起我就有一種預感，這是我生活的一部分。只是它躲在一個更高的地方，需要許多條件來刺激才會與我發生關係。那麼在純同志的周圍是不是就沒有群眾呢？是否他的每一個想法都要依靠他肩膀上的星星和星星的命令來實現呢？別人我不知道，最起碼對於純同志來說我看未必，因為純同志不僅僅是個法官，他也是住在市區裡的一個普通市民。純同志說：「從我跨上這一行的第一天起，我就沒有忽視過法律，雖然在我的口語中我並不經常提它，我卻仍然拴在法律的每個步驟上。」

另一個人說：「那你所深愛的關於每個可能性是否合法的研究又是怎麼回事呢？」

純同志把他的手指捏了捏，像是以前當兵時捏著盒子槍。他說：「我正是看每一種可能性是不是建立在法律的基礎上，如果他的可能性符合法律約束，那麼他即使犯錯了，也沒有根本性的違法，如果他的可能性（即使未遂）完全脫離一個懂得法律的人的內心狀況，那麼他即使沒有違法，他也是一個有危害的人。」

眾人為純同志的精闢論述拍手歡呼，純同志示意他們放下手來，純同志指了指小鐵說：「小鐵，我交給你一項任務，你幫我去接觸陳。」小鐵深情地接過純同志遞來的煙，他說：「那個小禹事件的嫌疑犯？」純同志說：「也不能這樣說，現在的嫌疑犯仍然是那個持刀者，至於陳，他什麼也不是，但既然有人把他和這個案件一起提交給我了，那麼我只是奉行兩個獨立的過程，陳是一個，持刀者是另一個，他們之間的關係我在沒有得到肯定性答案之前，我認為不能在法院裡明講。」

其他人說：「你讓小鐵幹什麼，跟蹤他，把他抓住，繩之以法？」純同志十分惱火「我們應該改變主意，我認為抓他是次要的，要對照法律來確定他的罪行。」小鐵說：「那我幹什麼呢？」純同志把臉往前湊了湊說：「你們本來都是過來人，但你們改造了犯罪心理，成為一個健全的人，因而你們應該懂得我一直所強調的人的可能性，現在，請大家注意，陳，有沒有當著眾人的面到醫院去看過小禹？好像沒有，現在我們就是要做個試驗讓陳到小禹那兒去，並且讓所有人也都圍過去，我們在眾人面前看他的舉動，也許陳會閃現一些平時他不易閃現的東西。」

小鐵說：「可是我們當場抓住他不是更好嗎？」純同志一陣凶猛的噴涕使屋子也震盪起來，他說：「我從我的立場出發，也就是從法的立場出發，法律是一種教條，我是要結合我新的世界觀和罪惡觀來看待陳，我不急於抓他，當我確鑿無疑地發現他確實是個凶惡者時，人們會讓他得到懲罰的。」

小鐵紮了紮自己的褲腳，一雙失修的老板鞋在地板上搓動，夏日最後的蟲子都已經喜歡上一切正在趨於成熟的惡果了。小鐵目光炯炯地站了起來。我現在暫時弄不清楚，純同志小鐵和馬醫生是否很熟，或者說馬醫生是否已正式起訴我。

但我在幾天之後收到了馬醫生的便條，上面寫著：請來醫院小禹病房，馬醫生。我想也沒想，以盡快速度趕到了醫院，應該說我不算遲滯的神經沒有覺出一點兒異常，那天天氣不好，有射箭運動員剛剛到本城參加集訓，所以我總感到我也有一支箭，並且我在未到主樓時，發現副樓平靜正常，在它邊上的沖開水的小屋子依然圍滿了病號，只是太多，拎著開水瓶，直到後來我才發現那些打開水的病號正是來觀看我的熟人。

我推開小禹病房的門，馬醫生不在，我撐著胳膊，在小禹邊上坐下，和我所想像中的一樣，小禹沒有睜眼和我說話，但因為那晚我親眼看見她和隸說話，所以我猜到她的眼睛一定是故意閉著，甚至在我不留神的時候會睜開看看，然而我來幹什麼呢？

馬醫生為什麼要叫我來呢？這時，門開了，進來一大群人，包括我單位的同事，華的朋友，我的好友還有馬醫生的一個助手等等，他們過來和我握手，我因為感到突然而變得十分氣憤，我只想面對小禹說說心裡話，但這些人幹什麼？小禹是誰？一個有夫之婦。而我呢，我發覺我是一個生硬地強加在小禹身上的個體，於是我什麼也不說，我捏痛了一個上來和我握手的小姐的手，她說：「你太粗糙了，幹什麼！」我沒有道歉，他們說：「怎麼了，陳，在你的眼裡，在你的心裡，我們發現了仇恨。」

我說：「不至於的，不至於的。」我想我上了一個圈套，這時一個不知名的攝像人員穿著白大褂說是要給我們照相，以反映健康人和病人之間很良好的倫理關係，我想伸手去護住鏡頭，但事實上在拍下來的照片上，我的手做了個劍的姿勢。我的眼睛因為身體的前傾而凸出。

那個攝像員就是小鐵，我不想向眾人解釋是馬醫生讓我來的，大家並不問我我對小禹的事怎麼看，我單位的主任在十分親切地和我交談時說：「你甚至可以永遠放假下去，而工資照拿，直到你把這件事處理完畢。」

小鐵不久就走了，他的白大褂還給了另一個住院部的醫生，我覺得所有的人對這麼個活動都很有信心，他們演得很好，難怪他們在全部離開之後，護士兕罵我，說我是個小丑。我看到一群人在副樓的某個窗口朝這兒探望。

他們從窗口探出腦袋，因為胸部過厚，他們只能到此為止。一個人活在公眾場合我們永遠不能抓他，因為那樣影響不好。

6.我們盲動的肉體和機器都在不停地背叛我們

但我的情況由那張小鐵拍下的照片全面反映到純同志的手上時，純同志還沒有來得及看，在他的對面又出現那個控告教師辱罵她兒子的婦女，這一次她不再喋喋不休地為她兒子辯護，她所最想做的就是要在純同志這兒得到一個法的表態，即那個老師是個懷著壞目的的窮光蛋，純同志不停地在她送來的卷宗上移動，他什麼也發現不了，同他處理任何案件一樣，他認為把人從具體的位置上抽出來，比如工人，老師，游民等等，再把他放到一個層次裡，比如富人窮人，那麼這樣的問題就複雜化了，也許那根本不是法可以去迎面解決的，它因為抽象而具有拒絕檢查。

所以那個婦女想通過某種公開的關於把老師定為一個懷恨的窮人來狀告老師的途徑在純同志這兒通不過，嚴格地說純同志並不特別依賴證據，所以那位婦女在離開純同志的辦公室時，留了一句話「我是不會饒過他的。」

婦女沒有從純同志這兒得到支持，但她並沒有灰心，她想討個說法的念頭仍然在支撐她，她想最起碼這個老師在語言上是錯誤的。

純同志對小鐵的工作很滿意，他濃密的頭髮顆裡小汗珠密密麻麻地滲著，他對小鐵說：「你看，他的眼睛裡有什麼。」小鐵說：「我明明和當場所有的人一樣看到他仇恨一切，包括無辜的無關的他人。」但是純同志把照片抖了抖說：「可我覺得，他的仇恨沒有表達出來，那雙眼睛所表達的只是一種自我保護，這是人的天性，與法無關，所以你這次行動既發揮了作用也遭到了失敗。我希望在以後對他的觀察中能夠準確地抓住他的精神，在法的面前，無論他到哪一步，他都必須合法，這就是他生存在這個社會上的代價。」

純同志對小鐵說：「他識破你了嗎？」小鐵說：「他沒有，至少他沒有把我和你純同志聯繫起來，他萬沒有想到法律已經向他靠攏過來。」

這時純同志再次舉起照片說：「雖然他沒有你所講的仇恨，但我看到了他的壓抑感，作為法官，我不想做越出我範圍的事，我認為我們有的是時間，只要小禹存在，那麼小禹事件就有一個支撐者，我們有的是時間，直到我們取得勝利。」小鐵在純同志對面坐了下來。

純同志用手在頭髮裡使勁抓著，他輕輕地喝茶，給幾個有臉面的朋友打電話，又關於法律問題探討了半天。但在他的整個過程中，他的目光幾乎一直沒有離開那張照片，他似乎想從我的眼睛裡看出更多的東西來。

我無法指清有多少人對小禹事件表示關注，或者說與小禹事件有關，但我可以肯定這裡面的人一定形形色色，在小禹事件上有關的人都表現了某種積極性，因而從不同的人身上都派生了不同的新的東西，甚至我破樓裡的那個怪物，南的體臭以及華的偉人情結等等都應運而生，我感到在我們一直迷茫的現代生活中，在一座城市到另一座城市，我們幾乎看不到我們的存在，因而這些派生的東西代表了我們，但同時我們被提醒，我們到底為什麼而活著，假使我們真的沒勁，那麼是為什麼？

在每一個哲學家所主導的年代裡，在我們這個時代是什麼呢？是先知，存在，不合理還是真理？我不敢斷言，因而我在敘述小禹事件的全部歷程時，我早已拋開了死亡，道德，人生等等問題，我想把每個人都端出來，也許我所表現的並不是他們最鮮明的一面，但可能是決定他們生活重要性的一面。

在我們對主導我們的哲學不能分清的時候，我們盲動的肉體和機器其實都在不停地背叛我們。我在陳述小禹是一個電腦安裝員的時候，我的整個心靈似乎都集中在那隻擊打鍵盤字母的手指，我就感到這無可指責，我發現她的手指同樣可以孵化智慧，思想和火花，但我們懂得我們的激情呢，不僅僅受到類似電腦、工作、奔跑等等現象的限制，而且我們在產生激情的時刻居然忘掉了它們，況且我們已經很少享有激情。

正因為我們依賴事件才產生積極性，我們總是在事件之後才參與事件，補充事件，使得我們疲於奔命，被某種東西拖著，彷彿整個地球都並不是我們的。

這樣，像華這些人才感到化妝的巨大的潛在的市場，霜也就應運而生了，不論霜如何軟弱，依戀於華的物質供給，但她的那套想法甚至與華有異曲同工之妙。他們都想主動地產生自我，讓自我牽引事物，產生事件，然後領導事件，衝向未來，也許這才是真正的生活。不然，在每個時代都難以產生偉人的情況下，華的偉人情結為什麼會如此不切實際地膨脹呢，可能他感到平凡者太多，而自己呢，乘虛而出了。

我在此不是反對他的這種想法，同對待所有野心者一樣，我懼怕他們的巨大威脅。但不論懼怕也好，積極性也好，我不準備從此消失掉，或者說永遠從社會上消失掉，因而我的態度十分鮮明，我還是我，你能把我怎的？因為小禹事件所鬧出的荒誕場面正在走向它輝煌，華才組織了一個巨大的化妝舞會。舞會的化妝師就是霜。

7. 女青年露出她翹著的青春的雙乳

霜在接到化妝通知之後，在浴室裡很好地洗了一澡，她買了張大堂票，這樣既省錢又可以在容納百餘人的大堂長靠椅上躺著，她進去之後，撿了雙男式似的紫黑的拖鞋，耷拉著襯衫向自己的位子走去，號碼是七十四號，那張躺椅夾在中間兩排的正中間，在背後是兩根柱子以及夾於其中的一個不高的梳妝臺，在另兩邊和其它拐一點兒的方向都盡可能地擺滿了椅子。

她把衣服放下，把鋪在椅子上的浴室提供的毛巾被疊了疊，她想哪兒放衣服呢？在她猶豫之間，她看到一個曾被她化妝的女人脫完了衣服背對她正準備走開，她在用視線翻開她皮膚時，她發現在皮膚裡面穿著衣服，她有點兒失望，她把毛巾被翻開，發現下邊有一個裝衣服的小坑。

她在脫下自己的衣服時，感到自己十分難受，她沒有想到她對面這麼多的人用自己的雙手把自己脫得一絲不掛，然後自己要幹什麼呢？和她們一樣在空氣中穿梭，甩動自己均勻的飽滿的肉體，或者在淋浴中與那些朋友摩摩擦擦爭奪水龍頭？她有點想哭，她一直在為看到那個女人皮膚裡面的東西而感到不好過，她也沒有想到在水龍頭密布，蒸氣充滿的淋浴間裡居然可以看清楚每個人的臉相，她發現每個人在陣水沖下來時都快樂無比，她看見那些晶瑩的水珠在她們的臉上炸碎，然而臉卻毫無損壞，或者它在更內部的裡面還有一層無法認識的東西，她忽然對自己的手有點冷視，她聽見那些人嘰嘰喳喳講個不停，聲音雖然細細的，但她聽清楚了，彷彿她們一致在說要沖刷自己，乾淨自己，然而讓她們顯得複雜的澡堂外的形象又是由誰構成的呢，她想也許不僅僅是那些劣質化妝師。

她看到水流從水龍頭剛剛下來時成一個光滑的圓柱，然而它們在砸到臉上時，成為一種沒有形式的東西，它們失去了自我的狀態。在水龍頭下站著的婦女搖著她們結實的身體，閃現著動人的光澤。尤其當滿身的澡沫被剔去時，她看到自己從前所最不願設想的過程，那就是卸裝，她原以為只有化妝的人才能與自己產生溝通，但她從那些婦女的神情上看到了她們在此時也並不拒絕交流，她想如果我當時就抱住其中一個，用我的手撫摸她的全身、與她一起放聲大笑，她們一定不會不同意，但她不會這樣做，她仍然沒有忘記她的主要身心在於那雙手。

現在霜並不是用自己的臉來迎擊那些下墜的水柱，她用自己的手看那些炸開來的水花，在它們的無形中她看到生活的失望和一切統治的分散。而時時刻刻以一個中心為主導的精神仍然在發生作用，現在的精神又是什麼呢，女人們沒有從浴室裡盡快撤出去，她們不厭其煩地沖刷，似乎是在清洗霜所營造的那個世界。

她在浴室的光線下看到一個短髮的女青年正用自己的手在耳邊輕輕地揉洗，胳膊略微上抬，光線落在她左肋的下側，在整個光團的上方是一塊隆起的最下沿，霜看見光線在肋骨的表面覆蓋了翻動的水珠，霜感到這種樣子對自己鼓舞很大，也有很大破壞作用，說實在的她感到不該到這兒來洗澡，她們從澡堂裡出去時如何面對世界呢？她們如果冷漠，那麼她們在回想澡堂裡的情景時會不會十分不好受呢？無論她想得多少，那一張張在水龍頭下的仔細沖洗的美麗的臉，在邁出這兒以後，甚至就躺在長椅上時也還要立即找到化妝品，大規模或者小規模地抹起來。

　　我們的霜躺在椅子上用毛巾被把自己裹了起來，因為她除了隱含的手之外沒有特別之處，所以別人根本沒有注意到這個觀察者，霜看到那個女青年用她自己帶來的寬大的衣服暫時裹緊了她那豐滿的身體，只露出脖頸和上面那張臉，像絕望的綿羊。

　　霜看見她的手從放衣服的口子伸進去摸出一點兒東西，那裡面足有十來個小瓶子，其實霜很熟，她知道那是些什麼，但是霜看她的每個動作感到十分陌生，她幾乎不認為那是化妝。女青年用小指甲輕輕地調了一點兒東西出來，在額頭、雙頰、下頜、鼻尖處各點了一下，然後在整個臉面上搓了起來，她在搓動時，寬大的衣服甚至散開了，露出她翹著的青春的雙乳，霜看見女青年迅速地把寬衣服又合攏了上去，可以說女青年的臉在抹了這一道之後已經有了一小點兒變化，但你形容不出它變在哪，之後，女青年又在臉上抹了一兩層東西，再之後就分門別類地粉飾自己的眼睛，鼻子，但總體的後果是，寬衣服因為不停脫落，她凍得瑟瑟發抖，以至她那豐滿的身軀像凝固的脂粉本身。

霜側過頭看女青年無意中轉過的臉，果然很好看，但霜看不出她要幹什麼，這樣，霜就重新感到她對每一張臉的絕對計劃權，可以讓它們向必然的方向發展的人只有她，霜，才能夠做到。

這樣一來，她仍克服了剛剛在淋浴間裡所產生的悲觀，她覺得那些在眼前晃動的白嘩嘩的身體已經不再發言，由她們的臉作證，她們即使沖洗一萬次，她們也無法讓自己帶動自己，讓自己的臉成為自己名符其實的臉。霜最後看到那個剛進來時背對自己的被她化過妝的女人，她看見她的臉，彷佛那是自己的臉一樣，霜對每個細節都熟悉無比，這樣她才發現原來她的力量和意志並沒有消失，她發現在她的臉上有一種與眾人顯然不同的陰影，而這個陰影正是那次化妝時霜投下的，至今，不斷被沖洗被丈夫親吻被大風吹乾，可仍然在她的意念之中，毫不改變那個她所計劃的模式，這種陰影已經帶領她走過多少路？

那個女人絕沒有認出霜來，霜感到信心倍增，在整個胯部因為這種感動而洋溢著動機，她盡快朝自己的屋子那兒趕去。當時我正在那兒等她。

8.也許他們在工業生產，水稻田邊，在情人和姐妹的懷抱裡……

霜從沒有像這樣輕靈，我感到她的手這一次和她的身體真正能合到一起，她在一種新的幸福觀中搓動，我覺得她十分愉快。

她沒有說話，在抓住每一個床上的細節時，她都像抓住了世上一切在激情中所湧現的事物，而我想，我在那時是次要的，可以說什麼也不是。霜在不停地說：「我是有用的，有用的，因為我癢。」她不停地在她的髖骨上按下我的手。我不知是為什麼。

霜說：「我直接感到了癢，似乎感到了我所營造的那個世界，我所支配的所有由我化妝的人，他們被化妝之後仍引導自我在我的面前衝擊我，讓我猝死，猝生，讓我為了他們而活著。」她嗚嗚地哭了。她似乎感到在那些被她化妝的臉上所顯現的憂鬱也正是自己所一直無法解脫的憂鬱。她抓住我像抓住一個止癢的東西，在那種不均衡的衝撞中，我感到她確實在我身上洩露她的憂怨，在這種洩露中制止她衝動起來的熱愛生活的感情。

我作為一個平常人在她上面，彷彿淩駕在高高的河流上跳水，彷彿我分開空氣分子，水分子，秘密分子之後，我所到達的地方把我盡快地忽略了。我感到我什麼也沒有留下，在霜的上面我的呼吸像她所召喚的風向她迎面撲來。

這一次她的手似乎可以隨時捍住她自己構造的每個部分，無論是大腦還是大腿，她都可以表現出它們強烈的生活願望，而這種情緒似乎以這隻手為統帥，在自己舒適和驕傲的地方勞作。我相信霜在這個時刻，她的手像天上的星雲那樣，因為創造了天空的形象而成為天空的一個部分，並且它完全能夠代表全部，在這如膠的一團中。在細微而急促的呼吸聲中，我看到霜已失去了對於自我的控制，正如她自己所說的，她感到附於她身體和精神上的正是那些由她化妝的人，而那些人也正是自己的陰影，反正這沒有多少可值得懷疑的，她感到每一個人都歸於自己身上，因為他們在外界在她的化妝之後成為感情的生物，他們的愛憎十分急切。

所以霜行動得更加迅速，似乎像閃電從雲層邊露出她細細的脖頸，然後熱烈的舌頭在漫遊，觸及可以止住自我的東西，她失去了對於自我的控制，她不想這是誰？

而我自己知道，我在她這兒懷著我的游移不定的心情，我無法把我想從她這兒調查出她給持刀者化妝的具體事實和我與她的擁抱結合起來，我無法接受這裡面的非邏輯性，也許，我們每個人正是這樣的個體，特別我們在長久沒有得到清洗之後，我們的心靈有時確實不再對我們的行為負責，那麼我們的舉動是否像盲目生長的草木呢？我懷疑在我按住她猛然抓她的手時，我感到我既是在獵獲也是在被獵獲，而這一點已經沒有區別。

我不能肯定我還能在這件事保持什麼樣的姿態，但我從霜這兒確實看到了另一個世界的苗頭，那個由霜所化妝的人所主導的世界現在還很渺弱，但它對這個社會已經具有它那不可忽視的抵抗力，它們運行的，崇高的期望的結果並不與我們現行的理想吻合，但我同樣知道就像霜不可能從她的日常行為中脫離出來一樣，在這個世界上這些人是不可思議的。

霜的手和她身體的結合再一次顯現了她不可否認的巨大能力，那種從面相上改變現存方式的可行性已經露出來了。而我在這兒，直到現在還沒有碰過她的化妝筆。

從這一點上說，我看到在我和霜的關係中那種純潔性的一面，但對於過去，那個無法再把事實還原為事實的過去問題上，霜也許確實並不像現在這樣對我，就像我們在命名太陽和思想這些事物時所遇到的他們的無動於衷，我們無法體會過去皇帝陵園的構造，就像未來無法理解我們現在的火力發電廠，但這都並不妨礙我們在歷史和現實之間，在事實和反映之間建立我們主觀的探求道路。

我感到在這會兒霜就是我的全部，我不想再去考慮那隻手，我想那有什麼關係呢，反正她在用她化妝的手撫摸我的背肌時，我同樣感到了溫柔，只是我同時感到了壓力，而那種壓力就像殘疾人的助聽器一樣，成為自己更好發揮生存權利的一部分。

我感到在空中分布的那些潮濕的水分子帶著它們新的自由觀在觀察我們的扭動和放蕩的聲音，而這種聲音從根本上講仍然是整個大自然歡樂曲的一部分，然而在現在，在兩個獨立、渴望自由卻又仍被限制的喉嚨裡發出來時，我感到我們的生活和我們的愛情都遭到了自由原始物的諷刺，而這一切的一切無不是我們茫然不知所措的結果，如果我們早一天意識到我們的衰落，我們不禁要補償自己，找回真我，但時間一點一點過去了，就像我舊樓裡所遇到的那個鐘首人身的怪物一樣，我們的肉體和我們的時間拼結在一起，而我們的道德和理智被某種恐懼嚇走了，所以我們無法珍惜時間所遞予我們的一切。

因而我們躺在床上時，那張陷下的潮濕悶熱的床不禁要把我們禁錮在上面成為一個具體的歡樂的形式，儘管它毫無說服力，我在那種拱動的溫暖的霜的軀體上，似乎隨時都想把她的手從她的肉體中隔離開來，儘管她自己水乳交融，然而在我看來那仍然是通向另一個世界的槍支，我無法忽視那個持刀者在我全部肉體和靈魂中所突然留下的印象，甚至這種印象並不依靠大腦和生理來固定，它僅僅需要我們承認那個印象。

當我敘述這張床以及彎曲的霜我就感到霜仍然從現行生活中領受了這個世界所賦予她的價值和能力，她在創造她理想的臉相時，她懷著對現行生活的厭棄和仇恨，出入於另一個世界和這個世界的門戶之間，也許我這一輩子都不可能從霜的理想中跨出去，因為我想我不會熱愛那個，因為我感到在這個世界我仍然可以活下去，我沒有意志力去更換我自己，但我同時感到有無數壓力所催導的人群正在向我圍攏，並且在夜深人靜或異常孤獨的時刻，彷彿我必須被抓走，就像霜在我身下伸出她的手一樣，而她的手由她的思想指導，對於那些人群呢，在他們背後的手是什麼呢？

我漸漸感到在床上叢生深深的灌木，似乎高過頭頂，過於悶熱的空氣，又使自己像處於一個油罐之中，但我知道在這一生中也許根本沒有激烈的燃燒和爆炸，最後悶死我們的也許正是這些細小而較為自由地活動的空氣或水分子，就目前來說，我無法找到保護我的人，或者說不能在我的周圍排起人牆，我想事物也不願意，我的房屋和四肢都不能保證可以完好無損地生活下去，我需要的是我自己，只有我自己，所以我感到必須在我的內部讓我分裂，包括我的小腹和我的四肢都必須在碎片的形式上萌生一個新我，去迎擊那些讓我歡樂也讓我憂愁的人，而很大程度上我必須迎擊那些情緒高漲像處於革命時期的由霜所化妝的人。

我感到沒有人會批判我的這種觀點，這是我在我的生命中所採取的有點自暴自棄的方式。

霜仍然在那兒低聲地言語，似乎她的手在她的話語中漸漸加大力度，想塑造我的每一寸皮膚，使其成為一個光輝的激情的殼子。

我深知霜的行為毫無連貫性，也許在明天或後天她又會忘掉，成為一個仍然在尋找化妝者的人，那麼她真的親眼看到自己的化妝者現在的所作所為了嗎？也許他們在工業生產、在水稻田邊、在情人和姐妹的懷抱裡並非如她所設計的那樣，也許她們的激情並不是因為愛而放縱開來呢，對這所有的問題，霜不可能回答，否則她就不可能那麼癢，她的癢正是她不自覺的表現，既不能控制外界也不能控制物質人的表現。

我漸漸昏昏欲睡了，我無法感受她的乳房雙腿和她秘密的興奮的部位，我不想再去抓住她，我感到我不能控制這床上的每個細節所朝奉的方向，我的抖動和我的靜止一樣，我在新的事件上在小禹事件所派生的事件上已經沒有發言權，因為我的精神、封閉和低弱的神經系統，我在昏昏欲睡中看到一朵淡白的小花在黃昏中搖曳。

似乎潔在那兒，我不知道潔在那兒幹什麼，但是她在小花的邊上看到滿地黃黃的點光，我不禁覺得心胸舒暢，但請你注意我沒有區別開小花和潔，我發現那片山坡之廣大和陽光之溫煦，我感到我在這個夢中、受到了另一種分裂勢力的撕扯，其實那是霜的手在我的背肌上扒著，似乎她想扒開我看到我淺黃色的夢魘之實質，但事實證明她的舉動是毫無可行性的，她什麼也看不到，除了我皮膚裡面一萬層、一萬丈的深刻笑容，我似乎放棄了我的身體。

我發現在霜這兒我十分可悲，我什麼也不可能打聽到，或者說打聽到也沒有用，連霜自己也不是她自己的，她沒有行使自己權利的權利，因為她已經成為化妝品的使用者，激情的催化手，或者說一個需要止癢人的人，在這麼多要求下，在如此紛繁的拉攏面前，在物質和潮濕的灌木叢中，她有她的理想就夠了，這也是我們這個世界思想者變成一個革命者的過程中所出現的斷裂。

第六章

1.那是一個簡化了的粗糙了的形式了的早上

馬醫生對待小禹的虔誠已超出一個醫生的範疇，他不再感到這是一個在背部和內臟嚴重受傷的女人，他覺得她是社會危險的表面，掩藏在內部的是更多的東西，在他的內心他一直在想我不能脫離這個病人，否則這種危險在沒有被識破之後仍然會從某個出口噴出來，傷害更多的人，使其成為病人，然而他想到的更多的則是華多次來和他談話中露出的對於正義感和人類良知的極強的理解力。

然而馬醫生也知道只有華知道小禹說的哪一句話才是真實的可靠的，而哪句話又是這個社會所不相信的，在那個持刀者的早上，在那麼短的時間內，馬醫生知道其實小禹並沒有花多少時間去看那個持刀者，那是一個簡化了的粗糙了的形式了的早上，如果讓小禹面對全社會，他怎麼也說不好。他看著小禹漸漸紅潤起來的臉，你別提他的心有多高興，他用手扶在小禹的背後，他似乎忘記了那個黑洞繁衍的表面，代之的是她乳罩的最後的紐帶，他像在日常生活中有意摸撫妻子的乳罩一樣，他在那兒移動，小禹沒有反抗，可以說她相信馬醫生這是在為她的健康做一個極細微的視察。

而這時小禹的陣痛還是會從乳罩的帶子那兒傳到馬醫生的手上，馬醫生感到華的話一直在耳邊回響，「你會失去在小禹上的治療權」，對於一個醫生來說，有什麼比失去病人更可怕呢，哪怕親眼看他們死去，也不願看到自己從病人身邊丟失自己的價值，所以馬醫生確信自己去起訴是無可動搖的了，在他們的腳下有一些堅強的小草從石縫中直接頂著打針後遺落的藥水瓶要拼命往上長，而那些小瓶子因為有一小部分埋在地中所以仍然壓制著，馬醫生使勁用腳把那草兒踢開，並且對小禹說：「你看，這兒還有草呢。」

小禹顯然對馬醫生所指的草產生了興趣，她馬上盡量彎下腰來，想去撫摸它們，但她的背在這種動作中產生了巨痛，馬醫生用力摟住她的背，並從肩膀的某個方向捏下去，小禹慢慢恢復了正常，馬醫生感到自己重新認識了自己，而不僅僅是作為一個醫生，他想在小禹問題上他作為一個醫生已經不夠了。

小禹的語言或許晦澀難懂，但馬醫生深深知道他正在一步步向這個持刀者靠近，哪怕他是一個惡神或者一個無意者。

小禹側面對著馬醫生，她把她的頭靠在馬醫生的脖子上，她從來沒有告訴過馬醫生她的丈夫現在躺在紅十字醫院，並且隸曾來看過她，至少在那個春雷第一聲的晚上。

小禹看著那座副樓，她想到也許隸有一天也會躺那，但她並不難過。

馬醫生呢，在自己的眼中只有那個傷口，然後從傷口處，他親自用止血剪拔出那把刀時，他看到那把刀堅硬無比，並且他試著用它輕輕劃開了手術臺上的大白布，他沒有為她止血也沒有為她敷藥，那是其他醫生可以做的，他在想其它問題。

他歪著頭，側看吊著的十二只圍攏的中型燈泡，黑圈黃沿白底，光是乳一樣的，他看到這平和的人造的光芒中正洩漏有傷害力的光的小東西，他一下子想到了那個持刀者的大致輪廓，但很快他就把握不住了，因為小禹已脫離麻醉漸漸低吟起來了，他回看小禹，彷彿她一點兒淌淚水的必要也沒有，她既不傷心也不憤恨，她睜開眼的第一個表示就是這兒真乾淨啊，馬醫生低下頭，脫下他沾滿血漬的手套，他的助手幫他脫下外衣，像以往一樣用自己的手拍了拍小禹的臉，說了句你會沒事的，而以往病人總要回報一個表情，可這一次小禹卻沒有，她一點也沒有反應過來，馬醫生在那時就覺得小禹也許從這次刀傷中發現了她從來沒有發現過的東西。

但是馬醫生僅僅從傷口處無法逼真地看到那個持刀者的臉孔，然而就現在來講，他對那個持刀者同樣很喜歡，因為他覺得那個持刀者即使不產生小禹事件，小禹的生活恐怕也毫無生色，顯然這一點是從小禹來看，從持刀者本人來看，他沒有合法的地位，這就是馬醫生在傷口周圍所能發現的。

但是這一天，馬醫生忽然在主樓副樓之間按著小禹時，發現了這個女人的隨意性，他發現即使現在把她從醫院領走，她也無可指責，然而馬醫生絕不允許他的病人如此掉以輕心，他暗暗高興。

從她靠過來的頭顱和無力中透出的話語都表明馬醫生記得那個潔白的太陽的早上，他把那個持刀者的形象作了一個十分細緻的刻畫，甚至他說出了那是一個沒有暴發力的人，儘管有可能他曾經十分暴躁，然而那個早上他完成的事件十分從容緩慢，一絲不苟，至於他臉上的紋路，在下陷的眉框裡有一雙帶有某種特徵的眼睛，特徵具體到他喜歡吃什麼樣的食物，然而別人在聽他的描述時覺得如墜五里洞，最後別人認為你刻畫的是一個卡通片式的人物，或者說你表現了他的靈魂但你沒有講他的表象，這樣我們只知道他是一個凶惡的人。

那麼馬醫生說：「我還能怎麼講呢，我只知道像大家都謠傳的那樣，那個持刀者與陳十分相像。」純同志的書記員立刻把這個陳記了下來，在馬醫生的冗長的描述中只有這一句話對他們有用，雖然這句話法官也已經耳有所聞，但他在聽這些小道消息時沒有用手按在神聖的法律上，此時，誰都知道馬醫生是作為一個起訴者，一個起訴者意味著他也許將在法庭上發揮真正作用。

2.張院長說，傷口的絕對性呢，誰深入進去？

在那次化妝舞會的準備工作正緊鑼密鼓地開展的同時，小禹的傷處卻突然出現惡化，這一點連馬醫生自己起初也沒有覺察出來。

但華從醫院的張院長那兒得到了這個確切消息，華作為本市一個有名人物和張院長在某個飯局上相遇時，張院長正在大談人類的美食原則。華在聽得津津有味的前提下，漸漸想提醒這位院長，在他的醫院裡正躺著一個可以說與他自己也生死攸關的女人，小禹。就像每個神秘組織的同志總喜歡在暈眩的時候洩露自己興奮的源泉似的，因而在華的挑逗下，張院長漏出了老底，他告訴華「你還不知道啊，你以為你們在世面上把她的被傷過程查出來就行了？告訴你吧，就連她的病本身也還有很大的問題呢，能在醫院躺那麼久，那是她傷口的資格和等級？不信，你想，小禹的臉龐，小禹的表情，小禹的舉止，談吐，哪一點不說明小禹確實糊弄了我們呢？」

華的眼珠瞪得更大。

張院長繼續說：「包括馬醫生在內的人現在都發現形勢的發展越來越把醫院拋在另一邊，

把傷口看成了一個相對的傷口，然而傷口的絕對性呢？誰深入進去？我們甚至只注意持刀者的刀子從外到裡的過程，然後把它用止血剪夾出來，彷彿持刀者完成的動作在我們這兒來了個逆過程，我懷疑，甚至你們更應該，懷疑在持刀者的整個行使過程中，他滲透的主觀情結呢，他留下的陰影呢？這一點我們醫院無能為力，甚至連我們的怪異醫生馬同志也無法搞清楚，因而我最近發現在小禹的背後有一個巨大的隱患。」

華急切地，但是以一種興趣盎然的態度問，那是什麼啊！張院長環視了四周，每個人都正襟危坐，張院長這才和盤托出，她的肺部在左半葉後半部出現了一定程度的壞死。

華說：「那會影響他的呼吸，使她變得與眾不同，像機器一樣？」

張院長說：「恐怕這樣還好些，但萬一她停止呼吸了呢。」華站了起來，神色緊張地說：「不，絕不可以，她不能停止呼吸，這是事情的關鍵所在，有關她的所有事情在展開，我們還沒有到達事情發展的核心，她不能出事。」

張院長揮揮手，示意他坐下，他一改在華面前的拘謹相說：「華先生你放心好啦，既然你如此看重小禹，也如此看重我們醫院，那我們是不會讓你失望的。」

在華的心裡還是出現了痛苦的局面，他似乎發現自己所控制的東西正向渙散，而自己所要看到的事物的核心並不能露面，他現在覺得要想控制一個東西有多難啊。

非在他的邊上拉住他的手，他們望著飯廳外紫紅色的燈光，心情有點兒糟糕，但他們也沒有被那種肺部可能會有的疼痛而干擾，他們的肺部沒有和小禹的肺部聯繫起來，他們只是把自己的大腦和小禹的肺聯繫在一起，這樣他們建立了一種控與被控的關係，並且這種關係現在正脫離。

華的積極性並未打消，他說：「事情還是得一步步地開展下去，我們本來就不想在小禹身上發現更耐人尋味的東西，但同時我們必須保住這個人，如果小禹的肺出現問題，誰都不可能有什麼好處。」小禹的肺部的壞死從本質上說，對華來講，與吃一條死魚並沒有什麼差別，但是放在他的整個局勢上來看，小禹這個棋子是作為一個等待逾越的障礙去設置的。無論我們是否有繞過她的能力，但我們都不能迴避，我們必須緊密地關注這個人。

3.化妝舞會

非和華起身向張院長告辭時並沒有忘記邀請他參加隔幾日的化妝舞會。

那幾日，華的心情又被化妝舞會的準備工作給抓住了，霜就在那兒給華化妝，把他的眉毛畫得很濃，而他的嘴畫得如履薄冰，似乎他在演說。他的行為具有極大的煽動力，華在把他的手輕輕地貼在站著的霜的並未完全合攏的雙腿之間時，有一股暖流在華的周身流過，只有在這個時候，他才理解什麼是真正的幸福，並且體味了幸福積聚的過程，而霜並不感到有什麼不好，甚至她自己也覺得讓華快樂起來，讓這個有錢人快樂起來是件並不太壞的事，在她的眼睛裡華就是一個廠主，滿地都是高檔化妝品，是引向她創造另一個世界的鑰匙，可是霜從來沒有想過在她化妝的那些臉相上，他們傳導出來的情緒卻是表面的，在他們的骨骼上、視神經上、甚至胃口上，他們仍居心叵測。然而，沒有霜，他們什麼也幹不了，因為他們不想幹，只能在麻將桌，度假區，飛機場窮度他們無聊的一生。

華說：「你這次要把我化成一個具有人類一般品德的人，一種正常的毫無指責的人，但是你著重要引出我毫不遜色於一切偉大人物的衝向某個極點的激烈感情，我要在那個化妝舞會上，讓人們看到我，卻又忘記我。這個化妝舞會的本質是引導他們走向真我，或者說走向意識中的真我，我調動他們潛在的東西使之成為我的一部分，支持我的所有主張，而且……」華的話到了嘴邊又溜回去了。

他知道霜對於小禹事件既無所注意又知之甚少。那麼華就在心裡想「我請來的都是些什麼人，他們與小禹事件的有關性使他們已經構成了一個小小的群體，但作為小禹事件中軸心的小禹呢，她卻在患病，這說明了我的工作出現了更大的危機，因為小禹隨時有可能成為一個虛假的設置。」想到這，他不禁打了個寒顫，不多久他轉而又想「即使小禹沒有了，又有什麼關係？」想到這兒，他不禁用手在霜豐滿的臀部輕輕地捏了一下，霜感到洋溢著喜悅心情的身體漏出一些潤滑的東西，但她知道這是早上，今天還有多少事等待自己去做啊，她加快畫筆，很快一個道貌岸然但乍看起來又畢恭畢敬的好人華出現在鏡子前，華挪了頂帽子。

霜說：「你就放心吧，不管有多少人，他們都能在化妝舞會上看到另一個自我——被我所調動出來的東西，被整個舞會的氣氛牽著鼻子走。」

小禹胏部後半部的陰影在緩慢地朝胸前滲透，它的整個表面似乎都強烈需要有個人去觸摸，使它得到某種抵抗。

然而由於張院長的進退兩難，遲遲沒有切開小禹的後背，那麼她的呼吸呢，也就更加沉重了。

馬醫生到張院長的辦公室時，張院長正在與幾個客人說話，據說那幾個人對祖國的傳統醫學很感興趣，張院長在送走那幾個人之後才和馬醫生說話，馬醫生情緒有點兒不好。張院長說：「無論如何我們不能切開小禹的後背，這是我作為她的院長所能提出的最符合我心願的建議，因為在我看來，即使切開小禹的後背，對胏部的陰影瞭如指掌，加以粉飾，我們也不能從根本上扭轉小禹的病情。特別現在，小禹在沒有完全地把持刀者形象回憶出來之前，她如果出現意外是難以想像的，對整個局面影響很大。」

張院長站起來吸了口氣接著說：「因為小禹事件轟動全城，所以關注我們的人太多，不論怎麼說，如果小禹在我們這兒停止了呼吸，輿論的壓力那可太大了，我們的醫院將會因為小禹而遭受重大損失。」

馬醫生說：「我結合我個人情況也想清楚了，我們只有保持小禹的呼吸，讓其肺部仍能苟延殘喘，是嗎？」張院長笑而不答。馬醫生在十分矛盾的同時，有點懼怕張院長的這套明哲保身的想法，然而馬醫生自己也知道小禹確實毫無主張，如果她自己能盡快把那個形象完整而確定地交出來，那麼以後的手術、治療，張院長他們也會好安排一些，看來在這個傷口上，有多種複雜的力量在不停地較勁。

張院長並非沒有為此頭痛，自從華那次和他提起小禹的重要影響之後，張院長似乎把小禹這個病人當成對醫院的前途具有決定意義的一個個體，他覺得小禹讓他的醫院面臨嚴重的危險。

馬醫生自成名之後就不願拿手術刀，因為他感到這沒有用，特別在小禹這件事上，拿手術刀已經不是醫院自己的事情，而是社會力量的事情，對我們有利、對某些人有利成為基本原則，而病人自己被拋在一邊了。我們都知道，小禹的病情有兩種可能，一種是迅速死掉，一種是爭取活著，但是要想活著就必須切開後背，取出肺部的陰影，儘管這樣可能會讓小禹死掉，但在張院長那兒完全是希望小禹死亡這件事跟醫院沒有直接關係，否則他也知道那會讓華很不高興。因此小禹繼續躺在醫院裡，在她回憶功能沒有喪失之前，她的意義一直是舉足輕重的。

4.那兒擺著隸的一臺電腦……

小禹在和我認識之後很少得到隸的消息。

她在安裝每一臺電腦，並在她工作中試圖去控制這些電腦，通過它的軟盤程序，部件維修等等，她還要與它們打交道，因而她對整個城市十分熟悉，她發現在這個城市居然沒人認識她的丈夫，她想「是啊，我和隸戀愛到結婚連三個月都不到，再說他從小就是個孤兒，我怎麼就沒有打聽一下他到底是什麼樣的人呢？」她越來越感到孤獨，況且隸很少從外面打電話回來，他總是說他在外面很忙，而他在外面到底忙些什麼？為誰忙呢？她感到十分不安，然而這種不安很快被別的聲音吞沒，那就是從電腦屏幕發出的嘩啦啦的運行聲，所以她在和我認識之後，她一點兒也不內疚。

她彷彿覺得她根本就沒有結過婚，她的身體有點豐滿，但在衣服外面看來，她很瘦。

但在小禹和我認識之後，確實也有人來問過她，隸到哪兒去了，有消息沒有。那是一個風和日麗的日子，小禹記得那個前來問話的人留著平頭，身體十分幹練，講話時不停地扭頭，彷彿在察看有沒有偷聽一樣，但那個人具體長什麼樣，她可記不得了，只覺得那個人很普通，像對待所有來她家有事的男人一樣，小禹既沒有反對他們，也沒有和他們粘乎，然而那個人站在門框裡，用大手扶著門榜，他不肯進來，這讓小禹有點兒不解，她邀請他進來，並挺了挺胸脯，解下在廚房裡繫上的圍腰，她說：「你找他啊，他可好長時間沒有跟家裡聯繫了。」那個人似乎想笑，但他十分輕鬆地把這個笑容給抑制了，他說：「你說這是隸的家？」小禹說：「是啊，這是我和隸的家啊。」

婚姻，那個人更加迷茫地問：「這麼說，你就是隸的妻子？」小禹感到也許這個人對隸十分不了解，她不想說了，然而那個人卻說：「哦，算了，我不想追究了。」

這句話讓小禹有些生氣，她問：「你追究什麼，你是誰，到這兒來問三問四的？」從門框到窗臺之間只有幾米遠，那兒傳過來的陽光從明亮的地板上同樣可以反射到那個人的臉上，這個人太溫和了，他的平易近人讓小禹心事重重，她想隸這麼久時間杳無音訊，而現在這個人找他幹什麼呢？那個人說：「其實我也沒什麼事，我也不準備從你這兒打聽到什麼，我只知道這是隸的房子，這一點天經地義是吧，而你住在這，所以我只有問你啦。」

那個人從門框往左的一點位置，斜著往書房裡觀察，那兒擺著隸的一臺電腦，上面正在運行一個似乎緩慢的程序，那個人嚇了一跳，頓時對小禹警覺起來，把手放在腰間，似乎想拔出一個什麼東西似的，他大聲地喝道：「你是誰?!」小禹攤了攤手說：「隨便你怎麼理解，反正我可以說什麼也不是。」

「不見得。」那個人反駁道。

小禹想動，但那個人不肯，他說：「小禹，為什麼你叫小禹?」「我叫小禹」小禹反駁道。「哦」，那個人終於從腰間摸出一只蘋果，他在手上轉悠說：「你叫小禹，你難道忘記了你叫小禹，你的代號，你的身分，還有你的任務，小禹?」小禹被嚇得面容慘白，她說：「為什麼我叫小禹?」這時從樓上傳來粉碎聲，並有幾個人伴隨幾件物品滾動。這是一幢高層住宅，樓梯十分狹窄，那個人迅速把蘋果插進兜裡，陪出最後一絲笑容，他說：「不要等隸了，記住如果回來，別忘了我來過，告訴隸這一點兒，千萬記住。」

小禹如墜霧裡雲中，她正在迷惑，那個人從樓梯上迅速下去了。

小禹並沒有對這個人的話留有多少印象。我在不多久到她這兒時，她略微向我提到了這個人，因為我看到了門框下邊的一雙普通的男人腳印，我以為那是一個前來獻媚的男人。其實她當時的心理一直在追思她丈夫隸的形象，她越來越感到陌生，她想隸到底是什麼？

她覺得自己並不想他，然而她同樣也並不想讓他永遠不回來，她在想這些的時候，摸著我的手，在整個臥室彌漫著喘息聲，那種喘息聲十分均勻，恰巧卡在電腦屏幕翻動聲的中央，那天天氣很暖和，我們一絲不掛，坐在毛毯上，我看到翻動的屏幕不斷出現那個普通中國婦女的肖像，她向我解釋那是他們主任不慎留下的。我說留下了就不能剔除掉，讓它永遠跟隨你，分配到每一個家庭用戶中去？

陽光在不斷加大密度，她在想她的丈夫隸現在在哪，她記得有次她說她想和他要個孩子時，隸堅決反對，隸說：「要孩子幹什麼，我覺得我們已經夠複雜的了，不想再複雜了。」當時小禹十分驚訝，她想我倆不是很簡單嗎？她現在回想也許隸是另有涵義吧，總之無論她怎樣去想，她都搞不清隸的心思，況且隸對她來說仍然是個神秘的人。

當小禹躺在病院裡時，她沒有對馬醫生和其他任何人提到她的丈夫隸，因此在許多人看來，她對她的丈夫沒有感情，然而小禹在內心深處覺得隸是一個很好的人，尤其在那晚，我站在主樓和副樓之間的二層沿廊觀看她和隸說話時，小禹甚至湧出了淚水，由於距離的遙遠和光線的短暫（閃電的特徵），我沒有清楚地看到隸當時的形象。然而我自己也知道隸的存在對於小禹來說是有決定作用的。

對於隸來說，小禹是個極有韻味的女孩子，然而他沒有更多的時間來陪她，他總是在回來的時候說我只能住一兩個晚上，況且我明天還要在本市經辦點雜事，這樣每逢隸歸來時，小禹和隸總是像我現在和她那樣坐在毛毯上，她懸著在頂端有點兒緊張的奶子，有時隸真想去那兒喝一口，可他不能，他覺得那樣會讓小禹想叫他答應養個孩子，於是他便站起來。

隨著時間的流逝，小禹也漸漸把那個打聽隸的人給忘卻了，她仍然在電腦程序邊咬文嚼字。

第七章

1. 她不會把那個地方供出來，因為她覺得那兒有她的一份血液

夏天和秋天之間沒有一道明顯的界限。隨著枯葉在地面上堆積的厚度，用來搜刮它們的風也在同樣增大。當鳥兒還在樹叢中吱叫牠們的歡樂時，風已經在縫隙間襲擊牠們的巢穴，尤其在廣袤無垠的鄉村，在整個莊稼都逐漸由廣泛的墨綠而轉為黃的跡象時，大地已經十分隆起了，似乎在地表的下面有一種要奪取一切自由和分布的事物已經即將破土而出，並且要讓所有的樹枝光禿，讓流水乾枯，讓人的視力在霜兒的白粉上失去光澤，那麼夏天能夠過去嗎？喜歡自由空氣的夏天的情人們怎麼辦？難道在熒火失去它的光明，河岸失去它的鳴叫之時，我們所有的人都要承受這些？像生活本身的安排，像某種迷惑，我覺得即使我們所有人都同意這點，也會有人站出來大膽地說不，這個人在我看來就是化妝師潔。

她十分慶幸夏天的消逝，因為她在枯葉中看到她反抗的力量，那支在頂端柔軟的筆之所以在她的手中能夠尖針戳面，就是因為她那不可遏制的美學力量在發揮作用，她看著身邊南動人的臉龐，飄浮在枯葉上方，尤其在整個莊稼等待宰割的時候，在自然界交出它的一切已

經一無是處的時候，她忽然覺得那座頂樓的小屋正在向白雲游去，彷彿所有的天使都在南的臉龐上落腳，她每天都要在那上面用她的手不停地搓動，挑動，並在不可控制的時候，用她溫柔的嘴唇在她恬靜而柔細的面頰上親吻一下，她想她愛這個人，似乎在這上面又有另一種田野在鳴放自然的合唱，似乎所有的人在這上面呼吸不止。

在那群人再次光臨這兒時，他們甚至用拳頭擊打了潔的頭部，他們罵道：「你這個雜種，小賤貨，你不把他交出來，你們就完的。」南一直縮在床角不動，而潔會站到平臺上看飛得越來越遠的鳥兒出神，她不想聽見他們的咒罵聲，她覺得她生命的力量正在無限地膨脹，而他們的話又算什麼呢？

那幾個人索性擁著張張笑臉坐在潔的後邊，他們不斷扔掉潔的畫筆，把它從高高的平臺上扔下去，潔看到身後化筆的弧線劃過安靜的天空，從頭頂跳過，經過面龐的正前方，向樓下的枯葉層落去，她似乎看到畫筆在進入枯葉層的剎那，枯葉層也泛了一層往日的淺綠，然而枯葉層太厚了，畫筆很快被它們合攏，成為枯葉層中的化石，她沒有哭，她想那有什麼意思呢？她再次回想她在我那座破樓裡所遇到的鐘首人身的怪物，她似乎看到了時間和肉體的凶惡，然而她拒絕交出那座破樓的地址和號碼，她想那兒很險惡，在床的背後有一塊茂密的森林，而那森林正是她一切欲望和賴以實現的地點，在那之中，她感到生活需要她，人們需要她，甚至在那兒她將人類和自然融合到了一起，她不會把那個地方供出來，因為她覺得在那個地方有她的一份血液，也許因為恐懼而流淌在樓房的整個水管裡，否則她怎麼會聽到水房裡一種粘稠的聲音呢？

潔的頭部有點疼，甚至頭骨有一種被打開的劇痛，然而她不說話，有一個骯髒的小人在她的背後吐了口唾沫，但這一點並不能吸引她回頭。

那些人說：「你不要護著他，那有什麼用呢？畢竟他是個殺人犯！殺人犯。」潔嘀咕道：「什麼叫殺人犯，我不懂，我認為從來就不可能發生一個人殺另一個人，總是所有的人殺掉一個人，然而由某一個人來承擔這次罪名罷了。」

那些人把他們手中吃剩的僵硬食物向潔的後背砸來，潔聽到南在房間裡哼哼唧唧的聲音，她罵道：「你在哭什麼呢！」

那些人對這棟破樓後來採取了強硬的辦法，因為這是一座廢棄化工廠的舊廠房，所以本來就沒有多少人租這兒的房住，因此不廢多少功夫，那群人便把其它住戶統統從這兒攆走了，只剩下潔和南住在頂端，潔很少出去，即使南偶然回她的學校看看，買點必要的東西回來，潔一直在她的房子裡在顏料和畫筆之間構思她的精神世界。

那幾天我不敢到潔這兒來，我不承認我是害怕那群人我才不敢來的，我主要感到我沒有一件好看的衣服，我形容憔悴，身無分文，因為長久沒有上班，我的獎金幾乎一文不發，而由主任施捨給我的那點兒工資我最近還沒敢去拿呢。

我在南學校的大門口碰到南，當時秋風瑟瑟，無論是路面還是建築物都蒙上一層更灰白的淺色。我對南說：「潔最近還好吧。」我話還沒有說完，南那峻冷的面龐就湧出了幾行熱淚，她說：「不好。」其實我知道那群人一直在壓迫她，但我沒有說出來。我粗聲地嘆氣，南說她當天晚上要到那頂樓的房子裡去，我託她給潔帶個紙條。

潔在打開紙條已是第二天早上。她對南說：「不如我們出去走走吧。」南說：「是啊，潔，你也應該出去了，你看外面的東西多好。」潔嘆息著說：「也許在外面什麼都不好，但就是時間最好。」她忽然感到在整個淺灰色的大地上有無數令自己心馳神往的東西在吸引著她，而且似乎伸手可及。

2.南站在門口，她那櫻桃般的肉體很快就收縮了

那群人冷漠地站在那，因為她那漫不經心的腳步和狂傲的表情，他們都緊張地用手捏住自己藏在衣服裡層的刀具。他們變得生氣無比，他們不想讓這個人溜掉，在她沒有供出陳的

住址之前。

在潔眼裡，那群人似乎並不是具體的人，而是每一塊冰冷的沒有雕琢過的石頭，正在等待加工似的。她想她用不著分開他們也能從他們中間穿過，因為她可以翻越他們，置他們於不顧。

但在她終於面對面地與他們相遇時，那些人的眼珠閃出犀利的光芒，他們在凸透鏡似的空氣中向她伸來他們怪味的頭顱，他們突然用撕咬的聲音在不停地轟炸她，然而，她什麼都不知道。

有幾個人開始用工具的背面擊打她的肩膀和胸部，但她好像並沒有覺得什麼，只在踉踉蹌蹌中歪斜。南站在門口那兒使勁喊叫，被另兩個人摟住，並用毛巾捂住嘴。

潔在踉蹌中始終沒有跌倒，那些人在打完之後把她扔在平臺圍牆的溝邊。

南在門口站著，她那櫻桃般的肉體似乎很快就收縮了。

潔繼續躺在那，那群人有點兒發慌，意識到如果把潔真的弄死了，那麼事情就會成另外的樣子了，因而他們矛盾地朝潔的臉上搧了幾個耳刮子，潔翻動了一下，掙扎著想爬起來，她的眼睛被打得紅腫，幾乎睜不開，她發現眼前的事正出現與原先完全不同的秩序，有幾個柳樹般的豎直的影子在眼前移動，並在不同的位置向她擊打，她不知道那是一些凶惡的人？

不一會兒有一盆冰涼的水落到她的頭上，那群人說著一些亂七八糟的話，然而潔仍然在那兒站起來又倒下去，對於潔來說，那些窮追不捨的追問「他在哪？他在哪？」已經沒有一點兒象徵性。

對於這樣一個人，任何折磨都沒有用，因為她的肉體，她的疼痛已成為一類的一般形式，可以抵禦風雪地震，可以抵抗洪流猛獸，難道那些同胞的腳她會不知道是什麼？她靠在那兒徹底不動了，儘管不時地還有一點冷水澆來。

後來，天色漸漸晚了，微風也漸漸停了，冰冷的月亮掛在樹梢邊，隨著太陽餘光的徹底消除，月光在圍牆邊射下明顯的陰影。南仍然坐在門口低聲抽泣，肚子餓得狠，一步也動彈不了，而潔呢，仍然靠在那，她悄悄睜開眼睛，分開紅腫的眼皮似乎看到蒼白的月輝正在向正中的天空移動，而在那前邊的平臺的瀝青的溝紋中，彷彿月輝的陰影正在做一種可愛的遊戲，一些喜歡在地面遊行的小昆蟲正在那兒玩耍，她真想過去和牠們一塊玩，但她渾身劇疼，似乎每一根骨骼都在那兒拆解，她看到在自己的左臉上有一塊血痕，在這個時候，她感到十分吃驚，她想到在整個白天她似乎都在嚮往飛行於田野上，在山巒之間，在蒼茫的果實的大地上，但為什麼到現在為止，她還停留在這兒呢，哦，慢慢地，慢慢地她想到了那群人，他們的眼神是什麼，像玻璃或不銹鋼，她已經記不清了，她只記得他們也在那兒晃動。

3. 他每次都要判斷這人是否是陳，他具有陳的必然特徵嗎？

那個早上我在我那座破樓裡發現看門老頭躺在靠椅上死了。也許按照我平常的經驗，我只會認為他在打盹，可是在那天早上我認定他死了，我走過去用我的手放在他的鼻孔下試一試，然而他確實停止了呼吸，我心情沒有絲毫緊張，這是在我意料之中的，我把頭從大門向外邊的水泥池子望去，池底的霜因為太陽的晒烤而漸漸化去。

我用手倚在他的靠背椅上，我發現在樓道盡頭，那個鐘首人身的怪物在低沉地悶想，我想上去抓住他，於是我邁了過去，那個巨大的還可以看見鐘擺的大鐘式的頭顱似乎隨時都可以爆炸，他變得強大無比。

我默默地走上二樓，我感到我已經完了，其實我知道等在我房間裡的將會是什麼，但這並不能阻止我，可我有走得很慢的可能性，在我大腦後方，門衛的老太已經露出嶄新的哭泣，從來沒有過的雜亂在樓道裡出現了，他們在呼喊，在大吃一驚，似乎只有我一個人明白老頭兒是肯定要死的，但在其他人看來，彷彿這老頭兒本來可以活上一萬年。那個鐘首人身的怪物似乎一直跟在我的身後。

老門衛每次見我都躲在角落裡已經使我對他有了陌生感，自從小禹事件發生後，他很少在我進門時處於他永恆的門衛位置，他所存在的那個角落十分不確定，這一點讓我對他有點兒敵意，但我相信作為一個門衛，作為一個忠實的看我進來千百次的朋友，他是一個最熟知我的人，也許在這個世上的潔，霜，南，華等等都不足以稱上最熟知我，而這個門衛區別於他們就在於他可以辨別我的一絲一毫，因為我在進門時，他每次都要判斷這個人是否是陳，他具有陳的必然特徵嗎？

這樣重複了千萬次之後，對於門衛來說，陳就是陳，不是別的，然而自從小禹事件的風波傳到這兒之後，他似乎變得並不忠於職守了，最起碼對於我來說是這樣，代之的鐘首人身的遊蕩在樓道裡的怪物總是向我猙獰地假笑。

在無休無止的時間的壓力下，老頭兒終於斷了氣。

他的死亡向我表明了我根本不能上樓，因為我並沒有被辨別為我就是陳，所以我是開始不確定地生活了，沒有人再承認我作為一個陳所擁有的權利，我的客觀性因為老頭的去世而變得蕩然無存。但我在摸他鼻孔的剎那間我同樣下定了決心，我必須上樓，這有什麼好說的呢，我如果逃出去，那麼等於我放棄了重新生活的念頭，我這一進去肯定面臨一個新的世界，我只有從一種客觀邁向另一種客觀，我和陳之間，在時間面前，確實不具有永恆性，就像門衛那個看似永恆的位置，現在也變得空虛無比了。

我覺得那次上樓艱辛而漫長，甚至我所有的血液都被空氣偷換了過去，人們在身後呼喚老頭兒的聲音淒淒慘慘，在他們看來，失去了一個門衛比失去一個家人更具有可怕性，對這座大部分住戶都生活貧窮的舊樓來說，門衛是他們抵抗外界建立自己精神王國的一道天然屏障，而老頭的斷氣，他的目中無人，都表明這個貧窮的堡壘正在解體，而對於外界，我們的錢太少，我們在外面的經驗同樣太少，難怪我每回到這個住所我都安全極了，只要在房間裡就沒人能找到我，也沒人認識我，除了潔，這是我個人化的地方，不是建立在土地和制度上，而是建立在我的生活的基本結構上，那就是我活著，我活著是為了這間房子，在門衛的眼裡是完全合適的，因而我在門衛看來是個可愛的自私者，在門衛老太那陌生的哭聲中，我似乎看到他從前那雙光輝的明辨是非的眼睛，也許正因為那眼睛我才活得有滋有味。

我永遠記得在以前潔搬來床後那塊巨大藍布風景畫時，老頭兒差點用白刀砍斷了我的胳膊，他那強大的抵抗現在回想起來確實也預示了他在阻擋我去認識潔，因為他可能預料到這對潔來說，是一個災難，而這個災難現在變成了現實。

我把潔的受傷和老頭兒的死連到了一起，我發現了其中的某些必然性，那就是作為我生活的關聯者他們已經漸漸變得不堪一擊，無論誰痛恨他們，他們都必然化為泡影，成為仇恨暢通無阻的虛設。

我乾脆在樓梯上坐著休息了起來，我聽到值班室裡活人們粗壯的喘息聲，似乎那老頭兒並沒有死，因為那時誰都沒有進來，在他們看來只要沒有人進來，那麼老頭兒就沒有死，只有他死了，才會有其他人進來，但老頭兒死了，確實死了，那麼肯定有人進來了，在他那泛紅的腦門上，淤積的血液現已緩慢地撤退，大家說他腦溢血了，也許他真的太累了，每天都在觀察進來的人，他腦子不夠用了，不夠用了。

我也在那兒嘆息，其實我知道等在我房間裡的是什麼，但我還是要回去，我在上到最後我所住的那層樓時，我聽到老太太一聲絕望的號叫，形象地證明了她承認她的老伴此時真的完蛋了。在她獲得合理性之後，她反而平靜下來，她低聲說他真的死了，但她並沒有追究是誰首先發現了他的死，而這個人其實是我，老太太看來並不想把我提出來，因為她知道那是一個不算太壞的年輕人，住在頂樓。

我在頂樓的盡頭還是發現了那個鐘首人身的怪物，我發現那座頭顱似乎已經從身軀上抬起，獨自在空氣中搖晃，而那身體卻平直地向我走來，但那時間呢，不情願地走走停停。

在那軀幹和我側身而過時，我無法看清那頭顱和軀幹裂口的細節，甚至那兒根本就不存在，但那到底是什麼模樣呢?我想不出，我推開我的門。

我看到有人在我的房間，但由於我神志不清，我無法指出這是我的房子。

我坐在我的椅子上，倒了杯水，喝了下去。

我看到在我的床上，那個我以前一直仰望的藍布景圖現在變成一塊烏黑而發紫的東西，也許我應該把它還原，我還在想；但我聽到有人在我的床上發出呼啦啦的風聲，我的眼睛什麼也看不清，我只看見以前我擁有的事物都在它們自己的位置上魂不守身，彷彿它們並不願意離開這兒。

我看到一個模糊的人物向我走了過來，我沒有躲避，他和我面對。我問：「你認識我嗎？」他答：「不認識。」我看到他的手指頭冒著火星。「那麼，你來我這兒是不對的。」我斥道。「這我知道。」他說。

第八章

1.北門下凹

我被帶到拘留所的第二天，看門老頭兒舉行了他的樸實的葬禮。

拘留所地處本市北門下凹的一個大坡邊，在它的左邊是黃梅劇團，在稍向下是市屠宰場，那個地方始終飄揚著一股豬屎的味道，但幸運的是從北門下凹往西北方向一拐有一個市輕工業局的酒廠，因此濃郁的酒香始終隱約地飄浮而來，夾雜在畸形怪物的地形和味道中，你彷佛覺得那是一個永遠與喧鬧世界隔開的地方。

我記得我和小禹甚至到離這兒不遠處的一道河邊溜過步，在夾岸的桃花、淤泥邊的青草上，我們淺吟低唱，而當我今天縮在牆角聽呼呼的河風時，我弄不懂我的生活居然真的突然遭到了挫折，然而在我的眼睛和心靈之間有一股不可否認的積極參與的東西又出來了，我感到我對明天的第一絲光亮充滿了信心，就像我在每個陌生條件下會產生雄心壯志一樣，我已經在迷糊中猜測等我出去的時候，我會以這兒的經驗為基礎生活得更好。

然而冰冷的水泥牆和凸凹不平的屁股下的土板都讓我覺得心寒，在一切風聲、屠宰場聲都消失之後，我聽到一個青年演員在輕輕地調他的嗓子，那種歡樂的調子和頓挫的措詞都使我彷彿覺得生活更加戲劇化了。

我用腳蹬著那裡面的泥土，我聽到那傢伙在歌唱，用這個城市所有人都聽得懂的調子在講話，他那悲觀的面容現在遠離我的視線，我不想出去看看，因為這不可能，我在揣測他的那個房間，也許可以俯視拘留所這一片，然而只要他一夜都待那，那麼他和我並沒有區別，因為我們同樣被生活禁錮了。

讓我回到我的思考上來，我在被那群人押赴拘留所的過程中沒有表現反抗，因為我一直在思考一個十分簡單的問題，那就是我是否有罪，在千萬次有罪和無罪之間掙扎之後，我發現我自己下不了結論，因為我對自己沒有判斷的權利，甚至回憶和分析都已經不再屬於精神的範疇，所以當那群人在我的房間裡把冰冷的手銬撩響時，我並沒有把我的手放進我的口袋裡或者掩埋起來，我十分冷靜，但我承認在那一刻我的視線什麼也看不見，也許那群人十分理解我，因而我們很快就下樓了。

這時，我看到那個鐘首人身的怪物，把它那頭顱又高高地舉起來，並在怪笑。我感到從手銬那冰涼的質地裡傳來一種信任感，似乎所有人都在告訴我，事情會弄明白的。

然而當我在他們的安排下，鑽出車子，踏上去拘留所的那個大坡時，我完全有一種兒童時代在這兒做遊戲的感覺，我記得是十年前，某個下午，我剛剛參加完某項考試，因為黃梅劇團的外調匯演，它的大禮堂暫用來放電影，在來這兒的時候，我們一起在綁一個人，像押赴刑場似的，這樣做是為了經過拘留所的大門時嘲笑那些威武的外地當兵者，那天，天氣晴朗，可在今天呢，空氣灰濛而又潮濕，據說屠宰場的生意被私人搶走了不少，因而很少再會出現幾百頭牲口連續嗥叫的場面，但濃重的糞味是不減當年的。

我在踩著碎石板時，突然回憶起我的一個叫張的親戚，我記得他的家庭並不富裕，靠揀廢豬油為生。我在胡思亂想的時候，有人在我邊上幫我點了一支煙，讓我也抽著，我記得我沒有履行任何手續，也許是我自己什麼也迷糊了，反正當我聽到房門一聲嘭響的時候，我就一屁股坐了下去。彷彿我忽略了十來年的過程，像少年時代在這兒做遊戲一樣，我想如果沒有小禹，沒有華，沒有隸，沒有每個現在的人，如果我們都和撲克上的花臉一樣永遠夾在一個集體中，不變形，不凶惡，那我在這兒完全是可以接受的，我無法反駁那些抓我的人，因為他們不認識我，也就是說，我們之間是在錯亂著完成某個行為過程，無論在他在我都沒有責任，是吧，就在那兒待著吧。

其實桃花，河水，屠宰場和黃梅劇院都並不比以前遜色，在美麗和本質之間，在時間中間，在看門老頭去世之後，這一切的一切都表明現在的時間引導你到了這兒，而人物顯得虛無。

2.在遊戲時，你總是公安，我總是特務

門外總算有了個看守，他到我的身邊對我說：「你給我老實待著，不要胡思亂想。」我心裡對這句話感到不安，我想你怎麼有權控制我的思想呢？

當我轉過頭去看時，他正拉亮走廊裡的過道燈，我發現這個人不是陌生人，而正是我的童年時代的好友生。

我問他：「你叫生嗎？」他說：「你不是陳嗎？」我們臉上居然露出了笑容，但他很快扳臉孔說：「你怎混到這一步，蹲大牢？」「哎」，我又狡黠地笑起來，說：「你可別以為這是大牢，我只在這兒停一下，連我自己都搞不清楚我是否有罪，等案子審完了？」他說：「怎麼了，等審完了，我們就平等了？」我說：「也許是吧。」

但他卻垂頭喪氣地說：「不論如何，我倆也差不多，我雖是看守，但我日子也不好過，因為我也要長年累月待在這。」我差點興高采烈地叫出來。生曾經在兒童時代就在遊戲中押解過我，因為我本來背就有點兒駝，因此押起來更班配，隨著歲月的流逝，我們一晃都是個青年了。

他問我：「你犯什麼罪？」我說：「也許說我殺人吧。」他說：「你和大部分犯人一樣根本對自己沒有把握，這樣你沒有罪也都洗不乾淨。」他說：「我再問你一遍你到底犯沒犯罪。」我說：「也許罪是有的。」我看到生的眼裡閃著某種異樣的光澤，他從鋼筋條裡把槍托朝我的胸口搗過來，我剛剛附過去的身軀被擋到了地上，我仍然抱著少年時代不滿意對方犯規的態度說：「生，你可太狠了。」我聽到生在外面咒罵，他說：「我就知道在我那幫朋友中總有一個要逮在我手裡，但想不到這個人竟是你，而你在我印象中也確實是最不容易到這兒來的，但你來了，讓我覺得我在這兒沒有白待。」他努了努嘴，臉被氣得半歪。

他開始粗俗地罵我，並不停地用槍托做那種打人姿勢。我說：「生，我們談點別的吧。」他猛地撲到鐵鋼筋條上露出猛虎般的牙齒，他說：「現在不談別的，我只要你老實告訴我你到底犯罪了沒有。」我十分驚異，我發現這個生已經與過去的那個生毫無共同點，難怪他在少年遊戲中總是贏。

然而不論在少年時代，或是現在，我從來都沒有把任何一個人看成與我有著根本區別的人，但從生那凶狠的目光中我確實發現了我與他的差距，也許真像所有故事裡所謠傳的那樣，我是一個窮人？但我真的犯罪了嗎？在探照燈一般的目光下，在生的重擊的餘痛中，我發現我永遠不可能再為自己講清楚。那個持刀者像我，像我，這就是我一切的根源，是生活的一個法則，遠遠勝過法律中所陳述的那些客觀的條文。

生坐在拉燈的繩子下，槍托扣在地上，我呢，待在離門不遠處，但我也隨時提防他襲擊，在我們都冷靜下來之後，我說：「生，你記得嗎？以前你經常贏我，在遊戲中你總是公安，而我是特務，在今變成真的了，你看我在牢裡，你在牢外。」

生不作聲，用手扣著燈線上的一個結。生回過頭來說：「我就知道你贏不掉我，因為你做事心裡沒底，即使你再偽妝，你都成不了一個正義的人，因為正義的人本來就不存在，所以你的那的那點鬼心計從小時候我就識破了，我知道你是一個壞人，因為你做事不考慮後果，也許你應該生活在古代，在沒有權利之前，但一旦你需要支配自己，對自己熱愛的時候，你只能失敗，現在你的下場可能跟少年時代的遊戲沒有分別。」

昏暗的走廊的燈光漸漸使生的臉抹了一層油畫般的乳黃的色彩，我發現這些年以來，生還像小時候那樣年輕，在耳朵下有嫩嫩的茸毛。我看到他在那兒打盹，但他沒有回到少年時代的可能，因為時間表明：與他同樣的人，包括我在內都已經老了。我問我自己我真的是一個自私的人嗎？難道我的成長並沒有使我脫離我在少年遊戲中所扮演的並且被我喜歡的罪人的角色？在那個罪人和這個罪人之間就沒有本質的區別了？

生點起一支煙問我：「押你來的那群人你知道他們是誰嗎？」我說：「不知道。」生敬佩地說：「那可是真正的刑警，赫赫有名，在沒有抓到你之前，我一直認為你恐怕是個江湖大盜，但直到今天我才發現你只不過是個老謀深算的年輕人。」

這時，屠宰場傳來的聲音和黃梅劇院的歌聲合在了一起，你分不清它們誰在壓制誰，它們共同存在，彷彿一切都十分和諧，整個北門下凹的空氣清新異常。

我對生說：「我想去解手。」他說：「你就在房子裡吧，那有兩個桶，大小分開，不要請三求四的，防止我打你。」我說：「生，我現在也沒有人可以託付，但我求你一件事，那就是你能不能去看看潔。」

他說：「潔?!」我看到他臉上浮出一股鮮明的色彩。我說：「你還記得嗎，那個在少年時代經常冒充女演員的潔，長著個腦門上有兩個包兒的腦袋，兩只羊角小辮，在十二歲就翹起小奶頭的潔，儘管從那以後，聽說你去當兵了，但你不至於忘掉潔吧。」

生挪過來說：「不。」我看到他有點抑制不住，其它我沒有覺察到什麼。

我說：「生啊，你對我凶，我可以理解，因為我呆在這最起碼在名義上是個有罪的人，但作為我們大家共同的朋友潔，她可什麼罪也沒有，但她現在被誤傷之後住在某樓頂的平臺邊的小屋子裡。」

我看到生的眼睛裡還是流出了一些想法，我說：「也許你應該去幫幫她。」他說：「是啊，潔，我當然記得啦，她是我們當中最喜歡頭紮一朵桃花的小子，走過吊橋，她的腿十分好看。」

他露出他難看的牙齒，我有些兒後悔，但話已經說出去了。由於沒話，我告訴他潔是一個化妝師，很有名氣，我意思是她是一個真正有追求有見解的青年，優於我，也優於生，但是生好像對這些話不感興趣。在關於潔的話題講完之後，生不耐煩地勒令我住嘴，他說：「高牆外的事情你就少管了，她那樣完全是你害的，別人誤傷她，是因為她包庇和窩藏犯人，站在人民的立場上看，潔也有她不可饒恕的錯誤，但作為你，陳，你必須跟我交代清楚你是否有罪。」

乘我不注意，他一記重拳從鋼筋條中穿過來打在我臉上，我哎喲一聲倒在地上，他哈哈大笑起來「我的老同學，你可真他媽牛啊。」他回過身來，幾次想打開鎖進來，但他克制了。

看守在第一個夜晚就這樣熄滅了過道上的吊燈。

從昏黃轉為昏綠而發暗的過道中走去，我看到他的背影高大無比，堅硬的槍托散發誘人的榕木香，我記得在少年時代我就估計也許只有他在將來會脫離我們，突然從十二歲他當兵以後就再也沒見過，直到今晚。我沒有咒罵他，因為我確實在很大的壓力下思考我到底有沒有罪，我就是在這個結果上拿不定主意。

3. 隸被強制地安在醫院作為一個植物人

隸穿著隔壁病房一位大哥的褲子，上身仍然是病號服，從紅十字醫院搭車到了小禹的醫院，他踩在道路上被打掃乾淨後又不慎落下的枯葉上，他想我要去看看我的妻子，這麼多年以來，他從來沒有像最近這樣發現他的妻子有這麼大的意義，似乎她完全可以充當整個世界，他在路上和馬醫生擦身而過，誰也沒有相互注意。

隸頭也不抬，多少年以來，他一直抑制自己像一個有特點的人，他的目光就是讓所有的人都忘掉自己，連對小禹也是這樣，他無法讓她記得自己，因為他知道他不能具有特徵，那樣對他的工作十分不利，他想到在他們戀愛的時候，小禹說：「我喜歡永遠和你在一起。」隸不作聲，小禹就使勁地搖他的臂膀，隸想，那不是真正的生活。

夜風徐徐地吹著，和他交錯的人都把手插在口袋，或捂著衣襟，或捂著腮幫，但隸卻感到一點兒都不冷，他被強制地安在醫院作為一個植物人，那是工作上的安排，他知道那晚的撞車，自己傷得並不重，因為他敏捷地跳開了，由於工作的需要，他在紅十字醫院被急診之後，就必須服從安排躺在那，但是他怎麼能忍受自己心愛的妻子躺在病床上呢，他回想那晚看到小禹和我頂著一件衣服行走的樣子，他感到非常傷心，但畢竟事情都過去了，在離病房還有兩棟樓的時候，忽然飄起了小雨，他這才發現每次他來總是會下雨，並且突如其來的秋季晚上的雨冰冷如刀，使他的臉難受極了，他到小禹那兒，小禹正側著臉對著窗外。

他對小禹說：「我來了。」並用手在病床上按了按他的被子。

4. 他們似乎藐視了她的手

此時，在華的家裡一大群朋友正喝得熱火朝天，並唱著香港歌曲「愛在深秋」，他們一會兒哈哈大笑，一會兒又憂慮重重。

霜坐在最裡面的一個角兒給一位調氣的太太補妝，那個太太說：「我都快沒力氣笑了，但必須把我化得更好點。」霜說：「你真是一塊最好的笑料。」太太對這種話喜歡的很。

華說：「他終於進去了，但這只是一步，讓他進去，我都有點兒嫉妒，因為連他自己也嘗到了生活在變化無常中的新鮮感，要不是我的身份在這，我也想去待待呢。」眾人哄笑起來，非把他的妻子推到一邊，把酒瓶喝空了扔到桌子上，並伸手打了端菜的一巴掌，他說：「這麼刺激的事居然讓這個雜種給占了。」

不知是誰挑起了話題，大家居然詢問霜：「陳在你那兒……？」霜有點兒不好意思，她忍不住把凳子踢倒說：「你們太過分了，今天晚上我破例解除了你們的仇恨，讓你們個個喜笑顏開，一邊也是嘗試華剛剛為我買的這些化笑料的顏料，一邊也讓你們從嚴酷的現實中輕鬆一下，但想不到你們連歡笑也不真誠，你們仍然充滿了嫉妒，這使我覺得可怕。」

「可怕？」非高聲地叫道「恐怕他在那張大床上差點沒把你的手折斷吧。如果折斷了，我們也無以為繼了。」

「不要過份。」華喝道。大家這才冷靜下來，但華自己卻很快止不住地笑了起來，於是大家鬧作一團。

窗外落葉不斷的飄下，夜深了，但在華這兒，霜還在不斷地補妝，以維持他們的笑容。華知道今晚必須快樂，因為在明天，在開庭的明天，每個人都必須回到仇恨的狀態中去，要把陳好好地揪出來。讓他演自己的好戲。於是非甚至把他的上衣也脫了，作了個滑稽的相撲動作，於是眾人又哄笑起來。

霜今晚從他們的歡樂氣氛中發現了他們與她想像中所不同的特點，似乎在她所構思的整個化妝世界中，他們並沒有走她的路，他們似乎藐視了她的手，使她的手成為與顏料相等的東西，而遠遠拋棄在他們表情的後邊，他們鬧得很晚，因為他們知道明天是個十分重要的日子，對於他們來講，能夠在法庭上開個好頭，占據主動，是十分必要的。

華在那兒只是嘻笑，沒有講過分的話，後來他把霜拉到身邊，從斜靠的椅檔邊把他的手從霜的腰間伸過去，摸著她的奶子，別人都看到了這點，於是眾人哄得更厲害，華覺得秋季已經快要完了。霜在那兒發抖。

我感到奇怪：霜竟然出現了激動，並感到她從體內湧著興奮的液體。我認為其實世界他媽的完了，因為在霜的那雙手上，正握著華的身體，她似乎感到在華這兒，在這個她最精品的模特身上，在這個富人身上，會流出柔軟的液體，使她覺得她滿足了自己的願望，甚至她一直感到是華和她的那隻手一起構築了她所派生的那個世界，在這個富人住處的不遠處，有一個戴著舊軍帽、身穿咔嘰布的骯髒的老頭兒正躺在不足三米寬的一個巷子裡，在他的左邊是為了加固富人區住基的榜石塊，在他的右邊是一個水泥邊臺，而在這之中，富人們的車子陸續開過，並且他的腳伸在路上，他身上裹著塑料袋，他躺在那兒睡覺。

那晚唯一值得一提的就是老頭兒因為穿了一雙剛剛撿到的大碼鞋而不至於把腳讓車子給壓壞，當時非在開車過來時，已經掛好由霜所化妝的凶惡臉相，他想把這個可惡的老頭兒的腳給壓掉，但他沒有想到老頭兒那腳早已只剩下幾寸長，縮在靠近牆根的位置，非在心滿意足地駛過這條巷子時，華已經抱著他夢想的偉大品格睡得像個死豬了。

5.評判我屋內一切事物的基本方向：主人的思想之有病

在我居住的那座破樓裡，居民們在我的門框上撕掉了那群人所留下的封條。

老頭兒的葬禮剛過，對於居民來說，我們都失去了保障，幾十年來老頭子的門衛工作十分出色，似乎現在這裡已經無法再稱其為家園了，他們沒料到我所犯的罪會給他們帶來這麼大的影響，他們把我當成一個不幸的人，然而他們把老頭兒的死歸結為整個不幸的一部分，甚至是這座樓的不幸。

而且自從老頭兒死後，各種各樣的人都可以進來，並且對每個房間都具有檢查權，當然他們主要是檢查我的房間，為了方便，居民們才主動撕掉了封條，但那些人在我房間裡對每一件物品都進行了詳細的登記，並且逐一編號，於是整座破樓隨時都充滿搖晃的腳步聲。對於幾十年如一日的居民們來說，對這一點很不適應，彷彿一個巨大的變化已經到來，在以前只要他們回到這破樓，他們總能感到他們總算有點財產、親情和自信心，然而在這不間斷的搜查和盤問中，居民們似乎看到以門衛的去世為一個突破口，整個大樓癱瘓了。

他們在看到我床頭那藍色的布景畫時抓住帶孝的門衛老太太問：「你知道它這是哪弄來

的嗎？」老太太把她的老花鏡從丈夫的舊筆記本中抽出來戴上，仔細翻閱著說也許是在某某天，某某日，由某某女士搬來的。那些人把那泛黃的油滋滋的筆記本翻閱了無數遍。

在問到另一個搞行為藝術的我的不算太年邁的鄰居時，那個朋友說：「陳的行為並不乖張，至多他的思想有點兒毛病。」是的，隨著這位鄰居這句話的傳播，在後來問及全樓的居民時，居民們都不同程度不同角度地提到了我思想有毛病的問題。那些人終於在他們的大腦中樹立了一個評判我屋內一切事物的根本方向：即主人的思想之有病。然而連我自己也不懂我的思想是什麼？似乎在我屋內的所有物品都是別人和我一起弄來的，畫兒是潔的，有一個臉譜是霜的，床是朋友李搬來的，米缸是父母的，而我自己從來就沒有弄來過一件秘密的東西，但在那些人看來，這些東西仍然充滿強烈的主觀色彩。

整個破樓的水房、樓梯、垃圾暨通道以及電表箱等等都被那些人翻過，他們甚至在老門衛的值班室親自體驗了那兒的視角，對於他們來說，失去這個門衛是一件好事，因為他們在門衛不能說話之後就更有評判權了。

其實，我們的一生都有一個固定的視角在觀察我們，我在那個門衛去世之後，就發現在我生存的世界上可以說已經失去評判我是否公正的一個東西，別人可以任意說你，因為你自己不能說明自己。我沒有說服力已經由來已久。那些平時就很冷漠的居民因為老門衛的去世而變得更為分散了，他們猛然找到了更多的證明我瘋狂的例子，並把它們彙報給搜查的那些人。

在那個搞行為藝術的鄰居提到明天要不要去參加陳的開庭審判時，居民們普遍表示不同意，他們認為這是一個很簡單的案子，既然那是一個思想有毛病的人，那麼他做下的一切都可以說是真的，因為他有那種可能性啊，從某種程度上講，那些搜查的人和居民們的關係居然慢慢地處得好起來了。在他們把那塊藍色布景圖從樓裡搬出去時，他們認為他活該。

在沒有門衛的這座破樓的剩餘時光裡，人們很快就要紛紛搬走。

我待在拘留所裡，似乎能聽到整個水管的速度都在加速，有種盲動的呼聲向內心深處刺去。我沒有嚮往的高大的一個存在，我沒有讓我可以醉生夢死的東西，那麼我就不知道什麼是我想要的，而什麼又是我不想要的，主宰我的只能是別人的東西，我越來越相信憑著我的良心我已經無法保證我對那個持刀者早上的回憶。

在這種情況下，或者說在敘述這個故事的我面前，你永遠無法弄懂隸對小禹到底在說些什麼?或許對於他們來講，生與死都不重要。隸這個人，到底為什麼要在每一個出其不意的時分出來觀看小禹呢，在恐怖的病房周圍，在他平實的臉相上，你什麼也看不出來。隸神秘的來去一直處於我們這個世界之外。

6.馬醫生發言

生在第二天早上打開鋼筋門時，我剛剛睜開眼睛，他用腳推了推我的腳，類似於少年時代我們在玩沙仗時的互相警惕，在我扮手抹臉的時候他後退了一步叫道「你這個有罪的人……」我慢慢地看到生張開他碩大的口腔喝道：「你想清楚沒有，你是不是承認你有罪？」我很噁心，我說：「我想大便。」他罵了句「你這個有罪的人。」我們似乎都在極力嘲笑少年時代的場景，那時我們通過這個拘留所時，多少還有點兒喜劇成分，但現在卻是一點兒也沒有了。

生提醒我不要忘記向他承認我有罪。

我路過拘留所的A棟，進入一個大地盤時，我的手銬在太陽下被照得閃閃發光並刺傷了我的眼睛。

到達法院的時候，純同志從笛聲中判斷我來了，他下意識地整了整自己的衣服，並在鏡子裡對自己觀察了一會，然後他蘸了點水清清自己的唇，並做了幾個迅速翻動的狀態，他想他有很多話要說。

我站在被告席上，而在原告席上站著神情憔悴的馬醫生，屋內亮著幾十盞大小不一的吊著的白熾燈。座位上擠滿了華的人群，他們在看到我時，眉毛擰得個個像剛剛被殺掉親人的仇恨者，我在撣一眼看到他們時，全身寒氣頓發，好在我並不打算有人為我開辯，所以我想我只是走點兒過場，而我未來的生活與命運完全服從安排，否則我還能怎麼辦？大哭大鬧？

純同志的平頭使我覺得興趣盎然，像我一個遠房的姨夫，他的整個表情充滿了對我的激動的探索精神，在純法官沒有講話之前，一些沒有席位的人發了一通大論，以使時間白白耗過去了，其實我認為那個地方倒根本不像在進行盛大而嚴肅的審判，倒像是在看一場比賽，法庭裡的人確實可以分成兩方，即有罪和無罪，但從那些華所帶來的並擠滿了全部座位和廊沿上的人來說，他們都支持認為我有罪，純同志說：「現在請原告發言。」

我看到馬醫生在他的座位上站了起來，大概由於職業的習慣，他用手指掐了掐自己的腦門，彷彿他是在證明他在清晰地說話。

純同志問馬醫生：「馬醫生，你知道那個持刀者嗎？」馬醫生答：「我知道。」純問：「你知道他什麼？」馬醫生答：「形象。」純同志敲了敲木板以讓全體注意，他繼續問：「你是怎麼得到這個形象的，通過什麼方式，從誰那兒？」

馬醫生把身子往前傾了傾說：「我是通過總結小禹的回憶來產生這個形象的。」

純同志問：「你覺得可靠嗎？」

馬醫生說：「絕對可靠，因為小禹沒有帶一點兒偏見來對待這個問題，況且我在和她交談時並沒有和憎恨這個形象的意思，儘管現在受其它東西的影響，我開始討厭這個形象了。」

純同志有點兒不耐煩地想去制止那在座人們似乎要燃燒的目光，因為氣氛太緊張了，純同志便輕輕地笑了幾聲，但這也並不能改變那些人的臉孔。

純同志問馬醫生：「你讓小禹回憶那天早上持刀者周圍的環境了嗎？也就是說除了小禹和持刀者之外還有沒有第三者，或者就是沒有，但你總歸要問的吧？」

馬醫生用手指抓了抓頭髮說：「純同志，作為一個醫生，我不覺得我有這樣問的必要，我只想從小禹的口中得到那個形象，其它的我不聞不問。」

純同志說：「好了，馬醫生提供了一個沒有針對性的形象，即一個具體的形象，但僅就這個形象來看，我們無法肯定這個形象有罪，因為它不帶有情緒，並不表示它主觀上的欲望，因而這個形象暫時擱下來。」

我聽到仇恨者們陸續從座位上站起來表示不滿，他們甚至在嘴裡罵：「是他幹的，是他幹的，他有罪。」純同志把那些人的哄鬧聲壓了下去說：「大家請保持安靜，我會給你們一個答覆的，況且審判剛剛才開始，請你們不要急於求成，再說把這個空泛的形象定為有罪或無罪都是毫無價值的，正如我們法律的基本對象是事件一樣，我們要把事件搞清楚，然後我們才能把人抓住，讓人充當事件的犧牲品。」

大家還是不滿意，但勉強坐了下去。

馬醫生接著說：「我在起訴這個形象時，完全處於我本身的某種需要，也許我並沒有從善和惡出發，我從我獵奇和探索的精神出發，想依靠法律這條途徑把這個形象的陰影給挖出來。」顯然，純同志對馬醫生的這句話還是比較喜歡的，他親自從他椅子上稍微抬了一小點身子以表示贊許。

眾人輿論嘩然，他們似乎在低低地齊聲吶喊：「把他定下來，定下罪名。」但純同志的帽子向上仰了仰，他說：「馬醫生，你這個形象難道一點都沒有含沙射影，比如說……」純同志打了個噴涕，暫時休息了一下。我環顧在我的下邊那黑壓壓的人群中唾罵聲不止，彷彿我確實應該盡快從他們面前消失。

「關於這個問題」純同志慢慢地說，我想請另一個與小禹事件始末有關的人出場。

7. 純同志停了停說，從華的證詞來看，陳作為嫌疑犯已天經地義

那個人就是華，華從另一道門走過來時，西裝革履，足蹬賊亮的西班牙皮鞋，頭梳得像水上的飛機，他的每一個步子都深深震憾當庭所有人員的心，尤其對於我，在剎那之間我簡直對他產生了敬意和希望，我似乎產生這樣一個念頭，那就是：如果華證明我有罪我也當之無憾，因為他看起來公道極了。

但是，當華的目光和眾人的目光焦聚在一起向我射來時，我發現只有我一個人是孤單的，是無法抗拒的不能反駁的，而所有其他人可以評頭論足。華清了清嗓子，站在馬醫生邊上一個略高的位置上說：「我告訴你們，我對馬醫生的證詞可謂是不管不問，也不想去細究，但要我來看，我只想說這麼一點。」純同志沒有像以往那樣迫不及待。

這時我衝大了膽子說：「你們不要說了，既然誰都不指我有罪，我想我可以離開了吧。」純同志給了我一個眼色，然後說：「有你定罪的時候。」華繼續說：「你們看，陳，耐不住了，是吧，我記得在小禹事件的早上六點我看見一個人經過我的樓層前向小禹的樓層爬去，

而這個人我看很像陳。第二我在小禹事件發生後到小禹的家時，聽到陳告訴我那個持刀者很像他自己。」

純同志說：「你把持刀者形象下的心理也講講。」

證人華說：「在我們這座樓是有電梯的，但為什麼這個像陳的人不坐電梯呢（我親眼目睹），從小禹事件的耗時來看，持刀者並不是快刀斬亂麻，而是一種醞釀已久的設計安排的殺人方式，他主要是冷靜、緩慢並殘酷地在長時間上完成殺這個動作的輔助過程，所以他爬上小禹的樓層也說明了他在冷靜地做這些，也就是說他在完成一種絕對對的犯罪心理，並且小禹事件發生後，陳告訴我那些話，無非也是想拖延時間，使這個事件得以延長，彷彿那樣會更精彩，因此我作證就是想提供這一點，那個持刀者像是陳。」

純同志停了停說：「從華的證詞來看，陳作為一個嫌疑犯已是天經地義，但他是不是真的犯罪還要結合馬醫生這個形象和陳的形象一起來看，如果吻合，那也只能證明陳是殺人犯這個判斷具有深查下去的可能性和必要性。」眾人仇恨的目光因為沒有得到我被定罪這個事實而在法庭裡狂躁地扯動起來，以致純同志不得不在高高的位置上承諾：「我絕不會放過任何一個有罪的人。」

在回看守所的路上，生一直坐在我邊上，哼著一首歌曲。他有好幾次對他身邊的另一個同事說：「你看到了吧，大家是不會放過他的，就像小時候一樣，他總是無法為自己開脫，因為他神經病。」他的那個同事從鐵絲網向我掃視了一下說：「是挺像的。」

屠宰場的下午總要傳出一股奇特的腥臭，據說那是在早晨把豬成批地殺掉，然後燙皮，下午開膛破肚，因而牲口的內心世界完全破碎了，傳播在空氣中的是牠們腑內從未洩露的真氣，把人薰得睜不開眼。我說：「生，你聞到了吧，和我們當年聞到的沒有兩樣。」生似乎善良地回過頭來看了我一眼沒有說話，好像他不敢肯定我說的這句話有什麼意思，他說：「你怎能和潔那個女孩好上，真讓我奇怪，況且現在她那種樣子讓我費解。」

我驚奇地伸過腦袋問：「你去看她啦？」他努努嘴，示意邊上有人不要再說下去。

警車開過浮橋，沿著河沿在顛簸中前進的時候，我好像又看到了往日的桃花以及我們偶然組織的足球隊，在那些時分，我時時警惕，總感到未來不可預測，並且我從來就沒有設計過好的命運。河風呼呼似乎把屠宰場腥臭的氣息在這空氣裡反覆攪和，而陽光並不金黃，似是有點兒灰白，我想到我年邁的父母總是在我面對他們時無話可說，我感到我不僅僅在今天甚至在更早以前就已經被拋棄了，而我的所有行動從現在看來似乎都是通過乞求得來的，不然的話，我早就孤獨地死了。

在前進過程中，車子很慢，警笛長鳴，在路的兩側不停有人朝我張望，窗子明亮無比。

我在路上還是看見了一扭一拐的那個門衛的老太太，她的袖子戴了塊黑章，眼睛很腫，拎著一個小小的包裹，車子在駛過她時，我讓生叫司機把車子停下來，我在玻璃裡，他們讓我不要開窗，我在裡面想說話，因為老太太在外面已經說開了，但我什麼也聽不見，便指手劃腳起來，她大約是說，她老頭的死與我無關。這一點我知道，我在車內比劃著說。

老太太說：「老頭一死，似乎那幢樓失去了真正的屏障，所有的住戶都打算搬走，儘管政府為了配合這一點，乾脆在樓的前側牆上書了一個大大的拆字。」她說：「她現在住在她若干女兒中某一個的家裡。」在老太太看來，面對我只有兩項命運，一個是她老頭的死，一個是我和我的囚車。她能夠把這兩個東西連在一起所要聲明的唯一一點是：「老頭的死和他無關」，然而，真的無關嗎？如果不是門衛死了，也許根本就不會有人找到我，那麼我有可能現在並不是待在囚車裡呢，我僥倖地想。

然而，我自己也陷入了一個謎，老門衛為什麼偏偏在這個時候死了呢。整個法院玻璃大樓的印象像一塊透明的陽光把我切削，我知道我辯駁是毫無可能的，因為在我看來，我沒有信心說明問題這是我一貫的弱點，更不用說對於小禹事件這麼大的事兒。在快到看守所的大坡時，我聞到空氣中腥臭味被曬乾重又露出一股深秋的香氣。我在快要到大門時，猛然扭頭看到那個和看守所大門相對的黃梅劇院職工宿舍四樓的一間，在那兒站著那個練嗓子的人，因為距離不短，所以我看不清長相。

8.小禹說，電腦，電腦

在小禹病床隔壁那個女人被抬到副樓的太平間時，小禹肺部的巨痛使她昏厥了過去，馬醫生無限失落，他第一次主動找來其他醫生一起商量應該盡快採取辦法，當時黃豆大的汗珠正從小禹的臉頰流下來。馬醫生說：「張院長也不知是怎搞的，就是不同意讓小禹手術，好像他對院裡的醫療條件一點信心都沒有，雖然手術有讓小禹突然死於手術臺上的可能性，但畢竟那種可能性很小。」

另一個醫生說：「張院長之所以不讓她手術，是想讓她多活幾天，也許這一點在他看來很重要。」然而，馬醫生說：「那麼即使多活幾天有什麼用呢？如果拖延下去，她可能真的就永遠回天無術了。」其他醫生好像對張院長的行動產生了一點懷疑，他們納悶：為什麼張院長忽視小禹呢，不讓她手術，讓她拖著，好像這裡面有誰在支使，這與張院長一貫的醫療作風可是相悖啊！

這時，張院長咳嗽帶著大記錄本回來了，他說：「大家在說什麼呢，是不是說小禹啊？」

大家互不作聲，十分生氣，馬醫生激動地說：「小禹恐怕必須手術，把肺部的陰影給拿掉，不然她不但不會清醒，反而她可能永遠要離開這個世界了。」張院長用笑聲掩蓋了他的真實想法，他說：「老馬同志，不會的，小禹的病情我也在密切關注呢，你們不要因為小禹在小禹案件中舉足輕重的地位就忽視了我們醫院自身的想法，況且小禹手術的死亡可能如此之大，我們絕不能冒那個險，否則小禹案件缺少了一個當事人，法院會責怪我們的，就這樣了，你們各自回到各自崗位上去吧，至於馬醫生呢，也不要胡思亂想，聽說你正在小禹身上做一個可能會引起轟動的心理報告，如果你不能貫徹院方的意圖，我認為你必須從小禹這兒離開。」

馬醫生連聲點頭聲明他不會，其實他也知道在醫院裡他的任何建議都不會被採用的，只要在病人沒有去世之前，所有的方案都必須由院方下達，馬醫生拖著沉重的步子返回小禹的病房，他看到小禹的身體在激烈地震動，滿口都語無倫次。

馬醫生把他的耳朵向小禹的唇湊去。他聽到小禹在說：「電腦，電腦。」

馬醫生十分奇怪小禹怎麼會說這樣的話？在潔白而整齊的病房裡，在她發高燒的時候，她為什麼念念不忘她的電腦呢，在昆蟲和星星都遠遠躲開的城市，在語言不能暢通的城市，電腦到底指什麼呢，馬醫生陷入了深深的思考。

那是在幾年前的一天，隸認識小禹後第一次離開小禹奔赴他工作的地方，那是一個天色濛濛的深深的黃昏，小禹站在門口送隸出去，隸到哪兒去了呢，這對小禹來說，是一個謎，她和隸結婚沒有弄明白丈夫到底是什麼？隸的經常外出，使小禹在電腦上下了很多功夫，她在不厭其煩地安裝她的程序時，每次都要和她的用戶一起目睹她主任在程序裡留下的那個中國婦女的裸像，這每次都使她有點兒難堪，但她沒有解釋，久而久之，這形成了客戶和她之間一點公共的部分。

馬醫生到現在為止都不知道小禹的丈夫，叫隸的，他沒有去弄明白這一點。

馬醫生披著外套，在病房外下定決心要到小禹的家去，他決定做一把萬能鑰匙以便把小禹的房門打開，況且他自己也知道華就住在那頂樓上，他必須十分小心才是，直到今天，在小禹高燒、病危的時候，他才發現原來小禹的回憶所提供的那個形象十分沒有說服力，即使像陳，那又有什麼用呢，他根本沒有弄明白小禹的一切，況且在聽到小禹的「電腦」之後，他才模糊地感到應該有一個更好的突破口。

樹上的葉子恐怕快要落盡了，秋的霜在這時已落到地上，大地一片灰白，像老人許久未動的鬍鬚。他踩著光滑的地面向小禹的住處趕去。

當他站在小禹門前時，他感到自己的心蹦蹦直跳，似乎在這前進的過程中，自己已經作為一個醫生犯罪了。

我在做什麼，他握著手中的工具說。他首先準備輕輕地用手擰一下鎖，但居然他輕輕就擰開了，他嚇了一跳，並不敢進去，猶豫了半晌，聽到樓下有腳步聲時，他突然鑽了進去，咣、關上門，嚇個半死。

馬醫生可以斷定有人到屋中來過，並且已經隔了幾日。他發現屋內有一股陰鬱的潮濕氣息，他分開擋在他面前那些陳舊的擺設，似乎靠近那臺電腦有許多可以發人深思的地方，比如在腳邊有一些玩具在擺設中形成的道路，在桌子，椅子和放衣服的臨時架子的水平線上都保留某種謹慎的軌跡，而這軌跡並沒有被打破，馬醫生看到電腦坐在屋角的稍下的位置，我想馬醫生在看到電腦時可能發現了它的重要性。

他也剛剛才得知小禹原來是個電腦程序安裝員，電腦與小禹之間在馬醫生看來缺少必然的聯繫。馬醫生在電腦邊坐下來時，發現電腦屏幕上那層灰黑好像被某個人抹過，馬醫生曾試圖去辨認這個指紋，但他還是忽略了。他想小禹之所以提到電腦，那麼電腦或與電腦有關的某個東西一定與她的持刀者遭遇有聯繫，馬醫生打開繼電器，主機和屏幕電源，並回憶他許久以前學習電腦時的一點兒基礎知識，開始查找電腦裡的東西，他很快發現在小禹的電腦裡很簡單，只裝有一個基本的安裝電腦的程序圖以及所有安裝客戶的地址名錄。

馬醫生在看那個程序圖時還是看到了那個裸身婦女像，作為一個與人體密切接觸的醫生，他很快把目光集中到這點上了，作為一個有重要影響的電腦公司，怎麼會在與客戶面對面的工作中產生這樣一個圖像呢？而且，小禹，作為一個安裝員是怎樣默許這種畫面呢？馬醫生隱約覺得在這個畫面下面有一層更深的東西。

馬醫生長長地吁了口氣，彷彿他一下子站到一個黑暗的入口了，在那個入口的裡面不再是人體的精神和肉體的密質，而是不可測的某一種殘酷的方式，馬醫生在小禹的一大堆書籍中胡亂折騰，他知道自己並不能查出什麼東西來，但他同時又想他必須查下去，因為他感到小禹在說電腦這兩個字時使用了一種十分陌生的力量。

樓下的腳步聲再次響起，馬醫生躲到門的背後，誰都知道這個房子的女主人被刀所殺。馬醫生止不住自己那種強烈的逆反心理，他悠悠地打開臥室的門，那兒的血跡隱約可見，被單有一部分拖在地上，從這個房間看不出一點兒搏鬥的跡象。

他把臥室的門關上，在被單邊坐了下來，他很想發現在這張床上的一點兒蛛絲馬跡，尤其是當時小禹的處境，她是否經過了某種最痛苦最恐怖的時間階段才接受持刀者呢？或者她意志完全癱瘓了沒有任何反駁呢？

風拍打著窗子，馬醫生渾渾噩噩地坐在這兒，彷彿內心的那種迷霧漸漸被揪集，直至成為一個無意義的核心。他回憶起小禹向他傾訴的一切。

小禹的生活被電腦那種程序給占據了，她在以前談到她的工作時，她總是說那是一份很輕鬆的活兒，不僅僅是為了維持生活，彷彿是通過電腦程序的安裝確定了自己的生活方式。

9. 他想電腦比小禹更容易看到事物的核心

馬醫生坐在那兒，回憶小禹的情景，他無法把小禹的傷勢和小禹的工作更合理地聯繫在一起，因為小禹所留給他的迷茫的精神和態度使馬醫生覺得小禹的事在小禹看來並不值得追查下去。也許這就是當事人的輕率和不自主性，但作為周圍的人，作為任何一個想離開危險獲得安全道路的人，我們都希望從中發現一點兒東西，也許那東西就是真理，我們因為真理而熱衷於返回追查，我們因為躲避真理而理想，在這個過程中，在我們活生生的現實生活中，我們力求使我們的大腦得到精神上的滿足，我們希望發現這個真正的持刀者，這個個體一直占據著馬醫生的心靈，似乎在馬醫生看來如果這個持刀者清晰，那麼整個凶惡的黑暗的一面也就鮮明了。

所以馬醫生相信在這個世上沒有任何一個人能成為一個真正在肉體和靈魂上都能自主的人，他們都要受制於多種因素影響和干擾，哪怕是一個極細小的聲音也會影響我們的整個外在世界。我們的衰老頹廢，遲鈍和死亡都是外界一切慢慢積累的結果，凶惡的東西並不是某個瞬間的偶然，而是一個漫長的從外到內的侵襲和同化，最終使我們認識了凶惡，也同時具有凶惡的一面，在這個電腦面前，在不會說話、完全客觀、不能自主和跳動的電腦面前，馬醫生看到了一個被人類同化、改造和引導的物體，他想像這個電腦比小禹更容易看到真理的真實面目，甚至更容易看到事物的核心，那麼核心到底是什麼呢？

在小禹事件中核心到底存在於哪呢，以電腦來看，小禹生活的核心在哪？在馬醫生看來，小禹在電腦工作中的核心具有強烈的封閉性，因為小禹自己也一直表示她並沒有為某種目的和理想而活著，她幾乎和電腦一樣成為電腦公司的一個工具，馬醫生感到小禹很可憐，很沒有意思。

樓下的腳步聲一直在響動，馬醫生辨不清這種聲音，也許這種聲音就在這間屋子裡，馬醫生在臥室和外間的電腦之間不停地走動，彷彿在這個過程之中，他又看到了小禹的腳步。

第九章

1.那個練嗓子的青年還在唱一曲春花秋月

生換了身便裝，在黑暗過道的盡頭看了打瞌睡的我一眼，就堅強地出發了，他跨出拘留所大門時頭髮豎了起來，屠宰場凶惡的嗥叫也停歇了，只有那個練嗓子的青年還在唱一曲春花秋月。

在某些門戶的當口還飄出果實在蒸煮中的香味，在生的大腦中一直閃現我的肖像，那是必然的倒霉蛋，從童年的時候我就發現他倒霉，他想，我現在要讓他更加倒霉，延續我那時的想法。

北門下凹的霧氣在青磚舊瓦上飄浮。

生充滿了對於潔的渴望，他心中只有那個樓房頂部的平臺，他設想了潔的歡笑熱情，以至可能會有的其他動人的場景。

生，現在脫下了工作服，但他彷彿覺得自己確實比以往任何時候，都更具有堅強的一面，他的手似乎可以抬起一切，因為他是那樣有力，帶有飽滿的經驗，所以他在與別人擦肩而過時，使別人都躲開了一些，別人認為那是一個不好惹的人，你想，生在這條道路中走得多麼怡然自得！彷彿那是他一個人的道路，一條走向感情幻覺的道路，儘管這條路被他縮短了。

我坐在昏暗的燈光裡，我發現生沒有像以往那樣向我伸出他的拳頭，我感到不自在，也許像我前幾日跟他說的，他去潔那兒了？

他的每一個走出北門下凹的腳步都在毀滅我從核心到皮膚的構造，我的意識和我的個人精神。我感到在牢房的外面許多東西不僅使我失去了行動的能力，更使我失去想像的能力，我在巨大的壓力下變形了，我癱倒在那個牆角，我感到腹瀉，癱瘓和無能為力，我終於發現在這間房裡，在絕對靜止的小空間裡，我失去了我的一切所有，因為我的理想和我的痛苦一樣變成了一個受別人嘲笑的事物，現在伴隨我本人的只有毫無可能性的軀殼。也許我可以飛出去，但我的根本仍然在這兒，也許這就是對付罪犯的一個最好的辦法，使他最根本的東西擺在一個毫無意義的地方。

我在房間裡呼呼而睡，我知道生的步伐很快，那是他在當兵時就練出來的，我模糊地看到那個座位上面留著生強硬的影子，而另一個更具體的似乎也可以美麗起來的殼子已默默地飄走了，他飄到潔那兒，可笑。

但他確實往那兒去了。

2.我聞到一種果實被剝開之後濃郁的香味

第二次開庭的日子陽光燦爛，對此我十分反感，我想這陽光對我沒有絲毫的好處，什麼也不能代表，尤其在我們處於惡劣的環境時，我需要的是有利的東西，以使我擺脫壓抑的環境。

北門下凹的整個空氣像個大悶罐，警車在裡面奔馳，在駛往法院的過程中，我的心已經完完全全地完蛋了，我一直在設想生可能到潔那兒所做的一切，前一次押我去法院的生的座位上現在坐著另一位留鬍鬚的警官，我一點兒也不認識他，但他無法占據生原先的位置。我感到那兒仍很空蕩，一個在少年時就與我有遊戲的朋友現在仍然與我遊戲，周旋，但我是作為一個不自由、不自主的罪犯在與之，我內心為此而感到傷心。

一路上都有晒著陽光戴著帽子的人，他們的臉色很不好。

在禁錮我的囚車裡，在它的運行中，在載著我駛向法院的這一目的性方向性很強的事實中，我看到有一種更大的意志盤踞在我們大腦的後方，支配我們，使我們失去自己的個人想法。

在快到法院以至剛剛跨進法院的大門，我都聞到一種果實被剝開之後那種濃郁的香味。

3. 那是一個客觀的對法庭有利的形象

同前次開庭一樣，法庭內仍然坐滿了華所帶來的人，這一次他們目光中所傳出的仇恨感更為強烈，幾乎不可遏制。

我剛在被告席上站穩就有人向我砸來紙團兒，我覺得他們已經不僅僅把我當成一個罪犯，更把我當成一個無助的人。

馬醫生比我早了好幾個時辰就站在那個準備出庭作證的隱暗的位置。純同志張口壓住了憤怒的觀眾，他說：「我們現在在證明陳有罪這個問題上面臨許多嚴重的阻礙，而在我看來克服這種阻礙就是要從陳的每個步驟的可能結果出發與法律的原則做比較，看他是如何觸犯法律的。」

馬醫生說：「小禹在提到那個形象時，或者說在她回憶的每個細節上她都保持一種冷靜，所以她提供的那個形象並不像陳告訴華的那樣：具有強烈的仇恨感。」純同志說：「既然小禹提供的形象並不具有仇恨感，那麼我們可以肯定這個形象具有很強的可靠性，那是一個客觀的對法庭有利的形象。」

然而，華說：「是陳自己告訴我的那個形象像他自己，請大家注意這一點。」

純同志停頓了一下說：「在我看來，陳之所以覺得那個形象像他，也許並不是客觀上的形象，而是由那種情緒所代表的主體的相像，這樣我們就可以更好地完成小禹所說的形象與陳所說的與他相像的形象之間的統一。」

但是，純同志接著又說：「我們在把這個形象暫時列為陳之後，我們緊接著要做的是核實華所說的他在六七點鐘在樓道上所遇到的那個人。」

「那麼」，純同志睜大他的眼珠問道：「陳，你到底為什麼在小禹事件之前要到小禹那兒去。」我不知道他的話有什麼目的，所以我支支吾吾。

華的群眾在巨大的嘈雜聲中向我咄咄逼來。

我在朦朧中感到我是這樣回答他的：「我到小禹那兒在我自己看來沒有任何目的，或者說我沒有資格來評論我的願望。」「那麼」，人群向我唾棄道：「他是到那兒復仇，因為他事發後確實對華提到了他的仇恨感，這也是唯一的證明了。」純同志似乎想在我這兒得到檢驗，他說：「你可能是去傷風敗俗。」我搖搖頭。「你可能是去拿點東西。」我搖搖頭。「你可能是去討論——」我又搖了好多次頭。純同志好像十分高興地說：「大家可以鬆口氣了，我們的陳確實在那個早上抱著你們剛才所講的感覺到達小禹那兒。那麼，在我們約定成俗的社會生活中，抱著這種態度到小禹那兒是十分危險的。」

華站在前排居左的一個位置，在他的手上玩弄著一個老式的地球儀，他向我眨了眨眼，我感到他的臉似乎給了我溫存和力量，我無法穿透我自己的愛憎領域去辨別這個人。

華的臉上脂粉氣很濃，以致有他所領導的人群在加劇嚴肅氣氛。我真想上去抱住這個人，我感到害怕，我感到我無法活下去了，因為我覺得在華的目光中存在一種超現實的力量，牽引我一步步深入他所預計的歧途。

我還能要求什麼呢?因為我在法律面前的回答是毫無力量的，我不能對我自己負責。

我站在那兒想哈哈大笑，但我的笑聲是十分冷酷的。

純同志說：「那天早上你之所以到小禹那兒去，肯定有一件極重要的事情在這不久之前發生了，才導致你跨出那違法的最後一步，但那個事件到底是什麼呢，我想那也是你真正生活的一部分，成為你個人歷史中最有力的點之一，現在我們必須坦白這件對你的仇恨感有決定意義的事情」。

華所帶領的那些仇恨的人群開始越出他們的座位，憤怒地指著我。

這時，馬醫生從那個作證席上站了起來，他張大了嘴說：「我向大家發布一個更好的消息，我們的小禹所提供的一個新線索，電腦，我已經去——」他的話兒還沒有說完，一只大瓶子飛來砸在他的眼睛上，他痛得坐了下來，很快我看見華指手劃腳派人把他給抬了下去，他在那兒埋怨「怎麼能讓他不經法官同意就大膽陳詞呢，這對陳是不利的，趕快，趕快把他的眼睛包紮一下。」法庭內所出現的混亂局面使純同志無比憤怒。

他再一次想到神聖的法律在毫無理智的人們面前無法保持它井井有條的面孔，這些嚴肅的臉相正孤注一擲。

純同志很失望，他心裡又浮現那個婦女控告老師辱罵她兒子的案子，他想也許那個案子比這個案子更具有挑戰性呢，他猛然想到自己是如何克服那個婦女所遞來的勾神的目光。他感到自己確實如婦女所說的那樣，不願意承認他是在有目的地審理案件，因為如果去除了內心對案件的一個最根本的判斷，去除對罪犯是否有罪的一個最初的判斷，那麼審判就無法進行下去，但是作為一個最初的判斷究竟是怎麼產生的呢，顯然那不僅僅是通過法律所產生的，因為法律在接近事實之前是完全空泛的，他一想到自己那種判斷方式，渾身就冒冷汗，他感到他的思維也許是值得懷疑的。他的這種想法使他的臉也有點兒變形，他感到無法控制這個局面，但與此同時，他更加堅定了他的判斷，那就是這個人肯定有罪，他現在和群眾一起所要努力做的就是一步步以法律為準繩去加以證明。

4.傷口被猛地撐開了

生到潔那兒時，有大群的候鳥從城市上空飛過。生從這一點上更清楚地看到了時間的強制性，使他變得更為有力。他在按照號碼找到潔租住的樓頂時，聞到一股藥味，他想也沒想，敲開了門，潔正包著紗布，抹著黑藥靠在床頭上，這種模樣讓生有點兒倒胃口，他粗重地說：「請問，有個叫潔的是住在這兒嗎？」潔輕輕地答道：「我就是潔，你是誰，到我這兒幹嗎？」

生在湊近細看潔時，發現那是一個嬌羞而頎長的軀體裹在黑乎乎的被子裡。他似乎一下子點燃了內心的光亮，他直了直嗓門說：「你不認識我了，我是生啊，小時候在北門下凹玩遊戲的那個生啊！」「哦」，潔陷入了回憶，半晌她才說：「就是那個喜歡冒充公安局，押著陳路過拘留所的虎頭虎腦的生？」生坐了下來，在他的邊上是不答話的南。

生說：「哎，我們有多少年沒見了。」潔有氣無力地說：「恐怕有十幾年了吧，一晃我們都成年了，各有各的事，我的傷，你看。」潔指了指自己的紗布說：「這也是我現在生活的一個最好的特徵。」

生假惺惺地問：「怎麼了，你怎麼傷了，難道你的生活並不舒暢，聽說你還是一個十分愛美並創造美的化妝師呢。」潔淺笑一下，扭過頭，她發現生的目光和眼神還是沒有變，還是那種強烈的壓制感在主導他，所以不論他對潔做出多少柔軟的拉家常的姿態，潔都能聽出他粗重的呼吸和心跳。

生在繞了很大的一個圈子才說：「如你所想我正是為了那個問題才到你這兒來的，作為老同學，兒時的朋友，我很相信你，我希望你能跟我好好說說他，他為什麼會走上殺人的道路的。」

潔本來不願理睬，但她還是被少年的記憶給衝開了，她坐直了身子對生正色地說：「我從陳跟我提起小禹事件的第一天起，就認為陳並沒有犯罪，根本就沒有罪可言，因為無論對小禹，對其他人，陳都不可能去傷害他們，那是一個有自制力的人，也正因為這點他才在我們少年遊戲中敢於充當罪犯，因為在他的內心他永遠知道他崇尚的東西，那就是真善美，也正因為他崇尚這一點，他才能理解假惡醜，而不是拋棄它們，這既是他的優點也是他的缺陷。」

生不耐煩地說：「潔，你終於說完了，但我覺得你是在說胡話，你根本不了解陳，你更不了解罪惡，在你的大腦裡只有美，美，而美是什麼東西呢，我感到它是一個虛設，十分媚俗。」

潔和生的對話很快形成激烈的對抗，生好幾次都想一腳踢翻他面前用來化妝的一個底粉箱，他說：「你必須承認陳有罪，否則你無法向我交代，也不能向社會上任何人交代，你在以前窩藏陳，不提供罪犯的線索，這本身就是一種罪，我希望你好自為之。」

潔從她枕頭邊扔出一只小黑盒向生砸來，她大聲罵道：「我根本就不歡迎你來，因為你從少年時代就強制別人，使我們感到我們不是生活在一個友誼的氣氛中，而是生活在對與錯的永不停止的爭執中，這還有什麼意義可言呢？」潔那劇疼的頭皮掙扎著，傷口被猛地撐開了，陳舊的疤痕上的血液從紗布裡滲了出來，南連忙用她的手去捂，她摟著潔，她大聲地喲喝生從這兒滾出去。

一貫喝令別人的生無法忍受衝過來掀掉被子，做出極其可恥的舉動。在潔的眼裡，這是一個可惡的傢伙，他根本無法讓別人感到他有理解力的一面，似乎一切都必須服從他那低劣智力所傳導出來的可憐的意志。

南對潔說：「他是誰，到這兒來了，在我身體的邊上，像不存在似的。」潔有點想哭，她把南抱得更緊了。在一陣猛烈的咆哮之後，雨落得很大，他開始咒罵起這個惡劣的天氣，他甚至咒罵北門下凹的每一個陪伴他成長的事物。

5.霜回想起由她所化妝的一個人，臉相是華提供的

站在華那偌大的屋子裡，霜覺得由她所化妝的那些人的臉相正斂集成一個巨大的漩渦，彷彿它們所要指引的一個中心就是達到他們在法庭上所達到的目的，把陳定為一個真正的罪犯。

霜看著自己勻稱而靈活的手，在皮膚的表層因為長時間使用油脂的關係，顯得過於光滑，以致她自己覺得她的手已經越過手的一般形態，成為可以產生新人物的手，但她在仔細辨認那一張張面孔上因為陷害別人而迫不及待的醜相時，她感到也許從那個化妝舞會開始，他們便把霜真正出賣了，也許在他們看來，我只是一個可以利用的與脂粉並列的道具而已。

霜在想到這點的時候，華用他的手在霜的全身上搓動，霜感到這雙原本無力的手充滿了器質的力量，並且在盲目的仇恨的激情的引導下表現了它的強烈的占有欲，這一點使霜覺得快活，她喜歡每一個有個人特點的激情的人，因為在她內心深處，在她渾身周圍都洋溢著塞擠進現實生活的嚮往，給所有人留下自己的陰影和想法。她要與自己所化妝的人相遇，看他們在自己的理想裡運動。

霜感激華為她提供這麼好的條件，以使她在化妝界站住了腳，但現在當華止住他對霜的撫摸，露出他那疲憊的無法掩飾的容貌的時候，霜感到無論在自己對他們，還是他們對自己都存在巨大的脫離的危險，因為她感到自己所完成的每個臉相作品都不能百分之百地按照設計的模式向她所理想的目標邁進。在那些人激情的臉相下，充滿了破壞力，充滿了要打倒一個人的瘋狂姿態，那麼這是她所想的嗎？顯然不是。

於是，霜穿起衣服，揉著她嬌細的脖頸對華說：「你們現在都在幹什麼，聽說你們還在法庭上與某某人對簿出堂。」華斬釘截鐵地說：「是的，就是那個和你還不錯的陳。」這時那些撐著仇恨面孔的人好不容易大聲地哄笑起來，他們要求霜好好地跟他們講一講陳和她的那些傳神的事情。

霜看到身邊的氣氛突然緩和了許多，縮進在椅子裡，她想也許我的生活就是去實現這些人的所想？

就這樣，霜甚至把她的衣袖捲了起來，開始繪聲繪色在告訴他們她的那一隻手是怎樣被陳抱住，並且她說她感到了陳想撕掉這一隻手，他在那兒使勁地翻動，並像扛起巨物一樣，扛起我的胸口和我的肩，在手與身體接觸的部分，他在那兒親吻，想解開它，占有它，但是，請你們注意，他的這個想法真的讓我興奮，因為我也再一次感到我的手在我的生活中發揮了巨大的作用。

但是，霜很快又把話題轉回來說：「有時，我還真的不能理解你們所做的一切，你們為什麼非要把他打倒了，照我看，那是一個雖然並不熱愛生活但也並不厭惡生活的人，不應該把他引到這個地步。」華站起來用小梳子整理了一下自己的頭髮，他說：「霜，這你可就不知了，陳之所以有今天，這也不能說是我們把他強硬地拉到這一步，而是他自己一步步腳踏實地地走過來的，他有沒有罪與我們並沒有關係，但以社會來講，可就不能聽之任之了，他如果有罪，他就應該伏法，在這個過程中我們可是明察秋毫的。」

霜的臉出現了冰冷的神色，她回想起由她所化妝的一個人，那個人的臉相是華提供的，霜只為這個臉相增加了仇恨的神態，但霜還是無法把這個人和陳聯繫起來，那是很久以前的事了。

她有點兒頭疼，她回想起陳在那張小房子的大床上下陷的身軀。她發現華們的目光已經要穿透她的心思，她無法抗拒跟這些人在一起使她的手永不停息的快樂，她可以趴在每一張臉孔之下，讓他們成為自己的俘虜，讓他們仇恨的目光穿過自己的乳房和器官，穿過她的心靈的暗區，使她得以不斷的新生，實現她徒有其名的無謂的想法，但這一點足以維持她的生活，她想到也許有一天她會在這些仇恨者的面龐中埋葬自己，熄滅自己白燁燁的皮膚，看他們踩過自己，抱著她溫暖的手，啃她，使她達到極限的幸福，又使她恍若隔世，使她在她自以為屬於自己所派生的另一個世界裡完成她那依靠臉相和出賣臉相的一生。

她知道那些人在法庭上以及在小禹事件上所表現的一切並不是自己所期望的那樣，但她同時深知那些人仍然生活在這個現實社會中。沒有比一個人看著另一個人的滅亡過程更為刺激的事了，陳，這個符號，這個一直使他們為之奮鬥的符號現在在霜的心目中逐漸成為她化妝世界的一個暗點，她在回憶她與陳的一切過程，發現那張大床正向地核的中心陷去，因為她知道那些由她化妝的人正充補無與倫比的力量，帶著他們不可一世的情緒積極鬥爭，一定要把他廢掉。

她看到他們的面龐在不斷地撐破，在破除整個人的形式，成為凶惡的狂躁的暴徒。他們的富裕連同他們的肉體在冒著黑煙。

6. 華說，如果馬醫生繼續在法庭上對我們不利……

那大大的房子裡四處傳來骨骼在挫動的聲音，他們感到了強烈的不滿，非在一只康乃馨花盆的邊上用手捶打另一個人的背影，他說：「我怎麼感到在第二次開庭上好像我們失去了更主要的作用，儘管我們向陳砸東西，但我還是感到我們受到了忽視，而那個馬醫生，那個由我們引導出來的馬醫生卻能得不得了，左一句，右一句說個不停，那麼我們呢，這些真正關注小禹事件，為小禹事件日夜奔勞的人又成了什麼呢，甚至馬醫生提到的電腦——」華過來在非的腦袋上狠狠地擊了一拳。

非哎喲一聲倒在地上，他捂著被打痛的頭說：「偉大的華，你可不能對我的話置之不理啊……。」

華摸了摸自己的拳頭，說：「大家聽著，剛才非說的很有道理，我們不能降低在小禹事件中的位置，誰都知道我們才是小禹事件真正的參與者，我們的精力和激情，我們的思想都集中在這上面，但現在所蹦出來的馬醫生卻指三道四，我們要馬醫生做的也僅僅是他幫助小禹提供那個持刀者形象就行了，因為你們知道小禹在我們看來其實與一個植物人沒有什麼兩樣，她的語言，她的表情，甚至在病院散步的哼著的小調都無法證明她還有能力講出我們可以信任的東西，馬醫生發揮了作為一個起訴人的作用，這一點我很贊賞，但是他若提到電腦什麼東西，從小禹那混亂無序的語言中增進他的主觀意識，那麼他就變得對於整個小禹事件不利了，或者更確切地說，變得對我們不利了。」

非從地上爬了起來，想趴在一個人的肩頭。另一個人因為目睹華對他的重擊，同樣沒有給他好臉色，又把他推在地上說：「一邊待著去。」華還是閉上眼睛把非拉了起來，讓他坐到霜的邊上，霜在那兒流著鼻涕，眼中噙滿了淚水，她覺得他們所說的話自己一點兒也聽不懂，她感到黑色的頭顱在增大，像焦炭一樣。

華說：「馬醫生如果繼續在法庭上對我們不利，那我們就不僅僅失去了我們在小禹事件中的位置，而且有可能使我們猝不及防地遭受其它的打擊，我不允許在我們朝氣蓬勃地擰在一塊為一個具體的目標而努力的時候，在我們的背後還存在另一種意志，或者說有另一種可能性與我們並列，我絕不允許。」華突然覺得嚴厲了。

霜看到華這麼嚴厲，她才發現原來她所理解的那些化妝的人群與現在所看到的一切是多麼不相符啊。於是，霜把她的手從沙發的凹窩裡藏了進去。

眾人都變得嚴肅了，這種嚴肅中透著一種威猛的凶狠。

霜說：「我真想回我自己的家去。」

華這時像個紳士一樣彎下腰來說：「你還想走，那可不行，你和我們一樣，必須與小禹事件拴得更牢，那是我們活著的希望，至於金錢，道德和名聲那又算得了什麼，人活著就是要看到自己能夠實現一切，不管目標大小，而我們之所以能有今天，也多虧你那一隻富有巨大力度的手，把我們的內涵調動出來浮現在我們有發展可能性的臉上，沒有你，我們不可能坐上法庭，我們無法匯聚，因為我們的靈魂原本那麼無力，缺少表現的方式，而今天你當著我們的大伙的面兒，必須讓我們把你放在這長長的沙發上，觀看你那傳奇的手所連結著你那奇特的身軀，因為我們盲目和不知所措，因為我們早已失去了精神上的春天，所以我們覺得你是我們原先的一切，你是觀察我們的一切，產生我們，但你無法毀滅我們，因為我們堅強。」

霜，實在忍受不住這些誇誇其談，便伏在那沙發上躺了下來，她感到整個空氣中又泛起童年時就隱約存在的那股鹹味。她只感到那些粗糙而又尖銳的不正常的目光在自己的皮膚上滾動，像悶熱的炸雷，她無法體會她的過程，因為她一下子驚醒，原來自己所做的一直只是一個烏托邦式的夢想。

7.宋律師

華為我請了位律師，他姓宋，個頭挺高，樣子還算精明強幹。他來到牢房鋼筋的外面時，我正在打盹，我還以為是個探監走錯了的人。他說：「你叫陳是吧，我是在法院看到你的卷宗後主動要求來為你辯護的，但你記住我的出發點並不是要為你挽回你所做過的事，我只想為你延長時間，使你得以在這個案件中遭受全新的一個漫長過程。」我嗤之以鼻，不想理他。

他說：「這樣吧，你先跟我說說你的作案經過。」我雖然很亂，但我仍能感到他和其他人一樣有一個觀念：我一定有罪。我躺到鐵板床上一聲不吭，他在外面唉聲嘆氣，不久他便走了。

宋律師轉出去以後就到了華那兒，他說：「你看，我覺得我不能說服他相信我是個好律師，可能霜並沒有為我化妝好，儘管我對法律還算精通。」

華擺了擺手說：「你就別說霜了，她還真的指望你作為一個律師能夠公允地為案件說話？」說完華禁不住笑了起來，宋律師光碩的頭顱在燈泡下閃閃發亮。

華說：「如果按照現在的勢頭發展下去，陳很快就可能被定為有罪，而使這個案子看起來一點都不複雜，這可不行，我們精心泡製的參與的這個案子必須成為有史以來最有說服力的經典案例。」宋律師伸出他寬大的手按在華的大腿上說：「你放心，我一定盡最大努力幫助他，也許我會從法律的缺陷處入口把陳美化成一個無辜的人，但同時我又會時刻讓他服服貼貼地納入有罪者的行列之中，在這一拉一扯當中，撕掉他的全部意識，包括他的犯罪心理。」

華對宋律師的話拍手稱快。

宋律師看到非也進來了，非說：「華，我從陳家裡抬出來的所有東西裡硬是一個子兒也沒有找到，好像他真他媽的是個無關的人。」「不，不可能」華堅決地說：「一定要繼續研究下去。」宋律師想對他們所說的話表示一點兒興趣，但華的臉色很快止住了他的想法。宋律師坐在那掰著手指頭，他感到在華所要求他辯護的這個案子裡一定有另一種東西。

非說：「華，我們去陳家裡搬東西時，居然能橫衝直撞，看門老頭兒死了，整棟樓也搬走了不少住戶，我們進去才發現原來陳屋子裡的床後的大藍圖和另幾件家具不翼而飛了，看來像是轉移了，也許真正的問題就出在那兒呢！」華用手撐住了腮幫，他慢騰騰地說：「是嗎？」非氣惱地陷在椅子裡，宋律師準備起身告辭。

華一再叮囑他：「在法庭上你一定要為陳全力以赴，讓我們越過法官成為整個事件的主導。」

宋律師走後，華和非立刻靠得更近，開始小聲的穩密的交談，華說：「你知道嗎，現在霜幾乎越來越意識到她在化妝生活中淪落為我們手中的一個工具，一旦她覺得我們只不過按照我們自己的意志行事，並且是她自己完全不懂的另外一種做法時，她很可能會拒絕再為我們化妝。」

非也吃驚地說：「你倒提醒了我，那樣的話我們又要回到以前那種懶散的境地裡，整天覺得無事可幹，可謂中飽天日。」

華嘆著氣，非去倒了杯水，華說：「這樣一來我們必須讓霜重新找回她那瘋狂的職業感，讓她看到我們原來都是她的人，都是她手下的影子。」

非說：「這樣也好，但問題是我們現在的仇恨感好像真的被點燃起來了，就拿我現在來說吧，我整天連做夢都巴不得陳被判為死刑，執行槍決，我為這個崇高而具體的目標所吸引，生活中充滿了力量。」

華說：「對，說得對，我也是這樣。」他們沉晌了半會又說：「既然仇恨感真的已經本本分分地屬於我們了，那我們就必須更嚴格地確立自己在整個世界中復仇的位置，這樣的話，我們必須將霜控制起來，不能讓其在外面自由活動，到處散布她與我們合作的歷程。」非點頭表示贊同。

他們倆說著說著，又想起了幾天前他們幾十個朋友目睹霜躺在沙發上搓動的呻吟，他們感到霜完全在臆想一個不現實的控制權，而真正的權力來自於他們手中的行為，只有行使這些權力才體現這些權力，對於霜那雙會化妝會做壞事的手來說，權力是一個巨大的空洞。

霜被華關在他樓下一間掛滿油畫的房間裡，霜在那兒輕輕地歌唱，她倒沒有感到自己被禁錮，她內心仍在幻想那個光亮著腦袋的宋律師是如何把陳一步步地辯為有利，如果陳真的是一個好人的話。她每想到這點，就感謝華那溫和的一面。

我在北門下凹那沈重而混濁的空氣中感到由大燈泡所散發的光亮帶有一種鬼秘的性質，我想用我的舌頭去舔這種鬼秘，那極度潮濕的空氣使我的全身麻木得發餿，當我抬頭看到生帶著某種微笑返回他的位置，並用手撫摸著自己渾圓的屁股時，有一股巨大的衝動在我的內心不可遏制，我像一隻獅子那樣從牆角撲到鋼筋門上，我大聲地質問：「你去潔那兒了吧，你這個狗日的，這個狗日的。」我猛然發現我叫聲很小，但我的嘴形很大，我用腳蹬著潮濕得有點滲水的地板，我說：「不論我有沒有罪，我倆都是一樣的，你有什麼權力到潔那兒去吆五喝六的，她可是個好人啊！」

儘管我的聲音十分細小，生還是聽到了，他向我這兒逼來，我沒有退，我還辱罵他，一邊與他評理。生在視線裡顯然變得更大了，他說：「你有什麼資格在這兒說話，我去看潔，你想得倒輕巧，我是到她那兒把你的老底兜一兜，我甚至要求她承認你有罪，這樣合乎我們自少年時代的遊戲心理。」

我在這個時候，反感主宰了我的一切，包括我自己對我自己的反感，潔那美麗的臉相和她熱愛美的強大力量在我的內心漸漸模糊了，我看到了頹喪和粉碎。

我們的生活和我們的成長，我們竟完全不能控制，我發現我兩天來沒有吃一點食物的肚子現在似乎在發餿，在變異，我感覺不到我的存在，我這才後悔也許當初根本就不應該認識小禹，我確實是一點兒也不喜歡她的，哪怕是她的身體，我不知道我是如何陌生到這一步的，我的耳朵再一次響起純同志在第二次開庭時的問話：「你必須回憶出在你去小禹那兒之前所發生的重要的事。」我感到荒唐，對於我和小禹，對於生活中兩個普通得不能再普通的人來說，還有什麼重要的事可言呢？我用手摸了摸我的臉，我發現居然有那麼多的汗水和淚水，雨天又是那樣的潮濕，我究竟應該怎麼辦，我發現原來我是一個無助的人。

許多犯人陸續從他們的囚房裡走出來，或者是個節日吧，他們到外面去看看，看看那些處於日光下的院牆。

我把頭枕在地上，我又想起潔，想起她在郊外，在床上的一切動作，想到她擺動的身軀，熱愛風的眼睛和自由的液體。如果在這個時候我還能見到她的話，那麼我一定答應改正我的所有錯誤，但我的錯誤究竟在哪裡呢？

我現在再聽到黃梅劇團那青年的嗓音時，我感到時間對於我來說已經沒有意義了，我無法理解他到底唱的是什麼，儘管他讓我感到他是個淒迷的人。

我感到我可能真的有罪，但我想我不必緊張。我感到也許我真的要死了，我體會不到我需要什麼，因為我害怕語言，我覺得它一點兒也不能表現事實，在華那溫文爾雅的面龐下就親口說過：「你是個在思想上有毛病的人。」但我真的還有思想？

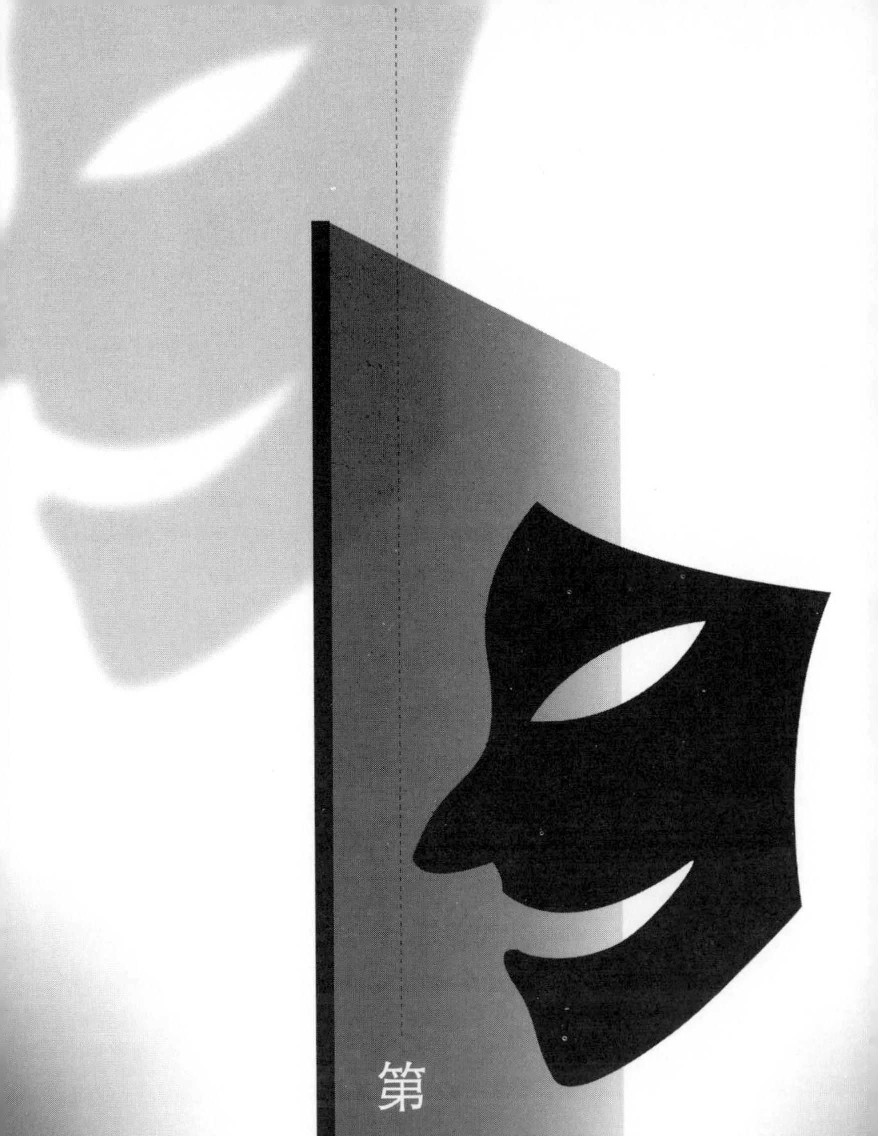

第十章

1.找到持刀者需要小禹活著

馬醫生無法再去面對小禹，因為他知道那陰影從臉上可以表現出來，張院長仍在提到小禹時談笑風生，他所說的保護小禹最好的辦法就是找到那個持刀者，而找到持刀者需要小禹活在這兒，這是一個最基本的矛盾。馬醫生無法駁斥張院長，低著頭，繫緊他的皮帶，從院方大門跨出去了。

他再次在天黑之際，趕到小禹的屋子，在路過華的房間時，仍聽到華的房間裡有很大的喧嘩聲，馬醫生用他的萬能鑰匙費了很大神才打開小禹的門，這倒使他失去了警覺，他沒有開燈，從窗簾透過的幽暗的光線中，他摸到電腦的旁邊，他發誓要找到那個電腦中的秘密，他按照順序起動電腦，他發現電腦好像被人動過，但他還是沒有回頭觀察整個房間。

他在搜尋那些安裝電腦的地址名稱時，發現這些安裝電腦的人自己連一個也不認識。他想了想覺得還是要在那個婦女的裸像上下功夫，才有點兒把握，那麼圖像到底應該怎麼看呢，在裸像的每個部件裡都沒有不同於真實人的地方，甚至在每個部件的周圍都打上了小小的OK字母，他感到這個婦女沒有一點兒表情，她在那一動不動，什麼也不可能觀察出來，大滴大滴的汗水從馬醫生的額頭上落下來，馬醫生用他的褂角擦擦汗，點上一支煙，開始認真的思考，他想如果按照這個圖面看下去，那麼我們什麼也觀察不出來，要想看出問題來，必須對圖像進行某種程度的轉換，比如說讓它擴大或縮小，馬醫生在費了很大功夫把這個婦女放大之後發現沒有一點兒特殊，只是感到這個人更加貼切實際了。

馬醫生在操作這一切的過程中能聽到樓下有急促的腳步聲，一種強烈的探索願望使他克服一切疑慮，他穩穩地坐在那。

他忽然在後背一陣激烈的扯痛中想到了小禹的後背處的刀傷入口，他感到這個入口似乎就長在自己身上，使自己痛得大汗淋漓，也就是在這個時候，他自己也沒有弄明白他碰到了什麼鍵，整個婦女的裸像轉成了背面，馬醫生看到最讓人驚奇的就是在這個婦女的背面上也有一個傷口，並在計算機屏幕的紋路中顯得清晰異常，在傷口邊上計算機的活動鼠標自動浮現，馬醫生感到一種從未有過的發麻的恐怖席捲全身，他想也許問題就在這兒，他把那個鼠標往傷口處移動，他發現了鼠標進入傷口的時候，傷口似乎在張開，而內部的東西終於出來了，只是他看到的並不是人體的心肝肺，而是另外一些東西，當馬醫生準備繼續往下查的時候，一枝巨大的木錘朝他的腦袋砸了下來，他倒在地上。

2.宋律師說，我的當事人在認識小禹之後，一直是個瘋子

第三次開庭的地點定在法院大樓東部一個大屋子裡，從第二道樓梯口向左拐，你要經過一條亮著乳黃色燈光的漫長過道，甚至在你到那間屋子的邊上時，你會僅僅認為那是一個小屋子，但是只要你一進入，你才知道原來這兒能容下幾百人，它差不多占了三到五樓的三層樓，從門口向前臺望去幾乎朦朦朧朧，在生的押送下我邁著細碎的步子向那兒走去。我找生說話，但他不理我，只是不時地瞅瞅我眼睛邊的黑框。我呢，想哼一支歌兒。

我覺得那麼大的屋子充滿了誇張和不誠實，然而對於把法庭定在這個屋子裡可能是考慮到案件的嚴重程度，在昨晚，我還是花了一兩個小時來設想法庭的新布局，但我僅僅往緊湊的方面想，對於這麼大的屋子我毫無防備。

純同志在開庭之前拒絕了好幾個把嘴巴湊到他耳邊的人。我站在那兒晃蕩，遭到旁聽者的極大的反感，他們的眼神並不比上一次柔和，但也看得出來他們都對審判充滿了信心。這一次他們化妝的臉相比上一次要弱得多了，可以說幾乎不留有化妝的痕跡，但他們的仇恨感仍然被調動出來了。

這時，宋律師站到我邊上，他彷彿想來告訴我他在法庭上是和我站在一起的，儘管在法庭之外那是另外一碼事。宋律師呼出一股強烈的酒精味，我說：「你喝了多少？」他問：「什麼？」我說：「酒啊。」「哦」，宋律師說：「不，我沒有喝酒，我只是像喝過酒似的。」我說：「那就不對了，我可分明聞到你的酒味啊。」宋律師說：「你恐怕是太緊張以至你的感覺出了問題。」我心想，可能嗎？我確實一點兒都不緊張的，因為對於我自己來講，我站在這兒只是回答問題，我與審判完全無關，我對審判結果也將無動於衷。

我自己無法向我自己宣布我並沒有殺小禹。

在所有的仇恨者的目光中，他們能在現代生活中如此嚴肅地對待我，那麼我真的能對自己的行為負責嗎？

宋律師在我邊上說：「你從現在開始可以少說話了或者不說話，不然我會很尷尬，因為我是你的辯護律師，那麼我就是你的記憶和語言，你把你自己當成一個局外者，在那兒冷眼旁觀吧。」說完他露出淒惋的微笑。

純同志終於突如其來地宣布開庭了，於是從每個人的手上似乎都冒出一股青煙，整個法庭緊張得鬧哄哄的，純同志拍了拍他手中的硬殼書本說：「陳，你回憶起我上次所問的話嗎？」我在宋律師的阻止下還是忍不住地問：「你上次問我什麼呀？」

純同志說：「你怎麼記不起來了，我問你，你在最後那次去小禹那兒之前到底發生了什麼重要的事兒。」我使勁搖頭，以示意我對這個問題無能為力，純同志對我的搖頭十分反感，他說：「按照前次我們了解到的你是作為一個仇恨者殺傷小禹，並作為一個仇恨者到小禹那兒去，那麼你應該經過了一件引發你仇恨感的事情。」

這時，宋律師站在我的座位邊上說：「尊敬的法官同志，各位仁人志士，我以為你們對陳的提問我可以作為辯護律師來作一個回答，據我所知，我的當事人在認識小禹之後，一直是個瘋子，如果法官下一次要問最重要的事的話，那麼這就是最重要的事了。也許由於人口眾多，目不暇接的原因，我們無法在小禹事件發生之前接觸和了解這個人，但在我與陳進行長談之後，我認為陳在認識小禹之後確實瘋了，這樣不論從哪個角度來講，我們都可以更清楚地看清事實。至於你們所提到的仇恨感，那是陳作為一個瘋子的必然情緒。」

純同志嚴厲地站了起來，他如釋重負地從前方走下來緊緊地握住宋律師的手說：「你剛好揭開他的秘密。」

在整個觀眾席上對宋律師的發話表達了經久不息的掌聲，我在隱約中似乎聽到無數人都在說：「難怪，難怪。」

這時純同志傳喚馬醫生出庭，以讓他描述小禹對我的潛在印象，但馬醫生不知道在哪兒。

純同志傳第二證人華出庭，說心裡話我他媽的還是信任華的，華說：「我在小禹事件爆發後所看到的陳和在早上六七點鐘所遇到的像陳的人現已證明就是陳了，他使我覺得他思想有毛病，這一點我在上次出庭時也就當著陳的面講了，現在宋律師認為陳是個瘋子，我完全贊同。」

瘋子，這個概念在我的大腦裡飛轉，我感到這個詞對我一點兒壓力也沒有，我甚至看到華站在那兒率領下面的群眾向我投來憤怒的目光。純同志示意宋律師暫時坐下，純同志站到我面前十分威嚴但顯然已盡量克制這種威嚴地問我：「你在每次到小禹這兒來時真的十分不理解自己的目的嗎？」我準備說話，但宋律師把我按下去了，他說：「陳在每次到小禹這兒來時，既不是偷情，也不是拿點東西，他純粹不知道自己在幹什麼，他喪失了對自己權利和尊嚴的認識，他只知道他必須來。」

我覺得宋律師說的話十分對，所以我使勁地點頭。

純同志和宋律師的目光相遇了，在這之中，沒有任何解釋不了的問題，那麼還要我幹什麼呢。我發現眾人那仇恨的目光都低垂下去了，他們為案情所出現的一個質的變化而感到絲絲不快。

華向宋律師不停地遞眼色，宋律師向法庭進一步介紹我瘋狂的症兆，他說：「陳在單位上班不準時，誰也約束不了他，但他還是去上班，他不做事，生活質量差，但他竟然勉強糊口，不主動去努力工作，還有他沒有固定的朋友，他記不住他們，他們也就住在同一個城裡忘記了他，總之，我很難找到第二個人像他這樣沒有特點、沒有追求的人，行為缺乏邏輯和目標是他作為一個瘋子的根本標誌，也許證人華所說的他的思想有病也正是我們普通人對他的認識，他作為一個瘋子並不像我們以前遇到的瘋子那樣又哭又鬧還不講理，他這是一個新穎的容易被我們忽略的瘋子，如果他沒有讓他的仇恨感暴露出來殺小禹，那你們還不能識破他，但是，作為神聖的法律如何來對待這樣的瘋子，作為一個辯護律師，我希望能和法官取得共識。」

純同志點頭表示他同意和宋律師關於如何進一步審理這個案子進行新的較量。在快要散庭的時候，我覺得那些仇恨者的目光變得黯弱了，我仰起脖子，有點趾高氣揚，彷彿我被別人當成一個清晰而重要的人了，生在我的邊上對我推推搡搡，我駁斥了他幾下，那些仇恨者的目光在掠過我身上時，露出了卑夷的神色，彷彿他們不屑於和我處於同一個屋子裡，他們說：「我們就是要得到一個最終結果。」

3. 他們成什麼了，一隻又一隻烏鴉

隨著對案件的拖延，華的朋友們顯得有點急不可待了，儘管華一再向他們解釋我們所需要的也就是這個漫長的過程。但他的朋友們說：「你看，我們的感覺在漸漸泯滅，我們又快要回到以前那種無聊的狀態中了，我們的衝動和激情被這個瘋子拉長並顯得渺茫。」華想了想，再看看他們的臉色果然有點兒蒼白，以前由霜給他們化妝所帶來的仇恨感因為沒有持續的強化而變得弱小了。

華怒不可遏地打開鎖住霜的房間說：「你這個婊子，你到底怎麼了，為什麼不再給他們化妝，你看看呀，他們成什麼了，一隻又一隻的烏鴉。」

霜冷若冰霜，她淡淡地說：「我算什麼呀，什麼狗屎化妝師，我完全沒有弄明白你們，以前我認為你們去激情地生活，哪怕你們遠遊，做愛，但你們卻幹那種害人的勾當。」

華說：「你不要說了，你不化妝也不要緊，但你記住，我們會讓你看到我們的結果，我們要讓一個人完蛋，他是無論如何都逃不了的，就拿陳來說吧，其實他已經死定了，因為他連反駁的資格都沒有，但我們之所以讓他像個行屍走肉一樣地活著，就是為了在這過程中取

得我們的歡樂，而你，卻分享不了這種歡樂。」

霜在那兒罵道：「你們這叫什麼歡樂，純粹是一種罪惡。」

華說：「當初你化妝那個持刀者的時候，你其實也在小禹事件中擺上了你自己的棋子，現在你已經無足輕重了，即使你不為我們化妝，我們也可以立即讓陳完蛋掉，只是我們不能長時間享受這個案件精彩的過程罷了。」

華關上門走了出去，他和非以及其他許多朋友一起對小禹事件的發展過程，尤其對我的過程進行了一點回憶。不知是誰提起了這樣一個問題，那就是到底是誰抓住了陳，大家面面相覷地發現這個問題玄妙無比，起初華沒有在意，經大家爭得面紅耳赤時，發現在外面站著一群人。

華揪住非的衣領說：「你好好想想，你們去檢查陳的屋子時，不是發現那兒已經被搜索過了嗎?你們難道什麼也沒看出來?」

非帶領幾個人在星月密布的霜地上沿著城市已熄滅的路燈向陳的住處趕去。他們在到達那座破樓時看見老門衛似乎背著頭還坐在那個永恆的位置，大家嚇了一跳，但當他們再小心翼翼地向前邁進時，那個東西轉過身了，他們發現這是一個鐘首人身的怪物，甚至他們聽得見時間的晃動的響聲，嚇得兩個手下連滾帶爬滾出了樓道，而非壯大膽子過去了，當他伸出他的手時，發現那個怪物很快軟化在空氣中分散了，非瘋狂地笑了幾聲，他的兩個隨從這才從地上爬起來站到非的邊上，他們膽顫心驚地問：「那是什麼啊？」非把他們痛罵一頓，他說：「那是個鬼。」

他們鑽進門衛室，門衛老頭兒的老太太仍然住在這，她睡在黑漆漆的蚊帳裡，並因為頸部的扭曲而扯著呼嚕。非來不及細想，把那老太太的高高的枕頭抽出來扔在地上，老太太勉強醒過來，她問：「你們是誰呀？」沒等非們說話，老太太就嚇哭了，她說：「不是我那個老頭兒吧。」

非拔出他腰間的匕首逼著老太太說：「你快告訴我，你的丈夫是怎麼死的。」老太太看了看白晃晃的刀子反倒鎮靜了一些，她嘆了口氣說：「老死的。」非大聲地吆喝，老頭兒不可能是老死的，一定有人害了他。

老太太沉默了，在非的威逼下，老太太交出了老頭兒在生前的一本沾滿污點的破筆記本，非大致翻了一下，什麼也沒有，他們把老太太的枕頭墊好，飛速往我的房間趕去，他們打開檯燈，發現這是一個極貧寒的年輕人的住所，非甚至有點兒惋惜，他不該在上次把陳所留下的幾件可憐的東西也搬走了。

在昏暗的臥室燈光下，非翻著老頭兒的筆記本，他在筆記本的最後一頁上發現老頭兒好像用鋼筆在紙上隨便搗了點什麼，這一點引起非的警覺。其實那幾個點是老頭兒在臨死前留下的，老頭兒的死與這麼個點到底有什麼關係呢？非最後在筆記本的前面發現有一段可能是老頭兒的孫子在做作業時留下的筆跡，因為字跡很歪，很幼稚，非辨認了半天，上面寫道：

這幾天，有一群人總是在樓前徘徊，他們似乎隨時都要衝進來。

4.在背後的背後還有一層背後

老門衛的死因為日記本上的這個記錄而顯得耐人尋味。當我們平常把一個上了年紀的有正常死亡可能的人的死理解為一種經驗式的死亡時，我們往往忽略了一種十分不正常的類似謀殺的可能性。非感到有一群陰影比他們自己所設計的東西要更為嚴肅，並且他們更為隱秘，與他們相比起來，華所推動和控制的一切又顯得多麼簡單，簡直讓人不可能不識破它。

非想到純同志，想到那個一絲不苟的同志，他那種務實，嚴謹和自信的工作作風都給他留下了很深的印象，然而在那種作風背後呢，是否埋藏著一個偉大的思維？是否滲透著對於法學、行為和精神最深刻的理解呢？

老門衛的筆記本很髒，這使得非想起了他晚上開車在巷子裡所看到的那個流浪老漢的腳，他彷彿覺得有一個骯髒、自然和污垢物所凝結的世界正在廣大地鋪張，並不亞於自己的毛毯和臉面，它們迅速地鋪來，而我們呢？我們這些富人呢？又能拿它怎麼樣，就拿現在這個老門衛來說吧，本來作為守在陳所住的居民樓看門處的一個視點，我們為什麼在以往沒有找到他，沒有成為控制他的人呢？為什麼我們沒有從他的嘴裡拿到半個子兒？非感到在物質的背後，在誇誇其談的名人背後，有另外一些東西始終虎視眈眈。

非翻著那破舊的日記本，彷彿看到了在老門衛視線裡晃動的那群人的影子，他們到處跟蹤，無處不在，而且甚至確實出現在華的周圍，只是誰也沒有過份去注意：他們是誰？來幹什麼？這顯然是被忽略了。

非陷入了恐慌之中，他感到在華所醉心的漫長的審判當中，甚至在整個小禹事件背後的背後還有一層背後，難道同我們軀殼一樣會有無窮無盡的陰影？

他渴望現在有一個人能從一個外觀的角度站到這個世界裡為他提點迷津，他實在弄不明白在這場小禹事件之中，到底真正的意義在哪裡，也許像所有的追求一樣，只是一項空虛的行為而已。但他每想到自己那仇恨得讓人受不了的面孔，他就感到現實確實比較可恨，他不能原諒那些生活在這個世界上向他們露出羨妒眼光的窮光蛋們，他不能原諒那些沾著臭汗的勞動者們，他不能原諒在競爭中處於劣勢的萎靡不振者，他需要他們在他的眼睛裡倒下，成為在精神和身體上都苟延殘喘的個體，但是，你要知道，他期望這個過程是他們自己所能控制的。

當然就在快要離開我的屋子的時候，非還是和他的朋友們一起想到了那群人可能從我的床頭背後搬走了一塊巨大的東西，因為牆上的痕跡十分明顯。

5.不僅奪走別人的老婆，還讓別人出了車禍

純同志在一個並沒有什麼特別之處的下午到拘留所來看我，在他來說是要溝通法官與犯人之間的感情，以便使審判變得對法庭更為有利。

他在由生領進來之後和生之間親密地說著什麼，而純同志在一邊點頭的同時，一邊又在什麼。

純同志找了張凳子在鐵杆邊坐了下來，他說：「下午好啊，小陳，我今天來呢，就是想來和你撈點兒家常。」他看我沒反應，便扭頭對生說：「根據最新的表現，他已經是個瘋子了。」生露出牙齒大笑起來說：「我和他還是少年時的好友呢，他這個人太沒興趣了，幾乎什麼特點也看不出來，儘管他只配做一個犯人，但他還是讓我不懂他怎能裝那麼久。」純同

志問：「裝什麼。」「哦」，生轉動他狡猾的眼睛。「裝得像個正人君子呀，行了，我才知道他原來是個瘋子。」

在他們親密的談話中我承認我確實是瘋子。我的這句話引起了純同志的興趣，他向我靠近了一點說：「你可以肯定你是個瘋子？」我說：「是啊，我還能是什麼呢？」我語無倫次的講話讓純同志興奮，他說：「以前我一直為你懸而未決，在像你和你之間我一直找不到一種紐帶，看來現在我是找到了，那就是你的瘋狂。」他又說：「我既不是要救你，也不是要打倒你，那不是我作為一個法官的責任，在我把手指從法律條文上逐條移動來核查你時，我發現困難重重，因為你的可能性，你殺人的可能性還不足以成立，儘管你仇恨，在這美好而神聖的現實面前，我弄不懂，我在內心深處弄不懂你的仇恨是哪裡來的？除非是你遭受了巨大的挫折，但從你年齡和經歷上看，我都找不到合理性，現在只要有人向我提出你瘋了，那麼所有難題都迎刃而解了，由瘋狂到仇恨是不足為怪的，而瘋子本身所形成的過程正是我們多彩的現實的結果，也許你是過分歡樂造成的，當然也不排除過分悲傷的可能，但畢竟在別人的嘴裡，可以天花亂墜了。」

就在這個時候，宋律師也來了。他說：「你們來看我的當事人使我很感動，然而在我們脫下衣服，處於平靜生活的時候，我們不妨掏掏心裡話，這也是我和我當事人共同的想法？」

我因為沒有聽懂宋律師的話就使勁地搖了搖頭，宋律師有點生氣，他歪著嘴說：「你瞧，他有點兒不正常。」

純同志說：「是啊，我來這兒就是觀察這個瘋子。」宋律師換了個位置以便使他和我站得更近像站在同一個立場上，他說：「我是從小禹那兒來的。」

他從小禹那兒來，確實把我大腦裡許多混淆不清的線索扯到一塊兒去了，我急切地問：「她怎麼樣。」宋律師雖然在口頭上回答我的問話，但從他的皮膚下面卻浮現出一種極度的反感，他認為我不該在法官和看守的面前問過多的問題，否則在法庭上對我不利。

宋律師說：「我在小禹那兒得知，小禹的丈夫隸曾經來告訴小禹，他確實在小禹和陳第一次相識的時候就被汽車給撞倒了，你們想想。」宋律師擦了擦臉上的水。純同志睜大了他的眼睛說：「這太重要了，你說的是在陳和小禹相識後的第一天，而她的丈夫，一個普通的丈夫，一個以法律為基礎的丈夫卻遭到了車禍，讓我想想，這好像在法律裡有規定的，他們的婚姻受法律的保護——」不知怎麼，純同志的話還是斷了，他想了半晌才說：「可能我太激動了，我可以想像那個場面對法律的巨大挑戰，不僅奪走別人的老婆，還讓別人承受車禍，在這個局面中，每一個稍微有點法律常識的人都知道：你這是為法律所不容，這是傷天害理啊。」

在他們的談話中，我的大腦出現了那晚和小禹躲雨看隸被撞的經過，似乎那撞車剎那的動作現在仔細分解使我看見了那張面龐，但這並沒有使我有什麼恐懼和內疚，因為我不知道他是誰，也不知道他是不是很痛苦，但這種事實確實讓純同志、生和宋律師都經受了巨大的悲傷似的，他們最後幾乎異口同聲地說：「陳肯定在那時就痛苦地瘋了。」

宋律師沉默了一會兒接著說：「也許那個撞車的晚上就是你所說的最重要的事了，它產生了瘋子，一個對一切都不能正確對待的瘋子，他因為經歷了最摧殘人意志的事情，所以他變不堪一擊了。」

宋律師伸過手掰開我的嘴巴，使他們看到我的咬牙切齒，他甚至打了我一巴掌說：「這個可憐的人啊。」

然而，此時我內心真的感到我已經變得無懈可擊了，因為我幾乎不再需要語言，誰也不會聽我的，而宋律師就是我的語言。純同志和生都表示感謝宋律師的辛苦勞作，似乎宋律師要做的事不是把我從有罪的位置上拉下來，似乎純同志一點兒也不介意被告的律師總是和原告，法官站在對立的立場上。

純同志似乎和宋律師談起那個婦女控告老師辱罵他兒子的案子，宋律師說：「哎，這有什麼審場，叫那個老師以後不罵不就得了，罵，是罵不得的，況且要看處於什麼目的。」顯然，宋律師對這個案子也有所了解，純同志想了想說：「是啊，我考慮那個婦女的提法也有道理，老師一般來說總是希望自己的學生將來和自己一樣一窮二白，可這不行啊，行不通的。」宋律師在邊上附和，所以老師從一開始就違法了，他不提倡孩子們長大後要住高樓大廈，他希望孩子們的茅屋被秋風所破，這就使孩子們與老師有了對立，兩個對立的個體之間，居然出現辱罵那是不平等的表現，老師自己加高了自己的位置，你不能忍受這一點。

6. 她致命的錯誤就在於她沒有能力去評判那個持刀者

小禹躺在病床上，她感到在傷口處刀的力量仍在延伸，她可以確切地把握那種力量，她並不懼怕這個，就像她並不懼怕那個持刀者形象。多少年以來，可以說她對一切都是清晰的，但她又不知道這種清晰具有什麼作用。因為她沒有過多的期望，所以她探求一切奧秘的熱情都漸漸客觀地淡化了。

她能夠從以前馬醫生隱約的話語聲中感知馬醫生對她後背陰影的關注。她內在的肉體感到那種刀具的尖銳已深入她的肺部，但她因為不明白肺部的造型和結構而對這種創傷知之甚少。因此在馬醫生與張院長之間為了要不要給她做手術的問題上，她自己也無所謂，況且她處在一種半朦朧的狀態中。

小禹用手摸了摸自己的肉體，那是躺著的受傷的肉體，她本來就沒有興趣，她沒有意識到自己太冷靜了，她沒有對自己的受傷抱有太多的悔恨心理，因為在她自己看來生活照樣前進，她摸到自己嬌滿的乳房脹滿了液體，她在想自己是不是有些不對，她又用手撫摸自己的腿部，那兒比以前變得更有彈性了，她意識到自己所發生的這些變化肯定給自己帶來了影響，但那影響是什麼呢？也許在自己原封不動的精神上，在她無波無瀾的生活中，會產生一點比激素更有用的東西？她用手在她的腹股溝上挪動，那兒細密的汗塵在指紋的搓動中結集，她感到那兒十分陳舊，並充滿了非自我性，彷彿她在摸著另一個女的腹股溝，她感到在她的手下，她發現了別樣的意義，並且她決定支持這種意義。

應該說，從馬醫生的離去，她感到那個對她傷口負責的人不見了，並不是太壞，因為這多少使她有機會重新審視一下周圍的環境，當然這只是在醫院她暫時失去了一個醫生，而在現實生活中，她無論怎樣都無法失去她的主任、同事、丈夫和親戚，因為他們的存在，她才自然而然。

但是，在這潔白的醫院裡，在肺部陰影以盡可能的速度在擴散的時候，她同時感到了在那兒擴張一種陌生的東西，並且這種東西應該與持刀者所傳遞的東西有一些聯繫，她想，我以前怎麼了，為什麼從來就不能去剖開自己，像現在這樣撫摸自己的肉體，丈量自己，選擇一個自主的入口，好讓別人來進入。她感到在以前她自己是把自己當成一個無意義的整體，擺在那沒有熱情的地方，包括陳的關係，包括電腦客戶，包括她自己的手，她都不想去了解，所以她犯了一個一生中最致命的錯誤，那就是沒有能力去評判那個持刀者。

她用手撫摸她後背傷口正下方的那點白色的床單，她感到那一團可以揪起來的白布隨時也準備從她的傷口侵入進去，好與她肺部的陰影配合，她感到以前人模人樣的張院長的目光裡有一種隱忍的痛苦，那是怎樣的觀念盤亙在他的腦中，使得他必須保住小禹的時間而不是小禹的生命，他要的是小禹對小禹事件有利的時間，而不是小禹那連貫的存在，在整個社會系統的命令下，張院長為什麼會承受這種約制，讓她傾倒整個醫院對她的肺部保持沉默呢？

7. 她想一下子就獲得這個小生命

她的手在自己脹著的奶子上撫摸，她從來沒有感到自己的奶子有這麼大，彷彿那兒飄蕩著白雲的核心，並且具有熱力。她想，多危險啊，差點我倒下了。

她想到隸是怎樣鄭重其事地支持她參加到電腦公司的工作中去，隸一直支持她為電腦而賣命地工作。

她感到她的奶子在甩。她感到喉嚨裡所長久堵塞的東西正被她嘔吐出來，並像子彈一樣被她射到某個壁面上了。她無法控制這雙奶子的表現，因為它在那兒跳舞。

然而馬醫生不在。

她想到她告訴過馬醫生電腦兩個字，在她上次昏迷過程中對馬醫生說「電腦」又有什麼用呢?難道作為一個醫生除了對肉體負責之外還要幹更多的事嗎?

她有點自責，但很快她的手不自覺地摸到自己的小腹上去了，她感到那兒比以往鬆弛和疲倦，甚至腹痛起了巨大的變化，那兒繃起來了，繃起來了，並且有一種目的地繃著，她的小腹成為一種隆起的形狀，更關鍵的她感到在這兒有東西在運動，在那兒猶豫，但同時她感到她不能自主地喜歡這個東西，她也因為這兒，才發現原來自己的手指有著多麼強烈和奇特的力量啊，那簡直不是一隻敲打鍵盤的手，而是一隻在雨下、在血裡、在一切激烈與矛盾的世界能夠有所作為的手，我們現在可以明白在她的腹中已經懷上了一個孩子，天哪，這是一個多大的消息，沒有比這個更讓她清楚的了!因而她感到自己在上帝和神靈的壓迫下已經發生了變化。

她摸著這兒，彷彿覺得那胏部的陰影不在了，她被這個巨大的喜悅所衝擊，她想一下子就獲得這個小生命。

如果我們認為小禹的蘇醒可以扭轉小禹事件或者說改造小禹事件的結局的話，那我們就錯了。

在我們密切地關注到小禹的變化的時候，我們正是從她的陰影處入口，我們不可能從其它地方觀察她，就像她自己也不可能不從她的傷口處重新找回自己。

小禹在摸著那個腹中的東西的時候，她並沒有主動地想到我，對於她來說，那是唯心的，因為她被某種強大的力量給震暈了。她無法衡量這個新的世界，因為她即將為世界增加新的一極，而感到她確實從某種圈套中鑽了出來，她在前些日的昏厥中彷彿已經感到了自己有可能被什麼東西給壓破，然而她沒有想到的是她自己壓破了自己，她在昏睡中告訴馬醫生電腦兩個字時，她感到她產生了放棄的能力，這是她邁向新生活的第一個節奏。

8.因為我血液和我血液的關係，我葬送了激情

啊，北門下凹，我在心中嘆道，似乎我的另一個形象在那兒飛舞，似乎我又像在收穫時

聞到死青蛙的味道，我真的在每一聲若有若無的反覆的嘆息中感到我的肌肉和我的神經幾乎不聽我的話，連合我所有成分的東西啊，像我的祖國一樣飄渺，讓我力不從心。我想，其實我真的瘋了，這是真的，沒有比這種提示對我具有更大的意義了，我只想讓自己在脆弱的神經中滅失掉，我無足輕重，因為我自己和我自己的關係，我受到了迫害；因為我血液和我血液的關係，我葬送了激情。

哪怕純同志威嚴到極點，哪怕生如何新老帳一起算，哪怕華如何化妝狡猾，我都能辨認出我的失誤——我長得太像我自己，我學會用我的五指在我的頭頂猛掐，在宋律師於法庭上指證我是瘋子，並與近幾日多次與我磋商我作為一個瘋子的合理性之後，我發現宋律師的屁股底下有一根牽引盲人的辮子。

我作為一塊平地，上面豎著理想的靶子，如果我能活著從這兒永遠離開，那麼我倒真的感到一種超現實了，但問題是，我對這種離開一點兒都沒有辨別能力，人群已經把我拋棄了，像水拋棄了水桶，像尿拋棄了尿桶，可是，為什麼呢，人類，我的眼睛似乎在逼迫我承認我認同過的東西，屬於人類私自的東西，比如生活作風，凶惡臉孔等等，但是我還得進一步為大家講明的就是我渾身都覺得舒適無比，也許正因為我不舒適，我才這樣來感覺。看來我的語言，潛在的語言把我的矛盾暴露了。如果一個瘋子在那兒懷著理想的話，他肯定感到自己過分了，太奢侈了。

9.化妝師，專門在別人的臉上胡作非為

霜拖著疲憊的身子在監獄走道裡發出輕弱的聲音。我感到這個女人拖著她巨大的失望感向我走來。

但她還能認識我嗎，我從來沒有在她的畫筆下待過，我無法抗拒她對我所造成的引力。我只能望著她越走越近的身影。但是，在她來到我面前之前，生卻突然從另一條走廊竄到鋼筋門口，對我說：「哎，我的老朋友，你瞧，化妝師來了。」我很納悶，化妝師，就是剛才我所想的那種？專門在別人的臉上胡作非為的那種？哦，另一種清晰的思想在我的頭腦裡繞動，似乎霜所化妝的每一個人都在我的邊上，但他們與霜多麼不同啊，因為他們的臉全部充滿了一種想解決一切問題的欲望，我把這種欲望稱之為仇恨。因為他們迷惑，一再迷惑，他們無法再等待下去了，所以他們開始行動，朝一種結果期望，特別在小禹事件中，他們對於結果是作為一種過程來理解的，他們似乎手牢牢地控制了這個過程。

在霜接近我的每一步更細微的地方，我都感到我這樣很好。因為我瘋了，這是再安全也

不過的了，而且我獲得了良好的名譽。

我無法向別人解釋我的愁苦和壓抑，但現在我不用解釋了，我獲得了更好且又更為自足的狀態，霜的那隻手在她走路的時候，在空中飄浮。

我終於看到了它所表現的霜的一種巨大的斷裂性。其實它從第一天開始就不僅僅代表霜的手，而是代表一種行為的手，所以它顯得多重而又複雜，但是現在在我大腦中飄浮的這隻手隨時我都想把它焚燒掉，讓它成為毫無意義的粉末。

霜走到我外面時，生把鐵門打開了，我說：「你好啊，你到我這兒來了，可我唯一記得的就是我曾歌頌過你的手，在你和我處於床上的時候。但現在呢，你也知道，我瘋了。我一旦承認了這一點，我倒輕鬆的，這使我相信我可以胡言亂語了，包括對你。」

霜似乎對我的話沒有準備，她斷斷續續地說：「今天，我來也是——」，我接過去說：「你不要講東講西的了，因為你說什麼，我都可以不加評論，反正，你恐怕也知道，我現在有的是律師，那可很為頂用的啊！」

霜把她腋下的化妝盒輕輕地放在地下，金屬還是發出了它的聲音，我說：「哦，你是想把我化成一個最複雜的人吧，不然怎麼帶這麼多東西呢？」她說：「不，我是化你，作為我化妝生活的最後一個人，也就是說以後我不化了，從而化妝對我來說，今天是最後的意義了。」

我很反感，我說：「你講的全是廢話，我根本就不指望你會把我化得何等滿意，除非你讓我再也認不清我自己。」她說：「是麼？那樣，你連自己是誰都不知道了，你還怎樣面對你的化妝師呢？」說完，她和我都哈哈大笑起來。

我說：「你來吧，像以前和我做愛那樣，橫豎都可以來，而不是按照你所設計的每個細節來為我化妝，我只指望你從這種化妝中獲得快樂。」

生在外面聽我吹得天花亂墜，心裡生氣極了，他罵道：「陳，你還記得小時候我押在你背後時，別人說你的嗎？」

我在裡面讓霜先別動，我問：「他們說什麼呢？」生在外面吼道：「他們說，你們看，只有這個瘋子願意當犯人！」我不語了，我想那沒有辦法啊，角色的壓力太大了！

霜用了兩個多小時，在我的臉上不停地亂塗亂畫，她嘴巴不停地哆嗦，現我已無法回憶她能講些什麼，也許對於她來說，這仍然是她化妝生涯中極平常的一次，但是對於我來說，我可真是弄糊塗了，因為我從霜化完妝後的眼神中看到了一種巨大的無法形容的距離，她說：「你是什麼，你不是人。」說完，她笑了。

她在那兒命令道向左，向右，再向右，向右，再再向左——在她不斷的命令中，我一直扭動我的臉與她配合得十分默契，她在那兒發出浪蕩的笑聲，似乎那個嚴謹而充滿思想之光的化妝師突然變成一個無所作為的潑婦在那兒閑聊似的，我感到在她所有的話中都出現了髒字，並辱罵她自己，她獲得了極大的滿足。

第十一章

1.你的臉相更加堅定了我的信心

那是最後一次對我的審判，這一點我已經預料到了，因為純同志的臉上出現了不可遏制的興奮，似乎以前難住他的一切難題現在從我瘋狂的臉相上都得到了解決。

我在從北門下凹往法院的過程中被沿路所有觀察到我的人同情了一番，他們說：「那是一個瘋子，一個即將被定罪的瘋子，也許他活該。」奇怪的是，在我前行的過程中，純同志一方面在準備開庭的各項事兒，一方面在心裡暗下決心，因為他感到他自己受到了挑戰。

那個貴族般的婦女居然在前天來請求裁決那個老師時，故意把她的腿露得很高，而且還在不停地向他煽動要把那個老師狠狠地懲罰一通，純同志的眼睛很疼，每想到那個場面，他感到自己所期望的依靠法律一步一步地去審查的那種耐力似乎受到挑釁，案件只剩下兩個結果，並且相互對立，要麼無罪要麼有罪，否則他連自己恐怕也把持不住了，所以他在收拾我的卷宗的時候，覺得那個婦女的案子和我的案子之間在結果上可能存在某種聯繫，也就是要麼老師有罪，我有罪，要麼老師有罪，我無罪，要麼老師無罪，我有罪，要麼老師無罪，我無罪，但是，他又突然感到了自己的荒誕，在這幾種可能性中，真正的結果該是哪一種呢？

特別，他又轉念一想，對於陳的案子不是已經很清楚了嗎，他作為一個仇恨者完成了那個持刀者早上，而且他又作為一個瘋子產生了仇恨者的形象，更深入來講，他從一開始——。他身邊的一個助手提醒了一下說：「法官先生，你的案子很快就要開庭，在整個審判法庭裡坐滿了一些僵硬的人。」「怎麼？」純同志疑惑地問：「他們不是怒不可遏，個個都疾惡如仇嗎？怎麼，他們在今天，在案子的最後一天堅持不下去，喪失了活力？」

他的助手把案子的順序顛倒一下，催促說：「你先別看這些了，你先把那個婦女控告老師辱罵她兒子的民事案子給了掉吧，最起碼你交個底。」純同志對他助手的催促顯得十分反感，他說：「同志，我很累，你難道不知道嗎？」

連純同志自己也驚訝得很，他站了起來，他聽到法庭內傳來了一種低潮的聲音。他趕快把制服穿好，他想我一旦邁到那個位置，我就行使法律所賦予我的崇高的權利。

在純同志從那微小的但堅固的入口進來之前，宋律師在我的座位邊上顯得異常活躍，我看到他居然變得對我彬彬有禮，他湊在我的耳朵邊說：「我已經為你盡了最大努力，但我還將繼續，我和所有人一樣，並不僅僅對審判你的結果充滿期待，我卻是在為你辯護的過程中，獲得我的幸福，而且我認為這種幸福你也可以分享。」他在說話的時候，看到我的額頭有一點兒汗，他不禁更加得意起來，他說：「你今天真的很像，而且作為一個瘋子，你已經不可替代，你最像了，所以你用不著擔心，這就是我要所說的全部，因為你的臉相更加堅定了我的信心。」

我聽他說話的時候，環視整個法庭內擁擠的人群，所有人都用手不停地在自己的臉上扣著，彷彿那是為了維持本色，看來霜已經許久沒有為他們化妝了，但是他們的目光仍然十分犀利，似乎能穿透一切，他們在這一次已經對我毫不重視了，他們像絕望的人那樣，已經對絕望本身興致勃勃，沒有耐心了。我發現我一點兒也不恐慌，也許這是時間造成的。

華站在人群的中央，他同樣沒有化妝，露出一種絕望中的貪婪，他的金色手錶在人群中閃亮，我在注視他的時候，他向我打了個手勢，似乎在市場上那樣隨便，應該說我感到不太滿意，我覺得我失重了，沒人再理我，那我站在這兒還有什麼意義呢，我應該被他們推動，哪怕是象徵死亡和危險的方式。

純同志這一次幾乎一直是站著的，他在開始就說：「我今天看到被告，就感到了我的判斷力是次要的，而法律卻是公正的，法律完全可以直接映照有罪的人，去判決他。」

2. 一個瘋子，他的每個步驟……

這時宋律師從座位上站了起來，說：「我對我當事人的犯罪事實供認不諱，這恐怕也是次要的，我主要為他申辯的是他的犯罪是有理由的。」

這時純同志喝道：「你這什麼意思，難道有理由的犯罪就不是犯罪嗎？」

宋律師習慣地咳了幾聲，他說：「我認為他的犯罪有一個過程，而這個過程與純同志閣下所提倡的那種每一步都有可能犯罪的觀點有所不同，因為我的當事人陳是在瘋狂的情況下做這一切的，所以他所犯下的罪有其個人特點，我聲明這些對你的判決毫無影響，因為我不準備扭轉你對陳的認識。」

那你講這些話有什麼用呢，純粹是拖延時間？純同志表示了一定的鄙夷。

這時宋律師很狡猾地向我眨眨眼睛說：「何況我是為了緩和你和陳之間的矛盾，因為你拿你手上的法律來衡量陳的每個行為的可能性，這實在讓陳難以理解，在我看來，我指定陳瘋了，其實就瓦解了你和陳之間業已存在的矛盾，因為一個瘋子他的每一步都是不必負責任的，這樣陳並不知道他犯罪，他就肯定會有罪，並一直這樣認定下去。這是我做律師以來首次覺得為犯人辯護得這麼好。」

眾人都聽到純同志的牙齒發出幾聲脆響，他終於脫口而出「根據……我現在判定陳，犯故意殺人罪。」

這時華的那些朋友再也忍不住，他們的臉全部從自己的頭頂上耷拉下來，像農曆的臘肉。

我怔在那兒，臉上露出欣慰的笑容，因為從第一天開始我就在往我所預感的結果邁進，到底終於實現了。不論在這之中，那些仇恨者是如何斂聚他們的力量，不論我自己的生活受到多大的禁錮，但我畢竟有了一個屬於自己的結果，那些廣泛的仇恨者在整個屋子裡哭成一片，似乎他們久已渴望的審判過程並沒有從根本上使他們滿足，他們互相在詢問，就這樣就完了，什麼也沒有了，毫無進行下去的可能了？在那一刻他們終於完全把我當個陌生人了，我感到他們既甩弄了我，我也甩弄了他們，但我甩弄了他們什麼呢？我弄不懂。

生很快就過來把我押住，我感到他的手中傳來更為堅硬的力量，那是我所熟悉的少年時期的力量，但現在，它對付我已經足夠了，我很有可能在那個時候和生開了個玩笑，但他沒有理我，好像我根本就沒有和他開玩笑的資格。我渴望生能和我講話，因為我的語言沒有邏輯，所以我渴望隨便聽點兒什麼，以滿足我在意志方面溫暖的需要。我感到那紅木桌子在純同志剛剛先我而離去的時候發出了幾聲極細微的脆響，我對生說：「讓我過去摸摸那兒，法官剛才倚著的地方。」但我的脖梗子遭到了一記打擊，它使我變得更加不愉快了。

3. 向C. F. 電腦施放病毒程序的工作表

馬醫生從漆黑的房子裡站了起來，此時他的渾身都是傷疤，他抬手摸了摸腦袋，上面有些血塊已經和頭髮凝結在一塊了。

不知從什麼地方忽然傳來一種強烈的力量使他頓時清醒起來，他被擊倒前，在打開那個婦女背像缺口處時，他就發現了在整個小禹事件中最秘密的一個東西，那裡面有一個網絡，上面有一些地址以及關於如何向C. F. 電腦施放病毒程序的工作表。

馬醫生感到小禹之所以在暈迷中向他透露電腦兩個字，原因恐怕就在於這兒了。

馬醫生聽到門外有腳步聲，他警覺地躲到門後，經過一個夕小的周旋，馬醫生把守他的人死死地從窗臺邊克住，然後他以最快的速度逃了出去。那些人很快發現馬醫生逃脫，立刻到他們的總部報告，這時隸正坐在他那張黑木椅子上。他雙手按住桌子，憤怒地站了起來，

「絕不能讓他跑掉！」

馬醫生在街道上奔跑，好幾個馬路邊的公用電話亭都破碎了，他的頭暈沉，傷口處還在

滲血，但他全然不顧，風，在耳邊吹，快到一個執勤點時，他倒下了，這時隸正派人把車子開了過來，幾個公安急忙拴好皮帶衝過來，把馬醫生搶走，隸的人加速用車向他們撞來，公安開了幾槍，他們逃竄，由於只有兩個公安，他們只得求救，然後用摩托把馬醫生送往紅十字急救醫院，並且馬醫生的病房和隸的病房就在隔壁，馬醫生不知道小禹的丈夫隸原來是個間諜，他真正的身份是一名BKK公司的商務間諜，他之所以選小禹做他的妻子就是為了讓小禹在電腦公司為他產生更多的機會，隸的手下沒能抓回馬醫生讓隸感到危險更大了，他迅速返回醫院。

當他睡在自己的床上時，他聽到整個醫院都在傳盪馬醫生那痛苦的叫聲，他的腦袋正在手術以把淤血導出來，馬醫生躺在那張床上，在他的屋內有兩個公安守著。隸想幹掉他，這一點必須實現，否則他想他完了。

但一直到天亮，公安們都沒有走開，他們執著的愛民精神得到了回報，馬醫生把他從小禹電腦上重大的發現完全報給了公安人員，讓他們迅速與法院聯繫，重新審理小禹案件。當隸像以往一樣怡然地從被窩裡收拾東西準備再次出院時，一雙手銬把他銬住了，他說：「我該說什麼呢？」

4. 天藍藍的，白雲悠悠地飄

馬醫生趕回醫院，頭上還纏著綳帶，通過這次歷險，他感到他更了解小禹了，包括她的病情，在馬醫生最堅決的倡導下，張院長又接到了上面的電話必須立即手術，於是小禹抱著生死未卜的可能抬進手術室。

小禹清楚地感到她腹部的那個小東西在輕輕地搖晃，並且幾乎要突破出來，她發過誓她絕不向任何人提起她所懷的這個孩子，因為她感到她所受到的不幸太不可思議了，當她覺醒以後，她變得聰明了。

張院長給華打電話時神色慌張地說：「恐怕支持不住了，小禹已進了手術室。」華從電話那一頭發來不疼不癢的聲音：「管它怎麼樣，反正陳已經瘋了，我們也玩膩了，他被判故意殺人，估計馬上槍決！」張院長聽得嚇了一跳，他連忙放下電話，他親自到手術室外面像他家人在手術時那樣溫和地安排那些負責殺菌和環控的人，叫他們盡最大努力配合好手術。

馬醫生再次拿起很久沒有拿起的手術刀，雖然他的精神從來沒有今天這樣好過，但當他目睹小禹那發黑的傷口時，他還是哭了，他看到他的這個病人，以前一直沒有任何思想的表示，彷彿在她自己的生活中她從來都沒有付出過代價，馬醫生精湛的刀法和他那一顆必須救活小禹的心都在沉默的小禹的身體上漸漸喪失了意義，從圖像上來看，小禹的心跳終於緩慢衰竭而完全停止了，也許這與手術無關，因為她連續五六天昏迷了，馬醫生坐在手術室的地上，嗚嗚地哭起來，他總也忘不了小禹是怎樣向他提起「電腦」兩個字的，她是誰，為什麼這樣？誰也不知道此時小禹腹中的那個小生命仍然活著，誰也沒有去驗血，去觀察和撫摸小禹，但在小禹停止心跳的那刻，那個小生命仍然活著，那個快活而不懂事的小生命無法了解他的母親已經永遠離開了這個世界，而現在他所位於的這個子宮正在萎縮壞死，留給他的家園將同樣是毀滅。

他還小啊，才幾個月，甚至根本就看不出來，當小禹蓋著白布推向副樓時，那個小生命徹底完蛋了，他也死了。

小禹的死，因為小禹案件已審理完畢變得不重要了，似乎沒有人關注這個。

純同志在當天夜裡被公安局的人用急電召回，他們坐在一張偌大的檯子邊煙霧繚繞，局長把間諜的過程向他大致作了透露，隸，男，四十三歲，一九八三年去香港，一九八五年到Z國，並於次年回國後他以某進出口公司職員為身分，與小禹結婚，以本市最大電腦公司（小禹所在公司）為突破口破壞電腦工作，進而使C. F. 電腦和我們的部分國產電腦癱瘓，純同志抓了抓眼屎說：「那麼，這和小禹案件——？」局長邊上的一個人站了起來拍了拍桌子說：「我現在宣布我們必須正確執行有關精神，對小禹進行冷處理。」純同志表示他理解了。

第二天一早，我被放到放風的空地上，生不耐煩地罵我為討厭的人，我聽到走廊盡頭有個威嚴的人走到我面前和藹地對我說：「你可以出去了。」啊，這怎麼可能，其實我已經不知道什麼叫真正的自由了，我一勁子衝出去，天藍藍的，白雲悠悠地飄。

我像一個歡樂的少年在北門下凹的街街巷巷又跑又跳，所有看到我的人都對我抱以微笑，也許在他們的眼裡他們真的想和我一樣歡樂，但他們知道他們不能，因為他們所看到的這個「我」是一個瘋子。

在快到市繁華大街的一個路口，我脫掉褲子然後頂在頭上，我到那個噴泉的臺子上坐一坐，然後從交警的背後探出頭歡欣鼓舞，圍觀的人很快增多了，交警把我拎出去，他說：「你快回家吧，孩子！」「孩子？」我感到他的叫聲對我太不負責了，我使勁地掙開他的視線，有一輛車在我面前嘎然停住，我向他揮了揮手，我那蘸滿黑灰和髒物的身軀在太陽下發光。

我到了潔那兒，那是一座很高的樓，我想潔在幹什麼呢，還在畫她的畫兒嗎？我去敲門，只有南在。她正和她的男人在那兒做飯，她起初咒罵我是「哪來的爛瘋子臭流氓趕快走！」我說：「你，咳，咳，見到潔了嗎。」這時南才發現原來她面前的這個人竟是陳，於是她伏到她男人的肩膀上說：「我怕，我怕！」那個男青年肯定也是個學生，他沒有嫌我髒，過來摟住我的肩膀說：「她和有個叫生的男人結婚了！」啊，啊……啊，啊，我在平臺上唱起歡歌，淚水早已太他媽的沒有自控力了。我的心十分清醒，但我驚異於時間的巨大作用，生和潔，兩個如此反差的人竟會結婚？我無法產生想去證實的念頭，我坐了下去，夕陽已下沉。

我回過頭，在平臺另一側圍住拐角的木板就是從我房子裡抬出去的潔送給我的藍色布景圖，南見我盯著不放，她說：「這塊板，你從那一面看就知道了，被劃得遍體鱗傷，彷彿是在找什麼東西，比如工具、刀等等——，但沒有找到？」南一手拿著菜一邊說，她的男人正享受平靜。

後來，從隸那兒沒能挖出新的線索，於是，為了不影響電腦事業發展，也為了保持穩定，隸被作為殺小禹的那個持刀者正式逮捕了，並且純同志還定了兩個大大的「情殺。」華聽到這個消息後，痛哭不已，他發現他並沒有得到一個他自己的結果，他躺在臥室裡抱著他巨大的財富的象徵（枕頭）自殺了，幸虧他抱起了那個枕頭，不然我們還發現不了那兒有一只塑料袋，裡面是砍下來又處理過的化妝師霜的那隻真正的手。

三民叢刊書目

㉖作家與作品　謝冰瑩著
㉗冰瑩書信　謝冰瑩著
㉘冰瑩遊記　謝冰瑩著
㉙冰瑩憶往　謝冰瑩著
㉚冰瑩懷舊　謝冰瑩著
㉛與世界文壇對話　鄭樹森著
㉜捉狂下的興嘆　南方朔著
㉝猶記風吹水上鱗　余英時著
・錢穆與現代中國學術
㉞形象與言語　李明明著
・西方現代藝術評論文集
㉟紅學論集　潘重規著
㊱憂鬱與狂熱　孫瑋芒著
㊲黃昏過客　沙　究著
㊳帶詩蹺課去　徐望雲著
㊴走出銅像國　龔鵬程著
㊵伴我半世紀的那把琴　鄧昌國著
㊶深層思考與思考深層　劉必榮著
・轉型期國際政治的觀察
㊷瞬　間　周志文著
㊸兩岸迷宮遊戲　楊　渡著
㊹德國問題與歐洲秩序　彭滂沱著
㊺文學關懷　李瑞騰著
㊻未能忘情　劉紹銘著
㊼發展路上艱難多　孫　震著
㊽胡適叢論　周質平著
㊾水與水神　王孝廉著
・中國的民俗與人文
㊿由英雄的人到人的泯滅　金恆杰著
・法國當代文學論集
(51)重商主義的窘境　賴建誠著
(52)中國文化與現代變遷　余英時著
(53)橡溪雜拾　思　果著
(54)統一後的德國　郭恆鈺主編
(55)愛廬談文學　黃永武著
(56)南十字星座　呂大明著
(57)重疊的足跡　韓　秀著
(58)書鄉長短調　黃碧端著
(59)愛情・仇恨・政治　朱立民著
・漢姆雷特專論及其他

(60) 蝴蝶球傳奇　顏匯增 著
・真實與虛構
(61) 文化啓示錄　南方朔 著
(62) 日本這個國家　章　陸 著
(63) 在沉寂與鼎沸之間　黃碧端 著
(64) 民主與兩岸動向　余英時 著
(65) 靈魂的按摩　劉紹銘 著
(66) 迎向眾聲　向　陽 著
・八〇年代臺灣文化情境觀察
(67) 蛻變中的臺灣經濟　于宗先 著
(68) 從現代到當代　鄭樹森 著
(69) 嚴肅的遊戲　楊錦郁 著
・當代文藝訪談錄
(70) 甜鹹酸梅　向　明 著
(71) 楓　香　黃國彬 著
(72) 日本深層　齊　濤 著
(73) 美麗的負荷　封德屏 著
(74) 現代文明的隱者　周陽山 著
(75) 煙火與噴泉　白　靈 著

(76) 七十浮跡　項退結 著
・生活體驗與思考
(77) 永恆的彩虹　小　民 著
(78) 情繫一環　梁錫華 著
(79) 遠山一抹　思　果 著
(80) 尋找希望的星空　呂大明 著
(81) 領養一株雲杉　黃文範 著
(82) 浮世情懷　劉安諾 著
(83) 天涯長青　趙淑俠 著
(84) 文學札記　黃國彬 著
(85) 訪草（第一卷）　陳冠學 著
(86) 藍色的斷想　陳冠學 著
・孤獨者隨想錄
A・B・C全卷
(87) 追不回的永恆　彭　歌 著
(88) 紫水晶戒指　小　民 著
(89) 心路的嬉逐　劉延湘 著
(90) 情書外一章　韓　秀 著
(91) 情到深處　簡　宛 著
(92) 父女對話　陳冠學 著

⑨③	陳冲前傳	嚴歌苓著
⑨④	面壁笑人類	祖　慰著
⑨⑤	不老的詩心	夏鐵肩著
⑨⑥	雲霧之國	合山　究著
⑨⑦	北京城不是一天造成的	喜　樂著
⑨⑧	兩城憶往	楊孔鑫著
⑨⑨	詩情與俠骨	莊　因著
⑩⓪	文化脈動	張　錯著
⑩①	桑樹下	繆天華著
⑩②	牛頓來訪	石家興著
⑩③	深情回眸	鮑曉暉著
⑩④	新詩補給站	渡　也著
⑩⑤	鳳凰遊	李元洛著
⑩⑥	文學人語	高大鵬著
⑩⑦	養狗政治學	鄭赤琰著
⑩⑧	烟　塵	姜　穆著
⑩⑨	河　宴	鍾怡雯著
⑪⓪	滬上春秋	章念馳著
⑪①	愛廬談心事	黃永武著
⑪②	吹不散的人影	高大鵬著
⑪③	草鞋權貴	嚴歌苓著
⑪④	是我們改變了世界	張　放著
⑪⑤	夢裡有隻小小船	夏小舟著
⑪⑥	狂歡與破碎	林幸謙著
⑪⑦	哲學思考漫步	劉述先著
⑪⑧	說　涼	水　晶著
⑪⑨	紅樓鐘聲	王熙元著
⑫⓪	寒冬聽天方夜譚	保　真著
⑫①	儒林新誌	周質平著
⑫②	流水無歸程	白　樺著
⑫③	偷窺天國	劉紹銘著
⑫④	倒淌河	嚴歌苓著
⑫⑤	尋覓畫家步履	陳其茂著
⑫⑥	古典與現實之間	杜正勝著
⑫⑦	釣魚臺畔過客	彭　歌著
⑫⑧	古典到現代	張　健著
⑫⑨	帶鞍的鹿	虹　影著
⑬⓪	人文之旅	葉海煙著

131 生肖與童年　小　民著
132 京都一年　林文月著
　　喜　樂圖
133 山水與古典　林文月著
134 冬天黃昏的風笛　呂大明著
135 心靈的花朵　戚宜君著
136 親　戚　韓　秀著
137 清詞選講　葉嘉瑩著
138 迦陵談詞　葉嘉瑩著
139 神　樹　鄭　義著
140 琦君說童年　琦　君著
141 域外知音　張堂錡著
142 遠方的戰爭　鄭寶娟著
143 留著記憶・留著光　陳其茂著
144 滾滾遼河　紀　剛著
145 王禎和的小說世界　高全之著
146 永恆與現在　劉述先著
147 東方・西方　夏小舟著
148 嗚咽海　程明琤著
149 沙發椅的聯想　梅　新著
150 資訊爆炸的落塵　徐佳士著
151 沙漠裡的狼　白　樺著
152 風信子女郎　虹　影著
153 塵沙掠影　馬　遜著
154 飄泊的雲　莊　因著
155 和泉式部日記　林文月譯・圖
156 愛的美麗與哀愁　夏小舟著
157 黑　月　樊小玉著
158 流香溪　季　仲著
159 史記評賞　賴漢屏著
160 文學靈魂的閱讀　張堂錡著
161 抒情時代　鄭寶娟著
162 九十九朵曇花　何修仁著
163 說故事的人　彭　歌著
164 日本原形　齊　濤著
165 從張愛玲到林懷民　高全之著
166 莎士比亞識字不多?　陳冠學著
167 情思・情絲　龔　華著

⑰ 談歷史　話教學

張元　著

作者以二位高一新生對歷史課程的困惑為引子，藉著師生座談對話的方式，從北京人時代到西晉，針對高中歷史教材，試圖以「史料閱讀」的方法鮮明地建構各代的歷史圖像，在活潑的對白間既談歷史意涵又話歷史教學，相當適合高中教學的參考。

⑰ 兩極紀實

位夢華　著

任何人想要親臨兩極之地恐怕都不是件容易的事。作者因從事研究工作之便，足跡跨越兩極，將在極地所見所聞之動物奇觀、自然景致乃至當地所受文明衝擊，或以幽默輕鬆，或以深沈關懷的筆調娓娓道來，是無緣親至極地的讀者絕不可錯過的佳作。

⑰ 遙遠的歌

夏小舟　著

世上只有兩種人，男人和女人。然而男女之間的恩愛情仇，卻糾葛難解。本書作者以一篇篇幽默的短篇故事，道盡世間男女的愛恨嗔痴。在她細膩委婉的筆下，愛情的本質和婚姻的面貌都一一呈現，必可帶給你前所未有的感受與體悟。

⑰ 時間的通道

簡宛　著

「人生，是一條時間的通道，每一個人所走的方向和目標雖然不一樣，但是經過的路程卻是相似的……」當人們沈溺於歲月不待人的迷茫和感嘆時，作者平實的筆調將帶著我們對生活多用一點心思和一點執著，會使我們的「通道」裏，留下一點痕跡。

179

燃燒的眼睛

簡宛　著

作者以自身多年來在美國的異域生活為背景，輔之敏銳的觀察力、豐富的情感、濃郁深摯的筆調，從而幻化出一篇篇感人肺腑的故事。尤其對於旅居海外異鄉遊子們的心境描寫更是深刻動人，是一本值得再三玩味的小說。

180

月兒彎彎照美洲

李靜平　著

沒來美國時還不知那生活啥款；來了才知樣——啊！真夭壽！　來到美國，是穿梭在黑白紅黃人群間；或在房裡看華語電視？是在壁爐邊吃耶誕大餐；還是窩伴著一桌熱火鍋？在忙碌的陽光下，可想起夜空裡一彎新月？月兒彎彎，訴說的又是誰的故事？

181

愛廬談諺詩

黃永武　著

諺詩，是指用諺語聯成的詩，由於聯接巧妙加上意外組合，因此往往會有不可料想的妙趣出脫。如捉豬上板櫈，走馬看天花；成人不自在，做鬼也風流，等等。本書將帶你悠遊中國式幽默，探索諺語的源頭，喜愛好書的你，可千萬不能錯過！

182

劉真傳

黃守誠　著

劉真，一位自四十年代開始影響國內教育最鉅的教育家。本書自劉真先生家學淵源寫起，隨著時間軌跡，記錄了他如何在風雨飄搖的年代裡為教育此類百年大業做出努力；因此雖然本書為劉真先生個人傳記，卻同時也是了解現今教育體制的最佳參照。

⑱③ 天涯縱橫

位夢華　著

以兩極生態氣候的研究為基礎，作者建構了此書的論理與想像世界。內容從極地景致、開拓艱辛及天文物理觀念，引申至有關宇宙天人及環保的許多想法，包容科學與文學，兼具知性與感性。讓您在詼諧而深切的筆調中，激發對地球的關懷與熱愛。

⑱④ 新詩論

許世旭　著

中國詩歌，無論新舊，是一座甘泉，若不掬飲，口渴神焦，……。作者係韓國人士，長年沈浸在中國文學之中，對於在中國新詩的源起及兩岸新詩風格的異同，均有獨到而精闢的見解。是讀者拓寬視野，更深入了解中國新詩之發展所必備的好書。

⑱⑤ 天　譴

張　放　著

「一不埋怨天，二不埋怨地，只是咱家命不濟，生長在這亂世裡。」于祥生，一位山東流亡學生，民國三十八年隨政府搭乘濟和輪來到澎湖，卻萬萬沒料到會遭逢一場史無前例的政治騙局，他的人生、情愛就在這時代悲劇與宿命的安排下，無奈地上演。

⑱⑥ 綠野仙蹤與中國

賴建誠　著

一本融和理性與感性的著作，以經濟分析的專業素養，將關懷的筆觸，延著供需曲線帶進閱讀的天空。那一篇篇翔實的數據，是驗證生活的另一種形式；那一篇篇雋詠的小品，則是理性思維的靠墊。不管你來自士農工商，本書都能提供一場知性洗禮。

⑱⑦ 標題飆題

馬西屏 著

一個出色的報紙標題不僅要精簡準確地傳達新聞訊息，更要能表現文字的優美和趣味，這可是一門藝術。近年來報紙解禁，各種充滿巧思創意的標題紛紛跳上版面，等著要攫取你的注意。小心！一場報刊標題的革命正在編輯枱上悄悄進行……

⑱⑧ 詩與情

黃永武 著

詩以情為主，作者長期浸淫於古典情詩，擷採珠玉，編綴出男女的愛情、家人的親情、入世的世情與出世的忘情種種世態人情。文中所引，首首如新摘茶筍，簇新可喜，且解說精要，切緊詩旨，能帶給您全新的視野與怡然的感受。

⑱⑨ 鹿夢

康正果 著

從大陸西安到新大陸東岸的小鎮，不同的國度有著不同的風土民情，但在作者細膩的心思與敏銳的觀察力之下，它們之間起了微妙的關聯。長期旅居海外的作者，將他生活中的點點滴滴，轉化成一篇篇清雅的散文精品，將讓您領會閱讀的雋永與甘美。

⑲⓪ 蝴蝶涅槃

海男 著

「一個生活在舊時代的女人，她生活在男人之中不如說是生活在戰爭之中，她生活在戰爭之中不如說是生活在蝴蝶之中。一個生活在蝴蝶之中的穿中國旗袍的女人，其靈魂終究會像蝴蝶一樣四處飛翔。」而她的歸宿，竟在何方？

⑲半洋隨筆

林培瑞 著

本書是林培瑞教授一篇篇關於他對中國的研究、感想、社論、訪問等合集。作者熱愛中國文化，對當代中國的社會、政治、文學、藝術等無不關心；綠眼黃髮，是位十足的「洋人」，但他對中國的關懷，無不流露在字裡行間，值得我們細細品味與深思。

⑲沈從文的文學世界

王繼志
陳龍 著

沈從文，一個身處於三〇年代的作家，如何在這動盪的中國社會環境中，發揮自己創作及人格上的獨特性，以享有「中國的大仲馬」的美譽呢？作者由政治學、社會學、美學等多種不同角度切入，帶領我們逐步探索沈從文謎一般的文學世界。

⑲送一朵花給您

簡宛 著

本書作者自離臺赴美留學後，便長期旅居美國，迄今已逾二十年。書中有著許多海外生活的點滴，又有往來中國大陸、美國、臺灣所觀察到的各種社會現狀，有針砭亦有從關懷出發的諄諄叮嚀，使得全書層次豐富，文趣盎然。

⑲波西米亞樓

嚴歌苓 著

作者為生於上海、旅居海外的優秀作家。本書除蒐羅其在美生活點滴、寫作歷程及心得，更有對書作、電影之所感所懷。洗鍊的文筆、豐華的文采，加之發自心靈深處的感動，這一篇篇雋永、情摯的佳作，縮短了作者與讀者間的距離。

⑲5 化妝時代

陳家橋 著

陳，在一次陌生人闖入的情形下，成為一個殺人的疑犯，他必須找尋兇手，找尋這個和他打扮一樣的陌生人；就在他從化妝師那尋找線索時，他落入一個如真似幻的情境，在無法自拔時，他被指為瘋子，被控謀殺，他要如何去面對這一切的問題……。

⑲6 寶島曼波

李靜平 著

年少時天真得令自己淪為笑柄的悲慘遭遇，事過境遷後往往反為記憶中開心的片段。本書中收錄著作者兒時的種種突發奇想，那屬於孩提時代的天真、忘我，有的令人噴飯，有些令人莞爾。在兒時距我們越來越遠的當兒，本書絕對讓你返老還童。

⑲7 只要我和你

夏小舟 著

本書作者早年負笈日本，而後旅居美國。儘管足跡從保守的東方跨入開放的西方，但作者對兩性情感世界的關注卻不曾稍減。書中所收一篇篇帶著遺憾的真實故事，不甚完美的結局，恰能提供你我一個正視情感與人性的機會。

⑲8 銀色的玻璃人

海男 著

「林玉媚走進了花園深處，她想看看吹奏薩克斯風的這個人是誰？……」是什麼樣一段不為人知的記憶，輕輕撩撥這即將邁入三十的女醫生心絃？循著四月天的癌症病房，她慢慢鋪陳出一段段似有若無的感情軌跡，讓心隨著它一同飛翔。

國家圖書館出版品預行編目資料

化妝時代／陳家橋著.--初版.--臺北市：三民，民88
面；　公分.--(三民叢刊；195)
ISBN 957-14-2925-2 (平裝)

857.7　　　87016979

網際網路位址　http://www.sanmin.com.tw

© 化　妝　時　代

著作人　陳家橋
發行人　劉振强
著作財產權人　三民書局股份有限公司
臺北市復興北路三八六號
發行所　三民書局股份有限公司
地　址／臺北市復興北路三八六號
電　話／二五〇〇六六〇〇
郵　撥／〇〇〇九九九八——五號
印刷所　三民書局股份有限公司
門市部　復北店／臺北市復興北路三八六號
重南店／臺北市重慶南路一段六十一號
初　版　中華民國八十八年三月
編　號　S 85454
基本定價　叁元捌角
行政院新聞局登記證局版臺業字第〇二〇〇號

ISBN 957-14-2925-2 (平裝)